GERRIT

für Michael und Oliver

Peter Gruß

GERRIT

Schädelchirurg der Steinzeit

Roman

edition buntehunde

Inhalt

Prolog

Im Herbst des Jahres 1987 machte man in Stetten an der Donau eine ganz besondere archäologische Entdeckung: Ein Erdfund brachte die Überreste einer etwa 30-jährige Frau und eines Neugeborenen ans Licht, wahrscheinlich Mutter und Kind. Im Grab fanden sich Gegenstände, mit deren Hilfe man die beiden Toten der „Kultur mit Schnurkeramik“ (2800–2200 vor Chr.) zuordnen konnte, so benannt nach der typischen Verzierung der Tongefäße durch Schnüren in den noch ungebrannten Ton.
Die Tote war einst in linker Hockerlage in Ost-West-Richtung mit Blick nach Süden niedergelegt worden. Männer hingegen hatte man in rechter Hockerlage mit dem Kopf im Westen bestattet. Das Neugeborene fand man in rechter Hockerlage mit dem Kopf im Norden beerdigt.
Die Knochen der Frau sind außergewöhnlich gut erhalten, so dass der Anthropologe, der sie untersuchte, zahlreiche interessante Details herausfinden konnte, z. B. Rachitis im Kindesalter, Rechtshändigkeit, große Arbeitsbelastung in jüngeren Jahren. Besonders auffällig aber ist eine Trepanation am linken Scheitelbein. Der Lochdefekt selbst hat eine Ausdehnung von maximal 38 mal 25 Millimeter, die Breite der Böschungsfläche schwankt zischen 6 und 15 Millimeter. Die Trepanation ist in Schabetechnik erstellt worden. Aufgrund der in den Defekt hineinreichenden Knochenspangen und der verrundeten Randzonen liegt der Schluss nahe, dass die Frau die Operation mehrere Monate oder gar Jahre überlebt haben muss. Ob der Heilungsprozess komplikationslos verlaufen war, ist dagegen nicht mehr eindeutig zu klären.
Auch eine Primärverletzung am Kopf konnte nicht festgestellt werden, sodass offen bleiben muss, ob die Trepanation als chirurgische Versorgung nach einem Schädeltrauma, etwa einem Sturz auf den Kopf, eingesetzt wurde oder ob andere Gründe vorlagen.

Vor allem aus Mitteldeutschland sind aus dem dritten Jahrtausend vor Christus zahlreiche Beispiele für trepanierte Schädel aus verschiedenen frühen Kulturen bekannt. Fast immer handelt es sich jedoch um männliche Bestattete. Auch in dieser Hinsicht ist also der Fund der Stettener Frau eine wirkliche Rarität.

Abb. 1: Ausstattung des Frauengrabes von Stetten an der Donau (Leihgabe Archäologisches Museum Colombischlössle, Freiburg): Becher mit neun horizontalen Abdrücken einer Schnur im Halsfeld, beidseitig retuschierte Silexklinge, 2 Knochenspitzen, 1 Schleifbruchstück und 1 Tierknochen. Die bestattete Frau war vielleicht zu Lebzeiten mit der Herstellung von Knochenpfriemen betraut. Die fertigen Artefakte befanden sich unter dem Schleifstein, ein unbearbeiteter Tierknochen darüber.

Der leicht veränderte Text und die Bilder des Prologs sind mit freundlicher Genehmigung einem Prospekt des Archäologischen Museums der Stadt Kelheim entnommen. Dort waren die oben gezeigten Funde vom 25.4. bis 31.10.2007 ausgestellt.

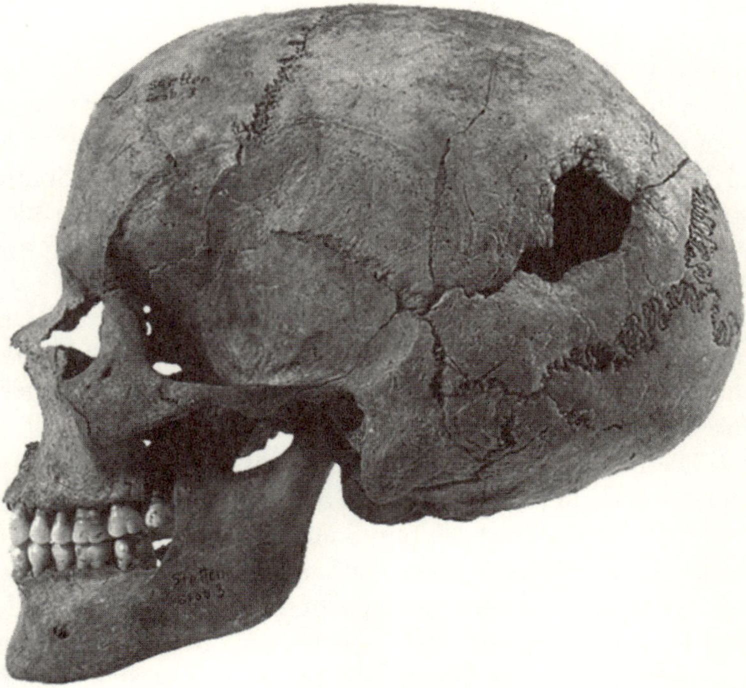

Abb. 2: Schädel von Stetten an der Donau, 2800–2200 v. Chr., Kultur mit Schnurkeramik

Der Heilige Berg

Die Mutter aller Ströme, die Duna, war am Heiligen Berg, der in ihrer Ebene lag, vorbeigeflossen, hatte in einem lang gezogenen Bogen eine Insel gebildet, und kurz bevor sie sich zum nächsten Bogen hin ein wenig in die Richtung des Sonnenhochstandes wandte, nahm sie einen Bach auf. Dieser kleine Wasserlauf kam aus den hügeligen Wäldern des Nachmittagsstandes der Sonne.

Mehrere Steinwürfe von seiner Einmündung in die Duna entfernt, auf einer flachen Erhebung in der riesigen Ebene, lag ein Ort mit fünf Langhäusern und einigen Hütten, umgeben von einem Palisadenring, der auf einem schmalen Wall verlief. Die Pfosten des Schutzringes waren teilweise schon etwas morsch und ein paar Spitzen der Stämme waren abgebrochen. Der Bach lief in einem Halbkreis am Ort vorbei, und wo er der Siedlung am nächsten kam, hatten die Bewohner vom Bach ausgehend eine Wasserrinne gebaut, die unter dem Palisadenring hindurch zur Ortsmitte führte und dort einen kleinen Teich bildete, wo man Wasser entnehmen und waschen konnte.

Hier stand das größte der fünf Langhäuser. Die Ortsälteste, eine weise Frau, wohnte hier mit ihrer Familie, wie auch der Schamane, der aus einem fernen Land, stromabwärts gelegen, vor wenigen Lenzen gekommen war und sich mit Frau und Tochter gut eingelebt hatte. Der Ort lag günstig, von Überschwemmungen wussten die Alten zu berichten, auch von eisigen Wintern mit Hungersnot. Aber das Dorf war nie überflutet oder durch Eisgang beschädigt worden, Langhäuser und Hütten hatten die Bewohner vor Sturm und Kälte geschützt und ihre Vorräte sie auch nach schlechteren Ernten vor dem Hungertod bewahrt. Die Menschen, etwa zwölf Hände an der Zahl, liebten ihre Heimat, das Dorf, den Bach, die Wiesen und Felder sowie besonders den großen Mutterfluss, die Duna.

Die vergangenen Jahreszeiten waren ruhig und friedlich gewesen und die Beziehungen zu den Bewohnern der kleinen Orte in der Umgebung gut. Bei klarem Wetter im Spätsommer feierte man gern mit diesen Nachbarn ein Fest auf dem Berg am großen Mutterfluss, den man mit Booten überqueren musste. Das war an der Insel durchaus möglich und bedeutete für alle festlich gestimmten Teilnehmer ein aufregendes Ereignis. Auf dem Heiligen Berg wurde gesungen, getrommelt und getanzt. Die Menschen dankten für das Leben, den Strom und das weite Land, das sie von der Höhe bewundern und bestaunen konnten.

Im zweitgrößten Langhaus, am Palisadenring gelegen, lebte der fünfjährige Gerrit mit seinen Eltern, der Großmutter und der kleinen Schwester Raitina. Auch drei Mägde und zwei Knechte gehörten zu dem großen Haushalt. Die mit Palisaden verstärkte Schmalseite des hohen Gebäudes zeigte in die Richtung, aus der Winterstürme und Regen kamen, die dann das mit Stroh gedeckte Dach nicht seitlich treffen, sondern am First entlangziehen konnten. Kräftige Pfosten hielten das mit Lehm gefüllte Flechtwerk der Wände. An den dicken Balken des Eingangstores hingen Felle, die tagsüber meist beiseitegeschoben waren. Man konnte sie aber nachts und bei Kälte zuziehen. Durch das Tor gelangte man in die Tenne. Dort waren in der kalten Zeit die meisten Tiere untergebracht. Aus dem Tierstall kam man durch eine weitere, kleinere Pforte in den großen Wohnraum, in dessen Mitte das Herdfeuer brannte. Es brannte eigentlich immer, wenn auch verschieden stark: War es draußen nicht kalt, glimmte es meist nur schwach und wurde verstärkt, wenn heißes Wasser oder warmes Essen benötigt wurde. Auch nachts blieb die Glut erhalten. Bei kühler Witterung ein wenig mehr, obwohl die schlafenden Menschen auf ihren Plätzen an den Wänden in dem großen Raum zusätzlich für Wärme sorgten. Bei eisigem Wetter, Regen und Wind war das angenehm, war aber der Himmel hell und freundlich, dann fühlte sich Gerrit in dem dämmrigen, rauchigen Haus rasch eingeengt und wollte ins Freie.

In der Tenne liefen Ziegen herum, auch standen da einige Rinder sowie ein kleines, aber kräftiges Pferd, das zwar ruhig und friedlich war, aber nur der Großmutter wirklich gehorchte. Über den Ställen waren Heu und getrocknetes Stroh auf Rampen gelagert, die man mit einem Kletterbaum erreichen konnte.

„Warum kannst du auf dem Rücken des kleinen Pferdes sitzen und sonst niemand?“, hatte Gerrit die Großmutter gefragt.

„Andere könnten auch auf ihm reiten“, hatte sie geantwortet. „Vielleicht sogar besser als ich, aber das Pferd lässt sie nicht. Drei Sommer ist es her, da suchte ich in den Auwäldern nach Heilkräutern und Pilzen, als mir ein Reiter entgegen kam. Er saß nach vorn gebeugt auf einem großen Pferd, das ein Bein nachzog und sehr langsam und mühsam zwischen den hohen Bäumen ging. Als er mich sah, ließ er sich von dem Pferd heruntergleiten, aber er konnte nicht stehen, hielt seinen Bauch und kniete auf dem Waldboden.“

„Und das Pferd?“, hatte Gerrit gefragt.

„Pferd und Reiter waren verletzt, aber es kam noch ein kleines Fohlen hinter einem Busch hervor und lehnte sich an seine Mutter, die mit den Vorderbeinen einknickte und dann zur Seite rollte. Ich sah eine Wunde an ihrem Bauch. Dem Fohlen fehlte nichts. Der Reiter war bleich, obwohl er schwarze Haare und dunkle Augen hatte. Seine Sprache verstand ich nicht. Er kam wohl aus den fernen Ländern des Sonnenaufganges. Er streckte seine Hand nach mir aus und schüttelte den Kopf. Ich gab ihm Wasser, aber er konnte es nicht bei sich behalten, nur einige Schmerztropfen flößte ich ihm ein. Einen Tag blieb ich bei ihm, bis er starb.“

„Und die Pferde?“, hatte Gerrit wieder gefragt.

„Das Fohlen konnte bei seiner Mutter noch einige Male trinken, aber einen Tag nach dem Reiter starb das Mutterpferd.“

Gerrit war entsetzt, den Tränen nahe. Die Großmutter hatte seine Hand genommen.

„Über den fremden Reiter und sein Pferd habe ich Walderde, Moos und Laub gestreut, damit die Mutter Erde sie zu sich nimmt. Er war ein schöner Mann“, sagte sie noch leise, fast mehr für sich selbst als für ihren Enkelsohn. „In meinem Fellsack hatte ich Waldhonig, damit habe ich meinen Finger bestrichen und das Fohlen daran lutschen lassen. So konnte ich es nach Hause locken. Dort habe ich den alten Wasserbeutel mit Ziegenmilch gefüllt, etwas Honig beigemischt und mit Geduld konnte ich das Fohlen großziehen.“

„Ja, und das Reiten?“, hatte Gerrit seine Großmutter erinnert.

Sie hatte gelacht. „Ich habe es immer mitgenommen in den Wald. Zuerst habe ich meinen Arm auf seinen Rücken gelegt, dann beide Arme, dann meinen Oberkörper. Als es größer war, habe ich mich auf dem Bauch quer über seinen Rücken gelegt. Es hat mich getragen, und schließlich durfte ich mich auf seinen Rücken setzen und die Mähne festhalten.“

Gerrit war nachdenklich und schweigsam gewesen, er konnte sich jetzt vorstellen, warum der Kleinhengst nur der Großmutter vertraute und sie sogar reiten ließ.

Der Sommer hatte schon seinen Zenit überschritten und das große Fest auf dem Heiligen Berg stand bevor. Die Ortsälteste und der Schamane beobachteten tagsüber Wind, Wolken und Sonne, nachts die Sterne und sagten voraus, nach sieben weiteren Nächten sei ein klarer Tag zu erwarten, alle sollten sich für das Fest bereit machen.

„Kinder, es geht los!“, rief die Mutter, als es wirklich so weit war. „Raitina, jetzt ziehen wir unsere schönen Kleider an und setzen den Federschmuck auf!“

Gerrit murrte: „Es ist noch so früh.“

Er erhob sich aber doch von seinem Lager, zumal die kleine Pforte zum Wohnbereich und das große Tor des Langhauses schon auf waren. Alle Felle waren beiseitegehängt und frische Luft wehte herein. Lärm und Umtriebe waren so stark, dass an Schlafen nicht mehr zu denken war.

„Zieh deine Beinlinge und den Fellumhang an, ich habe die Sachen schon etwas gereinigt, auch die Schuhe“, sagte der Vater, der es mit den Schuhen immer ziemlich genau nahm. „Und nimm die Rückentrage mit dem Sack, Mutter hat schon etwas zu essen hineingesteckt."

Rasch wurde eine kleine Mahlzeit eingenommen, dann gingen alle zu dem Platz am Teich in der Dorfmitte beim großen Langhaus. Die festlich gekleideten Menschen winkten sich zu und begrüßten sich.

Die Ortsälteste hob beide Arme hoch, streckte sie zur Sonne und rief: „Goldenes Licht, sende das Abendfeuer auf den Berg der Wunder!" Sie bleib eine Weile völlig bewegungslos, wandte sich dann an die erwartungsvolle Gruppe und forderte sie auf: „Ihr alle kommt mit zum Heiligen Berg!"

Die Erwachsenen und die meisten Kinder kannten den Weg zum großen Strom hinunter. Die Menschen sangen fröhliche Lieder, manchmal tanzten Kinder aus der Reihe, aber die Gruppe kam doch voran und erreichte vor dem Mittag die Flussinsel, bei der einige Fischer mit ihren Familien warteten, die ganz in der Nähe wohnten. Sie hatten schon geräumige Boote am Ufer befestigt, so dass der erste Teil von ihnen einsteigen und zu der Insel paddeln konnte.

In Gerrits Boot saßen seine Eltern, die kleine Schwester Raitina, zwei junge Burschen und im Heck der Ruderer. Ein Paddel lag auf dem Boden des Einbaumes, wurde aber nicht benötigt, da der Fluss sehr ruhig war. Langsam glitt das Boot zur Insel, aber Gerrit sah kein Ufer, nur tief hängende, dicht belaubte Zweige von Weidengebüsch.

„Die Büsche, die Büsche!", stöhnte er, „die hängen so tief, sie drücken uns herunter."

Die Mutter legte vorsichtig ihre Hand auf seinen Kopf.

„Jetzt die Köpfe langsam tief nach unten beugen!", sagte laut der Fischer hinten im Boot.

Die Insassen folgten aufs Wort, und kurz darauf knirschte der Bug des Bootes auf Sand. Gerrit sah misstrauisch nach oben, die Weidenäste hingen jetzt hoch genug. Nachdem die Boote aus dem Wasser gezogen waren, wurden sie von jeweils zwei kräftigen Männern Huckepack genommen. Sie gingen auf einem Pfad über die mit Gebüsch locker bewachsene Insel, ließen die Boote erneut zu Wasser, und die Wanderer mit den kichernden und plappernden Kindern durften wieder einsteigen.

„Wie schön, wie schön!", rief ein Mädchen mit schwarzen Zöpfen, ungefähr in Gerrits Alter.

Der hielt den Kopf nach unten gebeugt, damit niemand sah, dass er sich schämte.

Dank des wunderbaren Wetters und des eher niedrigen Wasserstandes, war es nicht schwierig, die Überfahrten zu wiederholen, bis alle den Fluss überquert hatten. Am Nachmittag erreichten sie den Heiligen Berg, der nahe am großen Mutterfluss aus der Ebene emporragte.

Die Wanderer erklommen die Anhöhe jetzt mit so viel Eifer und Begeisterung, dass die weise Frau trotz ihrer Luftknappheit lachen musste und meinte: „So schnell haben wir das noch nie geschafft. Jetzt müssen wir uns aber ausruhen."

Obwohl die jungen Leute und die Kinder eigentlich gar keine Rast brauchten, ließen sich alle auf der kleinen Lichtung zwischen Kiefern und Birken nieder und packten Fladenbrot, Rauchfleisch, Kräuter und Beeren aus und reichten Lederbeutel mit Getränken herum. Die Frauen hatten dem Wasser Sirup zugesetzt, unterschiedlich für Männer, Frauen und Kinder. Jetzt beobachteten sie zufrieden die kräftigende und Stimmung aufhellende Wirkung ihrer Getränkemischungen. Dennoch wurde jetzt nur wenig und leise gesprochen.

Der Tag ging zur Neige, die weise Frau erhob sich und schritt zum Platz am Rand des Heiligen Berges, von wo sich der freie Blick auf die Ebene öffnete. Die Wanderer spürten, dass sie ihr Ziel erreicht hatten: Tief unten sahen sie den großen Mutterfluss, ein breiter Streifen, dessen gleitende Oberfläche blausilbern schimmerte, dahinter das weite Land, in der Nähe flach, mit Weiden und Birken locker bewachsen, dann Auwälder in allen Grüntönen, in die sich schon ein wenig Rot und Braun hineinmischte, schließlich Hügel und Bergwald.

Aber was war da, in der unendlichen Ferne? Gerrit sperrte den Mund auf, rieb sich vorsichtig die Augen und starrte auf den Rand der Welt. Dort sah er keinen Waldrand, keinen Himmel, keine Wolken, nein, das waren Berge mit Zacken und Spitzen, aus Licht, aus Wasser, aus Eis?

Er schaute heimlich zur Seite, aber alle blickten gebannt in die Weite, niemand sprach ein Wort. Die Sonne, schon tief stehend, veränderte ganz langsam ihre Farbe, dunkelgelb wurde sie, dann orange, schließlich zartrot. Die Berge glühten auf. Bestanden sie gar aus Feuer? Aber die Glut bewegte sich nicht, sie verdunkelte sich allmählich. Zarte Flötenmusik ertönte, zu der eine Trommel, zunächst leise, dann deutlicher und lauter, den Takt schlug. Eine zweite Flöte mit tiefem Ton kam hinzu und weitere Trommeln.

Langsam bewegten sich die Menschen zu der Musik. Sie begannen sich zu drehen und zu tanzen, bildeten Gruppen und Paare, nahmen sich an den Händen, umarmten sich, schwebten und hüpften immer weiter, immer länger, es wurde Abend, es wurde Nacht. Erst spät beherrschten Ruhe und schließlich der Schlaf den Heiligen Berg.

Am frühen Morgen begrüßte die weise Frau die Sonne mit Gesang und Trommelbegleitung. Sie dankte der heiligen Mutter Erde für den Fluss und das Land und besonders für die Ernte, die für den kommenden Winter ausreichen würde. Alle klatschten und stimmten in das Lied ein, wie sie es vermochten.

Die Sonne stieg wieder höher. Gerrit sah, dass zum Aufbruch gerüstet wurde und packte auch seinen kleinen Beutel. Er warf einen Abschiedsblick in die Ferne, konnte die geheimnisvollen Berge nicht mehr wahrnehmen, sah aber den großen Mutterfluss in der Tiefe in Richtung seines Heimatortes fließen.

Auf dem Rückweg fragte er seinen Vater: „Warum sehe ich die Lichtberge, die gestern Abend rot waren, jetzt nicht mehr? Ich sehe doch sonst alles."

„Ich sehe die Berge jetzt auch nicht, aber ich sehe dich, die Mutter, Raitina, alle Leute, die Bäume und das Land. An unseren Augen kann es nicht liegen, es muss mit dem Licht zusammenhängen. Aber genau weiß ich es nicht."

„Du bist doch schon so alt. Wenn du es nicht weißt, wer weiß es dann? Vielleicht die weise Frau?"

Gerrit ließ die Hand seines Vater nicht los, obwohl er enttäuscht war, dass er keine klare Antwort bekommen hatte. Er nahm sich vor, gleich beim Überqueren des Flusses genau auf die Weidenäste zu achten, keine Angst zu zeigen, aber sich doch rechtzeitig zu ducken.

Sie kamen wohlbehalten zu Hause an, und die Großmutter, die daheim geblieben war, nahm ihren Enkelsohn in den Arm und fragte: „Wie hat dir das Fest gefallen, Gerrit?"

„Die Lichtberge waren am Abend golden, dann rot, und heute morgen waren sie weg, ich weiß nicht ... und der Vater weiß es auch nicht ... Wo wohnt denn jetzt die heilige Mutter der Erde und des Himmels?"

„Das Licht wechselt, es gibt den Tag, es gibt die Nacht, den Morgen und den Abend, die Berge selbst bleiben unverändert, und die heilige Mutter der Erde und des Himmels wohnt überall", antwortete die Großmutter. „Und ich habe ein Stück knuspriges Fladenbrot mit Honig für dich."

Der Herbst hatte den Sommer abgelöst, und eines Abends hörte Gerrit seine Eltern am Herdfeuer reden.

„Ich muss zum Großherrn, es gibt Gerüchte, dass eine räuberische Bande umherzieht. Nicht in der Nähe, aber es soll mit Spähern und Kriegern beraten und geübt werden, wie wir uns schützen können", sagte der Vater.

Die Eltern redeten noch weiter, aber ziemlich leise, und Gerrit schlief wieder ein.

Als er wenige Tage später morgens noch schlaftrunken von seinem Liegeplatz zur Feuerstelle kam, hatte der Vater schon seinen großen Fellbeutel für die Rückentrage gepackt, hielt in der linken Hand einen Speer und hatte den Dolch in der Scheide am Gürtel. Er strich Gerrit die Haare aus der Stirn.

„Ich komme bald wieder, der Onkel passt auf euch auf", erklärte er, umarmte die Mutter kurz und ging los.

Gerrit lief ein Stück mit ihm. Er schaute an seinem Vater empor, bewunderte den großen Mann mit den langen Beinen, die er beim Gehen etwas schlenkerte, die aber große Schritte ermöglichten. Der Fellumhang aus feinem Ziegenleder reichte bis zu den Knien, er hatte feste Schuhe und sorgfältig aus Fell gearbeitete Beinlinge. Der schwere Fellsack in dem Tragegestell schien ihn nicht zu belasten. Mit der linken Hand benutzte er den Speer, die Spitze nach oben gerichtet, als Wanderstab und rechts hielt er die Hand seines Sohnes. Eine Fellmütze bedeckte seine dichten hellbraunen Haare; den etwas dunkleren Bart hatte er mit seinem kleinen Messer gekürzt und um den Mund herum Barthaare weggeschabt, so dass man sehen konnte, ob er lächelte oder die Mundwinkel ärgerlich nach unten zog, was aber selten der Fall war. Mit den hellen, grünlich schimmernden Augen unter seinen buschigen Brauen blickte er in die Ferne und dann wieder auf den Sohn an seiner Seite. Der drückte noch einmal kurz mit seinen kleinen Händen die kräftigen Finger des Vaters und kehrte dann rasch um nach Hause, nicht nur weil es kühl war, sondern weil er weinen musste.

Der Raubüberfall

Der Winter hatte das Land verändert. Gerrit kam aus der Kälte durch die Tenne, froh, trotz etwas rauchiger Luft in den warmen Raum zu kommen, wo die Mutter an der Kochstelle hantierte und über dem Feuer gerade eine heiße Suppe dampfte. Zwei Knechte und drei Mägde scharten sich mit Raitina um das Feuer.

Die kleine Schwester hatte drei Sommer weniger erlebt als Gerrit. Sie war schon bei der Mutter und lutschte am Daumen, weil die Suppe nicht schnell genug fertig war. Schließlich murmelte die Mutter ein Gebet, hielt kurz beide Hände über die große tönerne Suppenschüssel, und die Mägde und Knechte tauchten kleine Becher in die heiße Brühe. Vorsichtig fischten sie mit den Fingern noch verheißungsvolle Stückchen heraus, insbesondere von Fleisch, welches zwar gut erhitzt, aber doch zum Teil recht zäh, fettig und faserig war. Die Mutter ließ die kleine Schwester an ihrem Napf schlürfen und reichte auch ihrem Sohn einen Becher mit der nahrhaften Suppe. Gerrit nahm das Tongefäß, schlürfte an der Flüssigkeit und fischte auch kleine Bröckchen, Körner und Gemüsefasern heraus, auf denen er intensiv kaute. Doch beinahe alle Fleischstücke verschmähte er.

Der ältere Knecht grinste und stellte fest: „Der Junge kaut ja die Suppe“, und schüttelte den Kopf.

Sogar die kleine Schwester aß mehr als Gerrit und die Mutter sorgte sich. Gerrit hatte aber kaum Hunger, zumal ihm die junge Magd ein kleines Fladenbrot mit etwas Honig geschenkt und ihm außerdem beim Melken Milch aus dem Kuheuter gleich in den Mund gespritzt hatte, was beide ganz lustig fanden und offenbar die Kuh nicht störte. Also kaute er weiter träge an seiner Mahlzeit. Da wurde die Mutter wütend und gab ihm eine Ohrfeige. Der kleine tönerne Napf zersplitterte und traf seine Lippe, wo ein winziger Schnitt entstand, der aber doch blutete. Er heulte laut, griff mit der Hand an den Mund

und heulte noch lauter. Erschrocken nahm die Mutter ihren Sohn in den Arm und sagte etwas zu der Magd, die wegging und sogleich mit einem Huflattichblatt zurückkehrte, das die Mutter ihrem Sohn auf die Wunde legte und leicht andrückte. Die dunklen Augen der Magd zeigten kaum wahrnehmbar ein Lächeln, das der heulende Gerrit trotz des Tränenflusses bemerkte. Er schöpfte neuen Mut und ahnte, dass er die Sache überstehen würde, verfiel in Greinen und leises Jammern und zog sich auf seinen Schlafplatz zurück. Wenigstens musste er nicht mehr essen.

Gerrit ließ die Gedanken schweifen, während die anderen am Feuer sich noch leise unterhielten. Er war viel lieber draußen und streunte umher. Diese oft stickigen und rauchigen Räume mochte er nicht leiden. Er setzte sich auf und betastete seine Mundpartie. Das Huflattichblatt klebte noch gut auf der Wunde, er beschloss, vorsichtig zu sein und ließ alles so, wie es war, stieg in seine Fellschuhe, nahm seinen Umhang aus Hasenfell und stahl sich nach draußen.

Das Wetter war herrlich, die Sonne noch strahlend, der Himmel blau, Sandbuchten und Weidenbäume am Ufer des großen Flusses waren wie verzaubert vom Schnee, der sogar auf den Ästen und Zweigen glitzerte. Er ging weiter hinunter und sah, dass der Strom erstarrt war. Eisschollen hatten sich gebildet mit gleißenden, teilweise auch durchsichtigen kleinen Felsen. Er wusste, dass er sich nicht zu weit entfernen durfte, denn es war ja Krieg. Der Vater war vom Großherrn zu den Waffen gerufen worden, weil Eindringlinge aus der Richtung des Sonnenaufgangs die Gegend unsicher machten. Einzelgehöfte, Weiler und sogar Dörfer hatten sie schon angegriffen. Gerrit wusste aus den Gesprächen der Erwachsenen, dass umherstreifende, zum Teil große Banden Ortschaften ausraubten, Menschen verletzten und töteten, manche auch verschleppten, besonders Frauen und Kinder.

Vor kurzem war sein Vater trotzdem für wenige Tage zu Hause gewesen, er hatte mehr Waffen bei sich gehabt als bei seinem ersten Weggang, nicht nur Speer und Dolch, sondern auch einen großen Bogen mit Pfeilen. Gerrit bewunderte ihn, obwohl er in sich gekehrt und wortkarg war. Er redete zwar mit der Mutter, aber kaum mit den übrigen Angehörigen und auch nicht mit seinem Sohn. Den großen Bogen sowie einen Köcher hatte er beim Misthaufen hinter dem Kuhstall versteckt, hoch an der Wand aufgehängt, offenbar sollte er von den Kindern nicht entdeckt werden. Gerrit, der beim Wasserlassen auch gern die Augen schweifen ließ, hatte den Bogen natürlich erspäht. Er bat den Vater, eine von den Krähen abzuschießen, die immer auf den Palisaden hockten und krächzten. Der Vater behauptete, er habe den Bogen nicht hier. Da zeigte Gerrit ihm die Waffe. Der Vater lächelte nachsichtig, erklärte aber seinem Sohn, das sei eine Kriegswaffe, Krähen dürfe man damit nicht schießen, und die Pfeile habe der Hauptmann abgezählt.

Gerrit war enttäuscht, dann recht nachdenklich und fragte: „Schießt man damit nur auf Menschen?"

Der Vater zögerte und bejahte schließlich.

Drei Tage später war er wieder in diesen schrecklichen Krieg gezogen, statt einmal mit ihm zu spielen oder etwas zu bauen, wie zum Beispiel ein kleines, hölzernes Boot, das man im Sommer auf dem Teich oder im Bach, an einer Schnur angebunden, schwimmen lassen konnte. Außerdem hätte er noch so viele Fragen an den Vater gehabt.

Gerrits Gedanken fanden in die Gegenwart zurück. Er spürte die Kälte und merkte, er sollte wohl langsam wieder zum Dorf zurückgehen. Die Sonne schien noch auf die Flussauen und am klaren Himmel zog ein Bussard seine Kreise. Bisweilen stieß er einen singenden, etwas klagenden Schrei aus, während er nach Beute spähte. Gerrit legte sich auf den Rücken, um den Vogel zu beobachten, statt nach Hause zu gehen. Die Unterseite des wunderbaren Tieres war gelblich braun, und einige seiner Federn glänzten hell, fast golden, weil die Sonne schon tief stand und das Licht an die Unterseite des Vogels gelangte. Das Tier schlug nur selten mit den Flügeln und vertraute sanft segelnd dem leichten Wind, der kalt und gleichmäßig aus der Richtung des Sonnenaufgangs kam.

Gerrit spürte, dass der Vogel ihn beobachtete, genau wie er selbst das Tier anschaute. Er staunte über die ruhige Sicherheit dieses wunderschönen Seglers, dessen Kraft und Wachsamkeit ein wenig auch auf den kleinen Menschen überging, der zu ihm empor starrte. Der Junge fühlte sich dem starken Tier nahe und für Angst und Trübsinn war kein Raum. Die Flugkreise des Bussards wurden größer und er verschwand am Horizont in der untergehenden Sonne.

Da hörte Gerrit das Rufen und Pfeifen seiner Mutter, die vor den Palisaden auf dem Schutzwall stand. Also rappelte er sich auf und trottete langsam, jetzt aber doch guten Mutes, nach Hause. Die Mutter schaute auf seine kleine Lippenwunde und sagte nichts, obwohl er schon wieder so lange in der Gegend herumgelungert war, wie sie das nannte. Er selbst sah das mit dem Herumlungern anders. Er brauchte es einfach wie die Luft zum Atmen.

Eine Mondzeit später war es nicht mehr ganz so kalt, und die Schneedecke war dünner geworden. Aber noch war es Winter, als Gerrit mitten in der Nacht von der Mutter aus dem Schlaf gerissen wurde.

„Komm sofort mit, wir müssen weg!"

Er war furchtbar müde und sehr unzufrieden. Er solle mit der Großmutter vorgehen, die Mutter würde mit der kleinen Schwester rasch nachkommen, hieß es jetzt. Ihm fiel ein, dass er im Schlaf ein Hornsignal wahrgenommen hatte. Aber im Moment hörte er nur ein paar Leute rufen und offenbar hin- und herrennen. Außerhalb des Hauses sah er dunkle Schatten laufender Menschen und einiger Tiere, die unruhig geworden waren. Aber das schien alles nicht bedrohlich und er wollte schon wieder etwas im Ort umherstreifen. Aber die Großmutter zerrte ihn mit, er liebte sie sehr, also folgte er brav. Sie ging doch tatsächlich zu dem großen Misthaufen und schob etwas Küchenabfall und altes Heu beiseite. Zum Vorschein kam ein Holzverschlag mit einer winzigen Klapptür. Durch diese schob sie ihn in eine große rohe Kiste hinein, bevor sie selbst hinterher kroch. Da hörte Gerrit plötzlich fürchterlichen Lärm, kriegerisches Gebrüll, das Klirren von Waffen und Schreie von Menschen und Tieren. Er sah und hörte einen Feuerstrahl durch die Nacht zischen, da die Großmutter die Klappe des Verschlages noch aufhielt, bis die Mutter außer Atem mit der kleinen Schwester herangerannt kam. Die Großmutter schob altes Laub und klebrigen Mist vor die Klappe, dann schloss sie sie endgültig.

Der Lärm schwoll an, das Gebrüll klang triumphierend, auch Angstschreie waren zu hören und Gerrit geriet in Panik, zumal der Verschlag wieder geöffnet wurde. Aber es war nur der Onkel, der im Nachbarhaus wohnte und jetzt schwer atmend auch herein kroch. Er hielt seine rechte Hand auf den linken Oberarm gepresst, aus dem Blut herausfloss. Die Großmutter schob wieder Mist vor die Klappe. Gerrit hörte lautes Zischen und sah Feuerstrahlen näherkommen, dann schlossen Mutter und Großmutter die Klappe wieder. Der Lärm kam näher, noch näher ging es nicht. Es dröhnte. Der ganze Holzverschlag schwankte. Gerrit hatte nicht wirklich gewusst, was Angst ist. Nun schnürte sie ihm den Hals zu, aber trotzdem jammerte und weinte er laut. Weil er glaubte, keine Luft mehr zu bekommen, versuchte er zu der Klappe zu kriechen, um sich draußen zu verstecken. Denn hier drinnen war es furchtbar eng und dunkel.

Der Onkel drückte seine linke Hand fest auf Gerrits Mund und trotz der grässlichen Angst dachte dieser: „Seltsam, am linken Arm hat er doch diese Verletzung, der Arm blutet, den drückt er doch mit der rechten Hand an den Körper. Er kann also noch die linke Hand bewegen, obwohl der Arm oben blutet."

Gerrit hörte auf zu wimmern und ergab sich in sein Schicksal. Das merkte der Onkel und nahm seine Hand weg. Man hörte unverständliches Schimpfen und Fluchen, die Kiste wurde gestoßen. Dann wurde es ein wenig ruhiger. Lachen und Reden war noch zu vernehmen, das schließlich langsam verebbte. Im Kasten wurde die Luft immer drückender. Die Mutter öffnete die Klappe einen Finger breit. Kühle Luft drang hinein, aber der Gestank blieb.

Am Morgen schwoll der Lärm wieder an. Kommandos und Rufe waren zu hören, wurden aber weniger und leiser. Schließlich war kaum noch etwas zu vernehmen.

Der Onkel murmelte: „Ich glaube, die sind abgezogen, ich will mal hinaus schauen."

Seine Wunde hatte aufgehört zu bluten.

Die Mutter warnte: „Sei vorsichtig!"

Der Onkel hielt den linken Arm noch ruhig, öffnete mit der rechten Hand langsam die Klappe und räumte Mist und verfaultes Heu beiseite. Trotz des Gestanks konnte man Verbranntes riechen und die Luft war voller Rauch. Der Onkel kroch vorsichtig hinaus, schloss die Klappe und bedeckte sie wieder mit Mist. Alle in der Kiste waren niedergeschlagen und voller Sorge. Nur die kleine Schwester döste noch vor sich hin. Der Onkel kam aber recht bald zurück.

„Sie sind wirklich abgezogen", er kämpfte mit Tränen. „Aber es ist grausam. Viele Tote, alles brennt. Kommt heraus!"

Gerrit konnte es nicht begreifen, er war entsetzt.

Die kleine Schwester rief: „Viel Feuer!"

„Wir müssen hier weg", bestimmte die Mutter.

Gerrit wollte nicht weg. Alle Häuser brannten, bis auf das Langhaus, das zwar schwer beschädigt, doch bisher vom Feuer verschont geblieben war. Der Abstand zu den anderen Häusern war ausreichend groß und nach dem Schneeräumen waren direkt am Haus ringsherum kleine Schneewälle liegen geblieben. Wahrscheinlich würde also auch kein Feuer zum Langhaus überspringen.

Leute liefen herum, voller Angst und verwirrt. Einer Frau waren sämtliche Haare vom Kopf weggebrannt, sogar die Augenbrauen. Sie hatte aber offenbar alle Kleider rechtzeitig von sich reißen können, sodass sie keine schweren Brandwunden am Körper hatte. Sie war nackt, völlig verdreckt und bedeckte frierend ihre Blöße mit dem Rest eines löchrigen Umhangs, der früher wohl ein schöner weicher Fellmantel gewesen war, jedenfalls hing noch eine kostbare Spange an den Fetzen. Überall lagen Tote, ein Leichnam war verkohlt. Verletzte gab es auch, sie hatten sich zum Teil in das Langhaus geschleppt, einige wurden auch von verschiedenen Nachbarn hineingebracht, weil sie zu schwach oder zu schwer verletzt waren, um selbst zu gehen.

Der Hausrat und die Einrichtungen des geräumigen Langhauses waren zum großen Teil zerstört, Gefäße waren zerbrochen. Die Kochstelle und einige Bänke hatten jedoch dem Überfall getrotzt. Im Stall waren nur noch die eine Kuh, die Gerrit so gut leiden konnte, und der Kleinhengst geblieben. Die übrigen Tiere bis auf einen Hund waren fort. Überall lagen zersplittertes Holz, Scherben und Unrat.

Zur Überraschung aller hatten die plündernden Krieger einen großen Wasserbehälter in der Küche übersehen. So wusch die Mutter zuerst dem Onkel die Armwunde, nachdem sie ein Feuer entfacht und Wasser erhitzt hatte. Sie streute ein seltsam nach Pilzen riechendes Puder hinein und legte Beinwellblätter auf. In diesem Augenblick betrat der Schamane den Raum. Er humpelte, war verdreckt, die Haare verbrannt, die Kleidung zerfetzt. Seine Frau sah kaum besser aus. Nur die Tochter schien unversehrt.

Der Schamane warf einen prüfenden Blick auf die Wunde des Onkels: „Es wird gut“, sagte er.

Der Onkel dankte kurz und meinte: „Dass sie uns angreifen würden, wo der Winter kaum vorbei ist und sogar noch Schnee liegt, wer hätte das gedacht?“

Die Mutter murmelte irgendetwas von Ahnungen, die sie gehabt hatte, und der Schamane sagte dazu nichts, sondern beobachtete die Verletzten. Die Frau des Schamanen, eine Hebamme und Heilerin, schaute zunächst die Wunde am Bein ihres Mannes an, die zerfetzt und schmutzig aussah, wusch sie mit warmem Wasser aus und fragte die Mutter, ob sie ein wenig von dem Puder bekommen könne. Sie habe keine Mittel aus dem brennenden Haus retten können, ihr Mann auch nicht.

Der lächelte aber ein wenig, obwohl tatsächlich die Tinkturen und getrockneten Heilpflanzen vernichtet waren. Seine Feuersteinwerkzeuge würde er schon wieder finden, meinte er, auch wenn das Haus völlig verbrannt sei. Er strahlte Ruhe und Sicherheit aus, obwohl er ein kleiner Mann war und schlank, seine Schultern waren eckig, die struppigen, jetzt verdreckten, borstigen schwarzen Haare waren ebenso üppig wie sein Bart, so dass man seinen Gesichtsausdruck nicht erkennen konnte. Die Augen waren dunkel, aber irgend etwas strahlte aus ihnen, es war nicht nur Aufmerksamkeit, es war die Bereitschaft für Hinwendung zu Personen und zu allem Leben um ihn herum. Seine Frau hatte dunkle, jetzt etwas angebrannte Haare mit einigen braunen Strähnen darin, das Gesicht war offen und klar wie auch die hellbraunen Augen. Ihre Bewegungen waren zart aber dennoch kraftvoll und geschmeidig wie ihre Gestalt. Nun wandten sich beide den Verletzten zu, versorgten deren Wunden soweit möglich, indem sie diese reinigten, wuschen und mit dem Puder bestreuten, das nach Waldpilzen roch und leider bald verbraucht war.

Ula, die Tochter der Heilerin und des Schamanen, ging ihren Eltern zur Hand, reichte Huflattichblätter und brachte Unrat weg. Sie war ruhig und bedacht in ihren Bewegungen, ihre großen dunklen Augen verrieten Staunen, aber keine Angst. Gerrit bewunderte sie und betrachtete ihre schwarzen Haare, denen das Licht des Feuers einen orangeroten Schimmer verlieh.

Einem Mann hatte ein herabstürzender Holzstamm die Schulter ausgerenkt. Der Schamane erklärte der Mutter, dass die kleine Menge Tropfen gegen die Schmerzen, die er in seinem Lederbeutel gehabt habe, verbraucht sei und fragte, ob sie noch etwas auftreiben könne. Die Mutter räumte suchend in Schutt und Scherben herum. Schließlich fand sie ihre beiden kleinen, recht stabilen, mit Holunderkorken verschlossenen Tonfläschchen wieder, eines mit einem getrockneten Pulver- und Pflanzengemisch zur Schmerzlinderung, das andere zur Beruhigung.

Gerrit war froh, dass er gebeten wurde, das Feuer anzufachen, damit die Mutter Tee zubereiten konnte. Im Scherbenhaufen unter all' dem zertrümmerten Hausrat fand sie schließlich noch zwei Schalen, die trotz Beschädigung geeignet waren, Flüssigkeit aufzunehmen. Sie schob zwei glatte, große Kieselsteine ins Feuer, und Gerrit goss Wasser in das kleine Becken aus gestampftem Lehm, gleich neben dem Feuer, das zusätzlich mit einem dicken Lederstück ausgekleidet war. Mit einer langen Tonscherbe schob dann die Mutter einen der heiß gewordenen Kieselsteine in die mit Wasser gefüllte Mulde neben dem Feuer. Es zischte, Dampf stieg auf, und das Wasser siedete bald. Mit der Schale konnte die Mutter heißes Wasser entnehmen und streute das schmerzlindernde Pflanzenpulver in die eine und das Beruhigungsmittel in die andere Schale. Sie arbeitete rasch, dennoch sehr sorgfältig, ohne hastige oder ungenaue Bewegung. Aber ihre Kleidung war zerrissen und verschmutzt, die Spange aus Hirschhorn und die kleine Halskette waren offensichtlich verloren gegangen. Ihre Haare, hell wie gereifter Weizen, jetzt schmutzig, blutverschmiert, hatte sie mit einer Hanfschnur nach hinten gebunden, und ihre Augen, bei Licht blau, wie der Himmel im Sommer, schienen jetzt unendlich traurig.

Von beiden Teesorten bekam der Kranke mit der ausgerenkten Schulter zu Trinken. Er wurde ziemlich schläfrig, konnte kaum die Augenlider offenhalten, nahm aber seine Umgebung noch wahr. Wenn er angesprochen wurde, gab er auch Antworten, sprach aber etwas undeutlich.

Gerrit bestaunte all diese Vorgänge und beobachtete sehr genau, wie die Heilerin und der Schamane, unterstützt von seiner Mutter, mit den verletzten Menschen umgingen und, trotz Chaos und Zerstörung, gegen das Elend ankämpften. Auch die Großmutter versuchte zu helfen, aber ihre Bewegungen waren langsam, kraftlos. Sie legten den Schulterverletzten auf seine gesunde Körperseite. Der Schamane hob den ausgerenkten Arm ganz hoch, winkelte den Ellenbogen ab und drehte den Arm nach hinten. Der Kranke wurde wach und jammerte laut. Der Schamane legte seinen linken Unterarm unter die Achselhöhle des Kranken und drückte den Arm des Verletzten an dessen Körper. Die ausgerenkte Schulter schien danach tatsächlich in Ordnung zu sein. Der Schamane prüfte ganz vorsichtig die Beweglichkeit, band dann den Oberarm mit allerlei Tuchfetzen, welche ihm die Mutter gebracht hatte, seitlich an den Brustkorb des Verletzten, so dass er in der Schulter keine Bewegungen ausführen konnte. Ellenbogen und Hand blieben frei und beweglich. Gerrits Onkel und der Schulterverletzte konnten beide ihre Hände bewegen und waren, zu Gerrits Staunen, nicht mehr wirklich auf Hilfe angewiesen.

Es war inzwischen Mittagszeit. Die Mutter stellte fest, dass fast alles Wasser verbraucht war. Es wurde beschlossen, dass sie mit dem Onkel zum Bach gehen und in den Lederschläuchen Wasser holen würden. Gerrit wollte unbedingt mitkommen und nörgelte so ausgiebig, bis die Mutter einlenkte und auch für ihn einen kleinen Ledersack fand, der als Wasserbehälter geeignet war.

Auf dem Weg durch das Dorf sahen sie, dass in fast allen Häusern noch Brandherde zündelten. Einige Leute versuchten hastig, Flammen und Glut einzudämmen. Aber das Feuer hatte schon sehr viele der Anlagen sowie Häuser für Menschen und Tiere zerstört. Gerrit staunte, dass nur wenig Menschen und keine Tiere zu sehen waren. „Viele sind tot", sagte die Mutter, „verbrannt, umgebracht, verschleppt, vielleicht auch geflohen."

Auf dem Weg zum Teich kam ihnen eine Frau mit einem kleinen Wassersack entgegen. Sie führte ein Kind an der Hand, das Brandwunden am Körper hatte, die durch die Löcher in der Kleidung zu sehen waren. Außerdem hatte der Kleine, trotz der Kälte, keine Schuhe an und blutige Füße.

„Wartet hier", sagte die Mutter zu der Frau. „Wir kommen gleich zurück." Und zu dem Jungen: „Wir haben Schuhe für dich."

Gerrit war unzufrieden, was sollte das wohl heißen, wir haben Schuhe für dich. Er schaute auf seine ausgetretenen, aber stabilen Fellschuhe, die bereits etwas knapp waren, aber sehr bequem, und die ihn schon öfter durch dick und dünn getragen hatten.

Am Bach füllten sie ihre Schläuche und die Mutter erklärte: „Der Junge bekommt deine Schuhe. Ich habe noch neue für dich, die deine Großmutter gemacht hat. Sie sind noch etwas groß, aber sehr gut. Ich habe die alte Truhe gesehen, in die ich sie eingeräumt habe. Die Truhe ist nicht zerstört."

Die Frau und der kleine Junge begleiteten sie in das Langhaus. Gerrit bekam diese neuen Schuhe, die er erst gar nicht leiden mochte, weil sie zu groß und noch nicht weich gelaufen waren. Aber Widerrede war zwecklos. Er musste seine Schuhe ausziehen. Also schlüpfte er in die Neuen und begann tapfer damit, diese einzulaufen.

Neugierig streunte er bei den noch glimmenden Nachbarhäusern herum, die er jetzt an vielen Stellen offen sehen konnte, weil die Wände verbrannt waren. Vieles war zerstört, manches aber noch heil, wie die steinernen Werkzeuge und Geräte oder dickwandige Gefäße. Tönerne Schüsseln, Becher und Krüge mit den schönen Verzierungen waren zersplittert und viele Scherben lagen herum.

Als er sich einem der kleineren Häuser näherte, das schon fast völlig verbrannt war, sah er die tote Familie. Die Frau, die ihren schwarz verschrumpelten Arm um das tote Kind geschlungen hatte und neben ihr den Mann, der eine Axt in seiner schwarzen Hand hielt, als hätte er eben noch einen Angreifer abwehren wollen. Gerrit begriff, dass er auch so daliegen könnte, blieb aber bei seinen Überlegungen ganz ruhig, die Neugier überwog fast seine Angst. Da rief ihn die Mutter, die aus dem Langhaus herausgekommen war, er solle nicht herumstreunen, sondern sich nützlich machen.

Der Tag ging zu Ende, es dämmerte, schließlich wurde es wieder Nacht. Gerrit räumte sich eine kleine Ecke an seinem gewohnten Schlafplatz frei und kroch unter ein schmutziges Stück Fell. Er schlief unruhig, mit Angstträumen und Unterbrechungen, weil die Verwundeten oft stöhnten und der Schamane und seine Frau, aber auch die Mutter, mehrmals aufstanden und den Verletzten Wasser oder Beruhigungsmittel einflößten.

Früh am Morgen begann die junge Frau mit den schweren Verbrennungen, die er unter den Verletzten nur flüchtig gesehen hatte, laut röchelnd, rasch unregelmäßig und schließlich schwächer zu atmen, bis sie starb.

Gerrit stand auf, ging zu der Toten und trotz der Abschürfungen und Rußschwärze in ihrem Gesicht erkannte er, dass es die nette, fröhliche Magd war, die ihm immer wieder mal kleine Leckerbissen zugesteckt hatte. Er starrte schluchzend auf die tote junge Frau, als eine schwarze, verdreckte Gestalt, mit verkrustetem Blut am Kopf und im Gesicht, hereinschwankte. Es war der Knecht, der mit der toten jungen Magd befreundet gewesen war. Er sah sie, stöhnte, weinte, brach zusammen und lag dann in all dem Dreck und Gerümpel neben der Toten. Gerrits Mutter hob den Kopf des jungen Mannes ein wenig an, damit der Schamane ihn sehen konnte.

„Er hat eine Kopfverletzung", sagte dieser. „Wir müssen sie sofort versorgen, sonst wird das nichts. Draußen ist es gut hell, das wird uns helfen. Wir brauchen viel warmes Wasser."

Sie brachten den Kranken ins Freie, lagerten ihn nur ein wenig hoch und der Schamane wusch behutsam aber gründlich den Kopf. Er schnitt mit Blut verklebte Haare ab und eine sehr verschmutzte, klaffende Wunde links oben am Scheitel wurde sichtbar. Obwohl es blutete, entfernte er reichlich Schmutz und Fremdkörper, wobei es seiner Frau gelang, trotz der beschädigten Gefäße ständig warmes Wasser in die Wunde zu spülen. Am Grund der Wunde sah Gerrit manchmal kurz eine hellgelbe glatte Schicht, wie an einem Baumstamm, von dem er mit seinem kleinen Messer die Rinde abgeschabt hatte. Schließlich kratzte der Schamane mit einem Schaber die Wunde gründlich sauber und sie blutete wieder stärker. Dann legte er getrocknete Blätter auf und schob die Wundränder zusammen.

„Der Knochen ist nicht verletzt", sagte er. „Aber in der Wunde war viel Schmutz, der reichlich lange eingewirkt hat. Es könnte trotzdem gut werden", und an Gerrits Mutter gewandt: „Hast du noch ein paar Blätter?"

„Ja", erwiderte sie. „Aber es sind die letzten."

Der Schamane drückte die Blätter mit der rechten Handfläche auf die Wunde und wartete. Gerrit sah deutlich, dass er den Druck seiner Hand nicht lockerte, sondern weiter drückte und geduldig verharrte, trotz der Unruhe um ihn herum.

Gegen Mittag trugen die Mutter und die Heilerin die Tote in den Eingangsbereich, entkleideten sie und reinigten sie mit Wasser, so gut es ging. Auf dem Platz, wo die Magd früher geschlafen hatte, fand die Mutter in dem Durcheinander noch den Umhang der Magd, mit dem sie den Leichnam umhüllen konnte. Ihren Hals schmückten sie mit einer Schnur aus Hanf, auf die eine Perle aus Bernstein gefädelt war. Sie verharrten schweigend neben der Toten. Der Onkel und der Schamane stachen am Waldrand unter den ersten Bäumen mit ihren Steindolchen den harten Boden auf. Die gefrorene Schicht war einige Fingerbreit tief, so dass sie darunter den Waldboden mit Steinhacken und Holzspaten beiseiteschieben und noch ein zwei Fuß tiefes, schmales Grab ausheben konnten. Mit einer Trage aus Stangen trugen die Männer die Tote zum Begräbnisplatz, begleitet von den beiden Frauen und den Kindern. Der Leichnam wurde vorsichtig von der Trage herunter gerollt und auf der Seite liegend und mit angewinkelten Knien in das Grab gebettet. Das Gesicht der Toten war in Richtung der Mittagssonne gewandt. Der Schamane sprach Segensworte und blies eine kleine Melodie auf seiner Flöte, während die Übrigen die Tote langsam mit Erde bedeckten.

Gerrit und die Schamanentochter streiften zusammen durch die Trümmer der verbrannten Häuser. Sie fanden einen Toten, wohl der einzige feindliche Krieger, der umgekommen war. Er war ganz verkohlt. Sein Lederhelm lag neben dem Kopf, in dem eine tiefe Wunde klaffte, neben dem Helm lag eine Hacke und an der Seite des toten Kriegers entdeckten sie seinen langen Dolch.

Gerrit hatte nie ein so langes Messer gesehen. Es war sehr scharf und am Griff reich verziert. Da die meisten Bewohner des Ortes bei dem Angriff getötet worden waren, fand Gerrit es beruhigend, dass wenigstens einer der Angreifer umgekommen war. Dieser lange Dolch aber war beängstigend. Die fremden Krieger mussten wohl gute und besonders wirksame Waffen haben.

Er berichtete der Mutter von dem großen toten Krieger mit dem verzierten Dolch. Die Schamanentochter hörte neugierig zu. Aber die Mutter verbot ihm, in den Ruinen herumzustreunen, das sei gefährlich, verkohlte Balken könnten brechen und herabstürzen.

Also gingen die Kinder in die Flussauen. Der Schnee war inzwischen weitgehend geschmolzen, erste grüne Halme sprossen hervor und der Fluss strömte ungehindert, brachte aber öfter noch Eisschollen mit sich. Die Kinder versuchten, diese mit Kieselsteinen zu bewerfen. Gerrit konnte das besser als Ula, die Schamanentochter. Sie ärgerte sich aber nicht darüber, sondern lachte nur, wenn sie zu kurz warf oder weit neben die Eisscholle.

Sie strich mit den Händen eine ebene Fläche in den feuchten Sand und ritzte dann mit dem Finger oder einem Stöckchen Figuren und Zeichen hinein, die sie Gerrit dann erklärte.

„Ich habe schon gesehen wie ein Mensch auf die Welt kommt, nämlich aus dem Bauch der Frau. Nur die Frauen haben unten zwischen den Beinen einen Ausgang. Dort kommt das Kind heraus. Die Frau muss drücken, damit es kommt. Meine Mutter hilft den Frauen bei diesen Geburten, die oft nicht so einfach sind. Manchmal muss die Frau in die Hocke gehen, damit das Kind besser nach unten rutscht. Wenn aber das Kind dann heraus ist, dann ist die Frau ganz glücklich und lacht und weint gleichzeitig."

„Und das Kind?", fragte Gerrit gespannt.

„Es schreit", erklärte Ula weiter. „Meine Mutter legt der Frau das Kind dann an die Brust, da saugt es Milch und schreit nicht mehr."

„Ist das bei allen Menschen so?", erkundigte sich Gerrit.

Ula dachte nach und malte einen Ring in den Sand: „Ja, bei allen Menschen. Anders geht es nicht."

Da legte er seinen Arm um sie und lehnte seine Wange an die ihre. Nur Ulas dichtes, dunkles Haar trennte sie voneinander.

Sie saßen eine Weile ganz still, dann fragte Gerrit: „Hast du auch schon mal gesehen, wie dein Vater eine Kopfwunde behandelt hat, bei der am Knochen eine Verletzung war?“

„Das habe ich auch schon mal gesehen, aber nicht sehr genau. Einmal war ein junger Mann nach einer Schlägerei zu meinem Vater gebracht worden. Er hatte eine große Wunde am Kopf. Die war schon ziemlich verklebt und Grashalme schauten heraus. Der Vater hat den Kopf mit warmem Wasser abgewaschen und die Wunde wieder geöffnet. Es hat ziemlich stark geblutet, aber er hat trotzdem Gras und Dreck entfernt und mit seinem Steinschaber die Wunde gründlich sauber gekratzt, besonders da, wo der Knochen ein Loch hatte.“

Sie malte einen Kopf in den Sand und schwieg.

Gerrit grübelte nach und fragte dann leise: „Hätte dein Vater den fremden Krieger auch behandelt, den Feind?“

Sie schaute ihn etwas erstaunt an und sagte: „Ja, der hatte doch eine Kopfverletzung. Wenn er noch gelebt hätte, hätte mein Vater ihn auch behandelt.“

Sie blieben noch eine kleine Weile auf der Sandbank am Fluss sitzen, dann wurde es aber kühl und fing an zu dämmern. Sie gingen durch den zerstörten Ort zum Langhaus, wo die Erwachsenen um das Feuer saßen und sich unterhielten.

Gerrits Mutter sagte: „Wir müssen hier weg. Das Saatgut ist verbrannt. Wir haben nur noch wenig Vorräte, ganz wenige Tiere und zu wenig Leute.“

Der Schamane erwiderte: „Ich fürchte, diese Krieger werden wiederkommen. Vielleicht nicht so bald, aber im Sommer oder im Herbst kommen sie wieder. Sie wollen dieses Land mit den Äckern in Besitz nehmen.“

„Kann dein Mann euch nicht schützen?“, fragte die Frau des Schamanen Gerrits Mutter.

„Ich weiß nicht, wo er ist, und ich weiß auch nicht, ob er sich selber schützen kann“, antwortete die Mutter.

Der Schamane hatte seine Füße ein wenig zum Feuer gestreckt und malte zwischen diesen mit einem kleinen Stöckchen kaum sichtbare Zeichen in den harten Lehmboden.

„Wie seine Tochter", dachte Gerrit. Obwohl das Gespräch so ernst war, musste er ein wenig lächeln.

Das verging ihm aber sogleich, als der Schamane sagte: „Wir wollen auch weg. Ich möchte meinen Freund aufsuchen, mit dem ich vor langer Zeit in einem Land am großen Salzmeer weit unten in Richtung des Sonnenhochstandes war. Dort haben wir viel gelernt. Wahrscheinlich ist er jetzt in einem großen Ort am Mutterfluss. Dahin wollen wir gehen."

„Wir haben eine verwandte Sippe, die in den Hügeln Richtung Sonnenuntergang wohnt", antwortete Gerrits Mutter. „Dahin wollen wir gehen".

Trotz des Feuers fröstelte es Gerrit. Er schaute zu Ula, die seitlich von ihm saß, konnte aber ihr Gesicht nicht sehen, weil sie den Kopf etwas vorgbeugt hatte und die dichten schwarzen Haare es verdeckten.

Trennungen

Die Reisevorbereitungen nahmen Gestalt an, wie Gerrit mit Schrecken feststellte. Besonders als er hörte, dass die Kuh geschlachtet werden sollte, ausgerechnet diese Kuh, die ihm so lieb und teuer geworden war, an die er sich schmiegen konnte, wenn er von dem kalten Abtritt zurück durch den Kuhstall ging, wenn er traurig oder schlechter Stimmung war. Diese brave Kuh mochte das auch leiden, wenn sie auf dem Boden lag und er, den Arm um ihren Hals geschlungen, sich eng neben sie legte. Sie kaute zwar dabei immer weiter, aber sie wandte ihm ihren Kopf zu und manchmal schaute sie ihn an. Er konnte das Schluchzen kaum unterdrücken, als er der Mutter seinen Kummer erzählte. Die Mutter verstand ihn und erlaubte ihm, sich dann auf Sichtweite von den Häusern zu entfernen, aber nicht zu weit in den Wald hinein.

„Die zerstörten und verbrannten Reste der Häuser", murmelte Gerrit vor sich hin. Die Mutter hörte es und nickte.

Am nächsten Tag bemerkte Gerrit, dass die Schlachtung vorbereitet wurde. Er schlich sich davon, ganz allein zum Waldrand, und suchte im Haselnussgebüsch, bis er einen schönen geraden Stock gefunden hatte, dessen Knospen an den Zweigen noch sehr klein und trocken waren, der Stock also noch nicht zu viel Saft hatte. Er schnitt mit seinem kleinen Feuersteinmesser ringsum eine Kerbe hinein, sodass er den Stock leicht abknicken konnte. Dann setzte er sich auf einen umgestürzten Baumstamm und schnitzte zwei nebeneinander laufende Schnitte in die Rinde, gut eine Hand breit unter dem oberen Stockende beginnend, die sich spiralförmig bis zum Ende des Stockes hinabzogen. Zwischen den Schnitten schabte er die Rinde weg und bekam so eine helle, sich ringelnde Verzierung, die besonders zur Geltung kam, wenn er den Stock bewegte.

Er streifte noch eine Weile in der Umgebung des Dorfes umher, ging dann zum Fluss hinunter und probierte den Stock aus, der offensichtlich derb, elastisch, gerade und schön war, nicht zuletzt durch seine Verzierung. Da fiel ihm ein, dass die Schamanenfamilie Runen an dem nun verbrannten Balken des Eingangs zu ihrem Haus eingeritzt hatte. Einige von diesen Runen, nur wenige, an die er sich erinnerte, ritzte er mit dem scharfen Messer kurz unter dem Griff in den Stock.

Als es schon fast dunkel war, schlenderte er zum Dorf zurück. In der Abenddämmerung wirkten die Ruinen der Häuser nun wie Reste schwarzer Skelette, nur am Langhaus seiner Eltern, wo eine Wand und das Tor zerstört waren, konnte man im Eingangsbereich den Widerschein des Herdfeuers sehen. Das Dach war an einigen Stellen undicht. Er trottete bedrückt in das Haus, wo alle noch fleißig an der Verwertung der geschlachteten Kuh arbeiteten. Das Feuer brannte hell. Die Wassermulde war bis oben hin mit heißem Wasser gefüllt, in dem Fleischstücke gekocht wurden, die dann an das Feuer gelegt oder zum Räuchern über dem Feuer aufgehängt wurden. Dem Blut des Tieres wurden im einzigen, noch erhaltenen großen Topf besondere Teile von Pflanzen beigemischt, und das Gefäß wurde in den Vorraum gestellt. Diese Masse würde man dann ebenfalls erhitzen und, wenigstens zum Teil, in gespülte Hüllen aus Darm füllen. Gerrit fand, dass das alles viel zu viel war, und er trauerte um seine Kuh.

Nach einigen Tagen war die Schamanenfamilie reisefertig. Sie hatten Proviant in Fellsäcke gefüllt, die sie mit Hilfe der Gestelle auf dem Rücken tragen konnten. Gerrit schenkte Ula den Stock, den er am Waldrand geschnitzt hatte. Sie probierte ihn gleich aus. Er passte gut zu ihrer Körpergröße, sie konnte sich damit abstützen oder Dornengestrüpp beiseitedrücken, um einen Pfad frei zu machen.

Nun verabschiedeten sich die Familien voneinander und der Schamane ging mit Frau und Kind hinunter zu den Flussauen. Sie zogen zum Hauptstrom, in die Richtung, aus der die

Sonne nicht scheint. Gerrit schaute der kleinen Gruppe nach, die schließlich im Weidengebüsch der Auwälder zu verschwinden schien. Aber er konnte es nicht so genau sehen, seine Augen tränten etwas, vielleicht, weil es windig war.

Bei den Bewohnern des Langhauses hatte inzwischen ein junges Paar, ein Landarbeiter und seine Frau, einige Male um Hilfe und jetzt auch um Nahrungsmittel gebeten. Sie waren dem Angriff entkommen, hatten sich einige Tage im Wald versteckt und danach ihre Behausung zerstört vorgefunden. Sie sprachen lange mit der Mutter darüber, welche Schwierigkeiten es mit sich brächte, wenn sie blieben und welche Möglichkeiten und Unwägbarkeiten zu erwarten wären, wenn sie fortgingen. Der Knecht hatte sich gut erholt: Seine Wunde war an einer kleinen Stelle noch nässend, dort legte er immer ein Blatt auf, meistens Wegerich, das er etwas andrückte und mit einer Mütze aus dünnem Leder sicherte. Er arbeitete zwar wieder mit, war aber oft müde, hockte sich dann irgendwo hin, ließ den Kopf hängen und döste. Gerrit stellte sich vor, dass er an die fröhliche junge Magd dachte, die gestorben war. Die beiden anderen Mägde waren bei dem Angriff spurlos verschwunden, ebenso wie der zweite Knecht.

Man kam überein, gemeinsam fortzuziehen und die Verwandten der Mutter und des Onkels um Aufnahme zu bitten. So bestand die Gruppe nun aus Gerrits Familie mit Großmutter, Mutter, der kleinen Schwester und dem Onkel, dessen Wunde kaum mehr Beschwerden bereitete. Hinzu kamen der Knecht und dieses junge Paar, das allen Besitz verloren hatte. Das Kleinpferd würden sie dringend benötigen und den einen, noch übrig gebliebenen Hund natürlich auch mitnehmen.

Die Großmutter und Raitina sollten streckenweise auf dem Hengst reiten. Nun sollte es sich als großer Vorteil erweisen, dass die Großmutter, als er noch ein Fohlen war, mit viel Geduld und Belohnungen mit ihm gearbeitet hatte, bis sie auf ihm sitzen und schließlich reiten durfte. Raitina würde er zusammen mit der Großmutter tragen, auch Säcke mit Proviant, etwas Werkzeug und einige Felle. Sonst konnte aber niemand auf ihm reiten. Der Vater hatte das einmal versucht, aber der starke Kleinhengst hatte sich aufgebäumt, mit den Hinterbeinen geschlagen und seinen Reiter nach vorne abrutschen lassen. Der war froh gewesen, dass ihn kein Vorderhuf des wütenden Tieres getroffen hatte.

An einem Abend sah Gerrit schon, dass die Vorbereitungen weit fortgeschritten waren. Wichtige Kleidungsstücke waren überprüft worden, Gerrits Fellmantel war geflickt und erweitert worden und zwei Mäntel aus Sumpfgras als Regenschutz hatte die Mutter noch aufgetrieben. Der Proviant war eingepackt, leichte Traggestelle für die Säcke waren angefertigt. Gerrit prüfte das Gepäck und konnte feststellen, dass es seinem Rücken gut angepasst war. Die Großmutter hatte sich einige kleinere Beutel rechts und links über die Schulter gehängt. Im Schein des Feuers stand die Mutter vor einem tragenden Balken des Hauses und ritzte einige Runen und Zeichen ein.

Gerrit schaute gebannt zu und fragte: „Was bedeutet das?"

„Wenn der Vater kommt, weiß er, dass wir den Angriff überlebt haben, und er weiß auch, wohin wir gegangen sind. Diese Zeichen sagen ihm das."

Gerrit sagte leise: „Ich kann die Zeichen nicht verstehen."

Die Mutter lächelte ein wenig, strich ihm über das Haar und meinte: „Das macht nichts, du wirst es lernen."

Im weiten Tal stromaufwärts

Winter und Eiseskälte waren vorbei und die Tage deutlich länger, aber die Sonne hatte noch längst nicht alle Pflanzen und Tiere zum Leben erweckt. Die ersten Gräser sprossen zwar schon hervor, doch an den Bäumen waren die Knospen noch klein und geschlossen. Viele Schneereste bedeckten den Boden, besonders an Stellen, die der Sonne nicht zugewandt waren. Am großen Mutterfluss gegenüber dem Heiligen Berg zog eine kleine Menschengruppe im Tal langsam aufwärts, sehr langsam, die drei Wanderer wirkten müde und dennoch etwas unruhig. Der Mann führte die Gruppe an, hinter ihm ging die Frau mit dem Kind an der Hand, das ein wenig sein rechtes Bein nachzog. Alle drei hatten Rückentragen mit Fellsäcken, die Erwachsenen auch Speere, die sie als Wanderstock benutzten. Das schwarzhaarige Mädchen hielt die Mutter mit der linken Hand und in der rechten trug sie einen verzierten Haselnussstock, den sie bei jedem Schritt kurz aufsetzte, als ob sie das rechte Bein entlasten wollte.

„Mutter, mein Fuß tut mehr weh", sagte Ula und humpelte deutlich sichtbar.

„Gleich machen wir Rast, dann kannst du den Fuß ausruhen, und wir legen dir einen neuen Verband an", antwortete die Mutter.

Der Schamane hatte das gehört, blieb stehen und nahm seiner Tochter den Fellsack ab. Er hängte ihn über seine linke Schulter und die drei gingen weiter. Ula sah den Heiligen Berg und dachte an das Fest vor vielen Monden. Es war wunderschön warm gewesen, alle waren in guter Stimmung, viele Kinder hatten ihre Freude gehabt an der abendlichen Feier auf der Kuppe des Berges. Von dort hatte Ula die glutrot schimmernde Gebirgskette in der Ferne gesehen. Aber jetzt fror sie und hatte Schmerzen. Eigentlich wusste sie auch nicht, wohin sie gehen würden.

Sie gelangten zu einem Fischerdorf, das oberhalb des Heiligen Berges einige Steinwürfe vom Fluss entfernt still und menschenleer dalag. Am Ende des verlassenen Ortes, der nur aus fünf Hütten bestand, sahen sie einen kleinen offenen Schuppen, der für eine Rast geeignet schien.

„Dass kein Mensch hier ist", wunderte sich der Schamane.

„Kein Mensch hier", kicherte es hinter dem Schuppen. Eine alte Frau, gebückt, auf einen Stock gestützt, kam hervor.

„Alle sind weg, aus Angst, mich haben sie übrig gelassen", klang es etwas zischend aus dem zahnlosen Mund der Frau. Ihre Nase war knollig, einige grauweiße Haare lugten unter der Kopfbedeckung hervor. Mit ihren hellblauen Augen musterte sie neugierig die kleine Gruppe.

„Wo wollt ihr drei denn hin?", fragte sie.

„Flussaufwärts zu einem großen Ort, den die meisten Ratis nennen. Dort wohnt ein Freund. Unser Dorf wurde überfallen und niedergebrannt", erklärte der Schamane.

„Ach ja", murmelte die alte Frau. „Das war also der Feuerschein, den wir am Abend gesehen haben. Das ist schon wieder fast zwei Monde her, es war noch Winter."

Dann redete sie deutlicher: „Alle haben wir das Feuer gesehen. Unsere Ortsälteste und Priesterin hat die Geister befragt und erklärt, Unheil würde uns bedrohen, wir müssten weg. Ich selber wollte und will auch jetzt nicht weg."

Sie schaute die drei müden Wanderer an. „Kommt mit mir", sagte sie. „Hier in dem Schuppen ist es viel zu kalt."

In ihrer Wohnhütte war es zwar rauchig und nicht gerade hell, aber warm. In der Herdstelle glimmte ein kleines Feuer, im Abzug hingen einige Stücke Rauchfleisch.

„Setzt euch da", sagte die Frau und wies auf Hocker rings um das Feuer.

Dann kramte sie auf einer Bank herum, wo man Töpfe, Krüge und Körbe ausmachen konnte. Jeder bekam ein Stück Fladenbrot, etwas Rauchfleisch und einen Becher mit kühlem Wasser. Ula kaute eifrig Fladenbrot und Trockenfleisch, denn in den letzten Tage hatte sie viel Hunger gehabt. Es war überhaupt alles sehr anstrengend gewesen: Das Heimweh, die Kälte, der holprige Weg, wo sie sich den Fuß verstaucht hatte, und in sehr schlechter Erinnerung behielt sie die beiden Wasserläufe, flach zwar, aber eiskalt. Der Vater hatte sie getragen, dabei vor Schmerzen leise gestöhnt und hinterher seine blauen Füße gerieben. Wie die Mutter das geschafft hatte, hatte sie nicht begreifen können.

„Es schmeckt gut", sagte sie zu der alten Frau und war überrascht, dass diese doch noch einen Zahn hatte, der jetzt zu sehen war, als sie lächelte.

„Warum bist du gehumpelt?", fragte sie.

„Mein Fuß ist umgeknickt, als wir über dicke Steine gehen mussten", erklärte Ula. „Es tat sehr weh, der Knöchel wurde dick. Mein Vater hat mich öfter getragen, obwohl ich schwerer bin als all unser Gepäck. Das hat meine Mutter dann genommen."

„Schwerer als das ganze Gepäck", staunte die Frau. „Wie viele Sommer hast du denn schon erlebt?"

„Jetzt kommt mein sechster Sommer, aber es ist nicht so schön, weil wir immer weg müssen", sagte Ula und streckte ihrer Mutter den kranken Fuß hin. „Beim Gehen tut es noch weh, hier am Gelenk", erklärte sie.

Die Mutter wickelte die Verbandslappen mit der Blutegelsalbe ab, schmierte den letzten Rest ihrer Egelsalbe auf Ulas Fußgelenk, umwickelte es wieder und zog den Schuh aus weichem Leder vorsichtig darüber.

Ula war ganz ruhig und der Vater meinte: „Vielleicht können wir ja morgen schon weiter."

„Flussaufwärts kommt ihr so nicht weiter", erklärte die alte Frau. „Von linker Hand kommt nämlich ein Nebenfluss, der hat zur Zeit viel Wasser, da braucht ihr ein Boot und am besten einen Ortskundigen."

„Beides müssen wir suchen", antwortete leise der Schamane.

Das Feuer war heruntergebrannt, die Frau legte Holz nach und meinte: „Mein Sohn mit seiner Frau und seinen beiden

Söhnen ist ja auch überstürzt mit fortgezogen. Aber er wollte zurückkommen und mich auch holen."

„Glaubst du, dass er kommt?", fragte der Schamane überrascht.

„Wie ich ihn kenne, wird er kommen, und wie ich mich kenne, werde ich nicht mitgehen", kicherte die Alte.

„Und wann, glaubst du, kommt er?", fragte jetzt Ulas Mutter.

„Das weiß er wohl selbst nicht, jedenfalls solltet ihr warten, es gibt schlechtere Unterkünfte als meine Hütte, in der könnt ihr es wohl eine Weile aushalten."

„Da sind wir sehr dankbar", sagte aufatmend Ulas Mutter.

„Wir sollten sehen, dass wir weiterkommen", brummte der Schamane.

Dicke Regentropfen trommelten leise auf das Hüttendach. Es wurde Abend und die alte Frau zeigte den drei Wanderern ihre beengten Schlafplätze. Ulas Gedanken schweiften und sie fand, dass es seit ihrem Aufbruch aus dem verbrannten Heimatort ein guter Abend war mit Aussicht auf Wärme in der Nacht. Sie schlief ein und träumte, dass sie auf einem großen Vogel saß, in dessen weißem Gefieder sie sich festhielt, und sie schwebten vom Heiligen Berg herab über die Ebene hinweg, den goldenen Bergen in der unendlichen Ferne entgegen.

Am Morgen regnete es immer noch. Ulas Mutter prüfte die Lebensmittel in ihrem Fellsack, die offenbar nur noch für wenige Tage reichen konnten. Entsprechend dürftig fiel das Frühstück aus. Der Schamane war unruhig.

„Ich sehe mal hinaus", sagte er, nahm Fellmantel, Mütze und seinen Speer und ging trotz Regen im großen Tal stromaufwärts. Er bedauerte es sehr, dass die Sumpfgrasmäntel verbrannt waren. Bald schon stieß er auf den Nebenfluss, der schräg von links kam, ein Stück weit in die gleiche Richtung floss wie der Hauptstrom, um schließlich in den großen Mutterfluss zu münden. Man könnte doch ein Stück weit an diesem

Nebenfluss hinaufgehen, ihn weiter oben irgendwo überqueren, dann wieder den Mutterfluss aufsuchen und an diesem entlang wieder hinaufwandern. Diesen Plan, so überlegte der Schamane, wollte er seiner Frau überzeugend darlegen.

Er hatte sich schon umgewandt, da er zur Hütte zurückkehren wollte, als er hinter sich ein knirschendes Geräusch hörte, das entstand, als ein kräftiger Mann und ein Junge ein großes Boot auf das Kiesufer des Nebenflusses hinaufzogen. Langsam ging er auf die beiden zu, die ihn erst bemerkten, als er kurz vor ihnen stand.

Der Schamane steckte den Speer in den Boden, winkte mit der Hand und sagte: „Seid gegrüßt, ihr Männer!"

„Sei gegrüßt!", antwortete der Mann, schaute auf den Jungen und meinte: „Vielleicht wird mein Sohn ja wirklich mal so erwachsen, dass du zwei Männer begrüßen kannst. Was hat dich denn hierher geführt?"

„Unser Heimatort, ein Stück weit unterhalb des Heiligen Berges, wurde niedergebrannt. Jetzt will ich mit meiner Frau und unserer Tochter nach Ratis zu einem Freund, aber ich weiß gar nicht, ob wir das schaffen", erklärte der Schamane.

Der kräftige Mann trug einen Grasmantel, an dem die Regentropfen herunter liefen, ebenso wie an den Beinlingen, die fast bis zu den Knöcheln reichten. Sein Sohn war ähnlich gekleidet und beide hatten hohe Schuhe aus derbem Leder an. Der Vater hatte dichtes braunes Haar und einen Bart, der offensichtlich gekürzt war. Sein Sohn hatte die langen dunkelblonden Haare zu einem Pferdeschwanz gebunden. Er versteckte die beiden Paddel in dem Gebüsch, unter das sie ihr Boot schon gezogen hatten. Beide hatten außer Speeren auch Pfeile und Bogen sowie einen Dolch am Gürtel.

„Wir wohnen seit kurzem unterhalb von Ratis in dem Dorf Fatte und wollen unsere eigensinnige Großmutter dorthin holen, aber ob das gelingt?", sagte der Mann und schaute mit gerunzelter Stirn in die Richtung des verlassenen kleinen Fischerdorfes, in dem noch eine Hütte bewohnt war.

Der Schamane verstand jetzt die Zusammenhänge.

„Deine Mutter hat uns bei sich aufgenommen, als wir in Not waren, wir sind ihr dankbar", erklärte er.

„Das wundert mich, sie ist immer lieber allein", meinte der Fischer.

Als die Hütte am Rand des kleinen Dorfes nahe war, sagte der Schamane: „Ich gehe nochmal zum Mutterfluss und komme dann nach", winkte und ging in Richtung des großen Stromes.

Er glaubte, dass sich so die Bedenken des Fischers zerstreuen würden und er selbst noch Eindrücke und Kenntnisse über den verlassenen Ort und die Umgebung erhalten könnte. Nachdenklich betrachtete er die Anlegestelle für die Fischerboote und fand sie nicht gerade günstig: Der Strom war hier etwas schmäler, er floss geradeaus, also war die Strömung stärker. Das war in dem weiten Tal eher selten, außerdem gab es am Ufer große Steine und knorriges Weidengebüsch, auch das schien zum Anlegen für die Boote nicht recht geeignet. Ob das vielleicht auch bei der seltsamen Flucht der Dorfbewohner eine Rolle gespielt hatte, fragte er sich und begab sich langsam zurück zur Hütte der alten Frau. Dort stellte er beruhigt fest, dass Großmutter und Enkel sich stritten, wer von beiden den härteren Dickkopf hätte.

Es hatte sich nämlich schon klar erwiesen, dass die alte Frau bleiben wollte, und in Anwesenheit des Schamanen erklärte sie entschieden: „Ich bin hier geboren und wenn ich sterben muss, dann will ich das hier!"

Ihr stämmiger Sohn hatte zwar die blauen Augen seiner Mutter, nicht aber deren schmächtige Gestalt und offenbar auch nichts von ihrer Sturheit geerbt; er war eher sanft und zurückhaltend.

Der Enkel wiederum hatte zwar braune Augen, aber dieses Feuer und den Durchsetzungswillen hatte er vielleicht von der Großmutter, die jetzt plötzlich vorschlug: „Und diesen drei Wanderern würdet ihr sicher einen großen Gefallen tun, wenn ihr sie mitnehmt. Dann haben sie schon mal den Nebenfluss überwunden und sind ein Stück weiter in Richtung Ratis gekommen."

Der Schamane schaute zu dem Fischer hinüber, der kaum überrascht schien und ein wenig lächeln musste.

„Wir drei Männer", meinte er und legte seinem Sohn die Hand auf die Schulter, „wir machen noch einen Gang nach draußen, vielleicht können wir etwas zum Abendessen mitbringen. Morgen brechen wir dann auf, alle, außer der Großmutter. Bootsfahrt stromaufwärts!"

Sie gingen hinaus und der Schamane sagte zum Fischer: „Ich bin dir sehr dankbar."

Der nickte, hob ein wenig die Hand, als wolle er abwinken und zeigte dann auf die Häuser: „So schlecht sind die Hütten nicht, unsere Ortsälteste und Priesterin ist so überzeugend, dass wir alles tun, was sie will, und wir rennen ihr immer hinterher, ich auch, hoffentlich ist das richtig."

„Ihr habt den Ort offenbar in Ruhe und geplant verlassen", fand der Schamane. „Kein Haus ist beschädigt, nirgends liegt Unrat herum."

„Ja, wirklich", bestätigte der Fischer. „Und jetzt gehen wir zum Fluss, ich weiß einen Platz, wo man um diese Zeit vielleicht einen Borstenkopffisch fangen kann, die haben nämlich jetzt Hunger."

Sie erreichten ein Altwasser, das zum großen Fluss eine kleine Verbindung hatte und so sanft durchströmt war. Der Fischer stocherte mit seinem Dolch im Morast und fand einen dicken Wurm, den er auf einen Angelhaken spießte, an dessen Schnur, gut einen Daumen breit unterhalb des Hakens, ein Kieselstein angebracht war.

Er warf den Stein ins Wasser, hielt das Ende der langen Schnur und sagte leise: „Wir gehen ein Stück weit vom Ufer weg. Obwohl sich diese Fische am Grund aufhalten, merken sie das, wenn sich am Ufer Menschen oder große Tiere bewegen."

Die Geduld des Fischers wurde auf eine harte Probe gestellt. Schließlich aber zappelte ein schöner Fisch an der Leine. Der Angler tötete ihn mit dem Dolch, legte ein Blatt in das breite Fischmaul und sie gingen mit ihrer Beute zurück zur Großmutter. Diese hatte das Feuer schon so vorbereitet, dass Holzkohle glimmte, auf der sie mit flachen Steinen die Streifen grillte, die ihr Sohn aus dem zerlegten Fischkörper herausschnitt.

Dann sagte sie leise aber deutlich: „Wir danken der heiligen Mutter Erde und ihrem Fluss."

Zunächst wurde schweigend gegessen, dann fragte der Schamane: „Woher wusste eure Ortsälteste, dass euch Gefahr droht?"

„Sie ist eine weise Frau und Priesterin", antwortete die alte Frau. „Sie kann die Geister rufen. In ihrer Hütte legt sie getrocknete Kräuter und Körner auf ein Holzkohlefeuer, vor dem sie mit angewinkelten Beinen sitzt, schwankt leicht hin und her wie im Halbschlaf, atmet die Düfte ein und hört gute aber auch böse Geister. Lange sitzt sie da und sogar mit geöffneten Augen merkt sie nicht, wenn jemand in ihr Haus kommt."

„Und haben ihr die Geister bei einer solchen Sitzung gesagt, ihr sollt dieses Dorf verlassen?", fragte Ulas Vater.

„Das hat sie jedenfalls behauptet", murrte die Alte ärgerlich. „Ich weiß nicht, was für Kräuter und Körner sie ins Feuer legt, aber sie vernebeln ihren Geist, so wie Rauch den Blick trübt. Ob man seine Heimat verlässt oder nicht, sollte nicht eine Person mit vernebeltem Geist bestimmen."

„Sie ist eine erfahrene Ortsälteste und Priesterin, wir vertrauen ihr", warf der Sohn ein und der Schamane staunte, dass ein so ruhiger, nachdenklich wirkender Mann sich in dieser Weise beeinflussen ließ. Alle schwiegen und Ula war schon sehr schläfrig.

Am nächsten Morgen umarmten der Fischer und sein Sohn die alte Frau, die ruhig in die Ferne schaute. Der Schamane, seine Frau und Ula dankten ihr und sie zogen los.

„Du darfst hinter mir sitzen", sagte der Fischerjunge gönnerhaft zu Ula. „Aber paddeln muss ich natürlich, dazu bist du zu klein."

„Du warst auch mal so klein", murrte Ula.

Das Boot war wirklich so groß, dass es die drei Erwachsenen, die beiden Kinder und das Gepäck aufnehmen konnte. Der Fischerjunge zog die Paddel aus dem Versteck und nahm vorne seinen Platz ein. Nun schob der Vater das Boot ein Stück weit ins Wasser, Ula stieg ein, dann ihre Eltern, und der Fischer drückte das Boot vollends in den Fluss, sprang selbst noch hinein und ruderte, bis sie von der Strömung erfasst wurden.

„Wir lassen uns in den Mutterfluss treiben und paddeln zum anderen Ufer hinüber. Da gibt es manchmal sogar ein wenig Gegenströmung und ich habe da noch ein Paddel versteckt, dann kannst du mir etwas helfen“, sagte er zu dem Schamanen gewandt.

„Und mir vielleicht auch?“, fragte der Fischersohn.

„Braucht ein so großer Paddler Hilfe?“, flüsterte Ula.

Sie überquerten den Fluss und fanden das Paddel, so dass sie mit drei Ruderern zwar langsam, aber stetig vorwärtskamen, zumal der große Mutterfluss in der flachen Ebene zwar viele Schleifen und Kurven, aber nahe an den Ufern keine allzu starke Strömung aufwies. Das Wetter besserte sich, und die Bootsfahrer erreichten nach einigen Tagen den Ort Fatte, wo sich die Dorfgemeinschaft aus dem kleinen Fischerort jetzt niedergelassen hatte, etwa zwei bis drei Tagesreisen unterhalb von Ratis gelegen.

Die Ortsälteste und Priesterin begrüßte gleich den Fischer.

„Hast du deine Mutter nicht überzeugen können und statt ihrer eine fremde Familie mitgebracht?“, fragte sie streng.

Der Fischer blickte zu Boden. „Leider wollte meine Mutter nicht mit uns kommen“, antwortete er und an den Schamanen gewandt: „Wir wohnen da vorne im übernächsten Haus, also sehen wir uns öfter. Komm mit, Junge“, sagte er schließlich zu seinem großen Sohn, und die beiden entfernten sich mit ihren Rückentragen, an denen die Fellsäcke sowie Bogen und Pfeile befestigt waren. Paddel und Speer hatten sie unter den Arm geklemmt.

Ula spürte Angst, als diese große, dünne Frau mit weißen Haaren, faltiger brauner Haut und stechenden grauen Augen sie nach ihrem Namen fragte.

„Ula", antwortete sie leise und als die Frau schwieg, fragte sie noch leiser: „Und wie heißt du?"

„Du musst lauter sprechen, sonst versteht man dich nicht!", rief die Frau, aber Ula sagte nichts mehr. Der Schamane legte seine Hand auf ihre Schulter.

„Wir hatten einen langen Weg", erklärte er. „Ulas Fuß war verstaucht, aber jetzt geht es ihr schon besser."

„Ihr könnt hierbleiben", sagte die Ortsälteste. „Wir haben leere Hütten, eine Krankheit hat hier gewütet und viele Bewohner weggerafft."

Ula fühlte sich, als würde die priesterliche Frau in dem dunkelbraunen Kleid durch sie hindurchschauen. Das Kleid gefiel ihr nicht. Sie erinnerte sich an das leuchtende Gewand der Ortsältesten und Priesterin in ihrem jetzt niedergebrannten Heimatort. Obwohl auch schon älter, konnte diese lächeln, sprach mit den Leuten, war freundlich zu den Kindern, und alle hatten Vertrauen zu ihr. Wo mochte sie jetzt sein, vielleicht sogar schon tot? Wo könnte Gerrit sein? Alles Fragen, die ihr durch den Kopf gingen, als die braun gekleidete Frau ihnen eine gut gebaute Hütte zeigte, die für drei Personen genügend Raum bot.

Sie richteten sich dort häuslich ein und Ula war froh, dass sie wieder ein Dach über dem Kopf hatten.

Schon bald aber fragte sie ihre Mutter: „Darf ich mich im Dorf umschauen?"

„Ja", antwortete diese. „Aber geh nicht zu weit hinaus, bleib auf Sichtweite zu den Häusern!"

Ula nickte. Sie war mit diesem Bescheid zufrieden, denn die Sache mit der Sichtweite ließ sich etwas dehnen. Sie ging durch den Ort hindurch, ein kleines Stück weit in die Richtung, aus der sie gekommen waren, und traf sogleich auf zwei lärmende Fischersöhne. Sie veranstalteten Scheingefechte mit ihren Stöcken. Auch hatten sie einen Lederball, der mit Heu gefüllt war, den versuchten sie sich gegenseitig wegzunehmen, seltsamerweise nur mit den Füßen, wunderte sich Ula. Überhaupt gefielen ihr diese Jungen nicht besonders, sie waren so laut und wirkten streitsüchtig. Sie sehnte sich danach, weiter hinauszukommen in das große Tal zum Mutterfluss.

Einige Monde gingen ins Land. Ula hatte sich in Fatte noch nicht gut eingelebt. Spiele mit den anderen Kindern waren selten und ihren Eltern ging es nicht viel besser. Bisweilen wurde ihr Vater als Heiler um Rat gefragt, aber die Leute hielten sich eher an die Ortsälteste, und es gab auch schon eine Hebamme in dem Ort, dessen Einwohnerzahl durch die Krankheit zurückgegangen war. Weil der Familie kein Ackerland, sondern nur ein Garten zugeteilt worden war, musste Ulas Mutter mit dem Essen sehr sparsam umgehen.

Inzwischen war der Herbst eingekehrt. Getreide und Gras waren geschnitten und auf Gestellen zum Trocknen gelagert. Ula hatte sich die abgeernteten Äcker und Wiesen angesehen und war auf dem Weg nach Hause, als die Ortsälteste sie ansprach.

„Du bist schon ein großes Mädchen", sagte sie. „Und du beobachtest Pflanzen, Tiere und deine Umgebung, vielleicht bist du neugierig und möchtest mehr lernen? Es sind schon einige Mädchen bei mir, denen ich viel erkläre und zeige. Wir machen auch Handarbeiten."

Ula war überrascht und etwas unsicher, aber das Angebot gefiel ihr, zumal die Frau recht freundlich war. „Wenn meine Mutter einverstanden ist, komme ich gerne", sagte sie.

„Deine Mutter ist zufrieden, ich habe schon mit ihr gesprochen", erklärte die Frau, die immer noch das braune Kleid trug.

„Ja, dann möchte ich kommen", meinte Ula.

Die Frau nickte, lächelte ein wenig und ging weiter zu ihrer Hütte. Ula lief nach Hause und berichtete sogleich ihrer Mutter von der aufregenden Begegnung.

„Mach das ruhig", ermunterte sie ihre Tochter. „Handwerkliche Künste sind für uns Frauen sehr, sehr wichtig."

Schon zwei Tage später ging Ula zu der weisen Frau, deren Hütte geräumig war und eine große Öffnung zum Höchststand der Sonne hatte. Die Klappe des Fensters war weit geöffnet, so, dass viel Licht auf den Tisch in der Mitte des Raumes fiel, wo drei Mädchen saßen. Eines etwa so alt wie Ula selbst und zwei einige Lenze älter. Ula begrüßte die Frau und die drei Mädchen. Alle saßen auf Hockern am Tisch, wo auch Ula einen Platz erhielt. Sie sah einen Knochen, Holzstücke, Schnüre, Fäden, Muscheln, Kieselsteine und kleine Werkzeuge aus Feuerstein, Messer, Schaber, und Bohrer. Sie ahnte schon, dass hier knifflige Arbeit geleistet wurde. Die große Frau ging sogleich zur Sache, zerschlug mit einem kleinen Steinbeil den Knochen und die Mädchen mussten die Splitter aufsammeln und nach Länge, Breite und Dicke sortieren. Ula bekam ein unregelmäßig geformtes Knochenstück und die Anweisung, daran zu feilen und zu schleifen, um so einen schlanken Stift zu gestalten.

Sie feilte den halben Tag und bekam blutige Schürfungen an den Fingern, aber das Knochenstück war weder schlank noch stiftförmig geworden.

„Na ja", sagte die Frau. „Da musst du noch viel lernen, aber jetzt machen wir erst mal eine kleine Rast."

Die Rast half nicht weiter, die weise Frau auch nicht, zumal sie sich nicht mehr äußerte über die Bemühungen ihrer neuen Schülerin, die schließlich nach Hause schlich. Dort saß sie dann beim Abendessen über ihren Napf gebeugt, rührte lustlos in der Suppe herum und ließ die Haare neben dem Teller herunterhängen, damit die Eltern ihr Gesicht nicht sehen konnten.

„Ging die Handarbeit nicht gut?", fragte der Vater.

„Ich kann es nicht", meinte Ula leise.

„Zeig doch mal deine Hände", forderte er sie auf.

Eine Träne kullerte in die Suppe, als sie dem Vater ihre Hände zeigte. Er lächelte ein wenig.

„Eure kleinen Feuersteingeräte sind wahrscheinlich nicht eingestielt und haben keine glatten Griffe", vermutete er.

Ula bejahte.

„Ich gebe dir ein kleines weiches, aber zähes Ledertuch. Das wickelst du morgen um den Griff, dann kannst du dich an den Scharten nicht verletzen", sagte er, ging zu seinem Fellsack, kramte darin herum und brachte Ula ein winziges Stück grauen Leders, das ihr ganz weich, ein wenig elastisch, aber sehr haltbar schien.

Sie lächelte ihren Vater dankbar an und steckte das Lederläppchen in die Tasche.

„Du kannst es nicht mit Schnelligkeit erzwingen“, erklärte der Vater. „Man muss Geduld mit sich und dem Werkzeug haben und stets beobachten, wie sich eine Maßnahme oder eine Handlung an dem Werkstück auswirkt.“

Am folgenden Tag grinsten die beiden großen Mädchen und schauten auf Ulas Hände, die sich aber schon etwas erholt hatten. Sie wickelte das winzige Ledertuch um den Stiel des Werkzeugs, mit dem sie tätig wurde. Die große Frau mit ihrem braunen Kleid wirkte mürrisch, sagte aber nichts und ließ Ula arbeiten. Der gelang es im Lauf der nächsten Tage, das harte Knochenstück in einen Stift zu verwandeln, der noch etliche Rauhigkeiten aufwies und auch nicht ganz gerade war, aber doch an das herankam, was die Frau verlangt hatte.

Nicht nur Tage gingen dahin, sondern viele Monde und schließlich Jahresläufe. Fatte schien sich nicht zu verändern, selten wurde ein Kind geboren, noch seltener wurde Ulas Mutter dann um Rat gefragt. Die Frau in dem braunen Kleid und ihre Magd betreuten die Frauen. Ulas Vater konnte sich manchmal als Heiler betätigen, blieb aber als Schamane unbekannt, weil die weise Frau priesterliche Aufgaben wahrnahm.

Ula selbst aber lernte, trotz der Strenge und Unfreundlichkeit ihrer Lehrerin, Nadeln, Haken, Stichel, feine Geräte und auch Schmuck herzustellen wie Halsketten, Broschen, Arm- und Fingerringe.

Eines Abends spät hörte sie, wie die Eltern sich unterhielten.

„Es gefällt mir hier nicht“, sagte ihr Vater. „In mehreren Häusern achten die Leute nicht auf Abfälle, legen eingebrachtes Getreide, Kräuter und Früchte neben den Misthaufen, ehe sie die Nahrungsmittel in die Vorratskammern einräumen. Auch lassen sie erlegtes Wild zu lange liegen, ehe sie es ausnehmen und das Fleisch in den Rauchabzug hängen. Kein Wunder, dass sie viele tote Kinder hatten. Obwohl das Land hier gut ist und die Ortsälteste verlauten ließ, sie wolle noch Leute hier ansiedeln, ist bisher niemand gekommen."

„Ich glaube, du hast Recht", sagte die Mutter.

„Wir sollten doch in Ratis meinen Freund aufsuchen, vielleicht kann er uns einen Rat geben, wo wir leben und auch arbeiten können, du als Hebamme, ich als Heiler und Schamane", meinte er.

Am nächsten Tag sprach er mit dem Fischer, der sie nach Fatte gebracht hatte, und zu dem er weiter ein gutes Vertrauensverhältnis gepflegt hatte.

„Da lässt sich was machen", meinte der. „Ich will ohnehin nach Ratis, weil ich noch ein Boot brauche, und mein Vetter in Ratis macht die besten Boote weit und breit. Der Große soll mitkommen, er kann helfen."

Er meinte damit seinen älteren Sohn, der Ula oft schöne Augen, aber dazu Sprüche machte, die ihr lästig waren.

„Niemand kann so schön gehen wie du, schau nur", hatte er gesagt und versucht, ihren Gang nachzuahmen und dabei mit dem Hintern gewackelt.

„Du hast Recht", hatte sie geantwortet. „Niemand kann so gehen wie ich", und war mit flottem Hüftschwung weggegangen.

Flucht und Trauer

So wie für Ula und ihre Eltern war die Trennung vom Heimatort auch für Gerrits Familie schmerzlich und mühselig. Es gab noch eine stärkende Mahlzeit für alle. Gerrit bekam Fladenbrot mit etwas Honig und ein Stück Kuhmilchkäse, dazu warmen Tee, Fleisch lehnte er ab. Und dann ging es unweigerlich los, entlang des großen Mutterflusses, stromaufwärts etwa dorthin, wo die Sonne untergeht, wenn Hochsommer ist. Die Mutter schaute fast immer nur geradeaus, Gerrit aber blickte oft zurück. Auch lief er manchmal ein kleines Stück vor und entfernte sich von der Gruppe, wenn es seitlich etwas zu sehen gab, einen besonders großen Baum, einen Findling oder ein Altwasser. Die Mutter sah das nicht gern, er sollte sich am Tragesack des Pferdes festhalten, auf dem jetzt die kleine Schwester saß und neugierig um sich sah. Der Onkel führte das Kleinpferd, und Gerrit beneidete den Hund, der überall herumstreunen und -schnüffeln konnte, wo er wollte.

Sie kamen an der Insel vorbei, wo sie im letzten Spätsommer mit den Booten der Fischer über den Strom gerudert waren, um zum Heiligen Berg zu gelangen. Gerrit erinnerte sich an den Weg bis hierhin, aber danach war ihm die Gegend fremd.

Der Onkel kannte sich überall sehr gut aus. Auch die Mutter wusste, wo sie gehen mussten. Sie sprach von einem Seitenbach, der in den Hauptfluss einmünden würde.

„Die Stelle müssten wir bald erreichen, dort sollten wir rasten, am besten, wenn wir den Bach durchquert haben."

„Der Wasserstand wird nicht allzu hoch sein, und im Einmündungsgebiet ist der Bach zwar breit, aber flach, man kann auf dem Grund die Kieselsteine sehen, und ich glaube, wir können ihn gut durchqueren", meinte der Onkel.

Er hatte mal wieder Recht. Die Mutter führte das kleine Pferd mit den Lastsäcken und der kleinen Schwester. Gerrit hielt sich brav an der Hand des Onkels fest, als sie den breiten Bachlauf durchwateten. Das Wasser war elendig kalt, aber sie kamen wirklich gut hindurch. Der Knecht, der wieder gesund und stark war, ging mit seinem schweren Gepäck hinter ihnen her. Er hatte einen langen, kräftigen Wanderstab, der ihm das Waten im Wasser sichtbar erleichterte. Gerrit nahm sich vor, bei der nächsten Gelegenheit wieder einen guten Haselnussstock zu suchen. Das junge Paar und die Großmutter warteten noch am Ufer und beobachteten, wie die Vorhut der Gruppe den Bach durchquerte. Unter einem Weidenbaum am neuen Ufer nahm der Onkel dem Hengst die kleine Schwester und alle Lasten ab, und während die Mutter und der Knecht Proviant auspackten, watete er mit ihm zurück durch den breiten Bachlauf, half der Großmutter hinauf und watete zusammen mit der jungen Frau erneut durch das Wasser. Seine Füße waren schon weiß vor Kälte und er spürte kaum noch, wo er hintrat, so dass er ausrutschte und in den Bach fiel. Die junge Frau hielt aber auf der anderen Seite die Pferdemähne, und der junge Mann half dem Onkel sogleich auf die Füße und gab ihm seinen Wanderstab. So erreichte auch diese Gruppe das Ufer.

Der Onkel warf sogleich alle Kleider von sich und sprang in der Sonne herum. Die Mutter schmunzelte, gab ihm ein Tuch und meinte, das habe jetzt auch den Vorteil, dass er saubere Füße bekommen habe. Der Onkel machte erst mal eine saure Miene. Aber als alle lachten, hellten sich auch seine Gesichtszüge auf und er stellte fest: „Wenn alles weiterhin so gutgeht, können wir sehr zufrieden sein".

Als alle gegessen, aus dem klaren Fluss getrunken und etwas geruht hatten, zog der Onkel seine Kleider und Schuhe an und mahnte zum Aufbruch.

„Ein Stück sollten wir heute noch schaffen. Ich kenne einen Platz, wo man wahrscheinlich gut übernachten kann. Bis zum frühen Abend können wir leicht dort sein. Das Wetter ist gut und im Gelände gibt es kaum Hindernisse, auch keinen Bach mehr."

Er grinste und zog seine Schuhe an. Die Mutter gab jetzt ihren Fellsack dem Knecht weiter, der sich diesen mit einem Gurt umschnallte, so dass er vor seiner Brust hing, zusätzlich zum eigenen Gepäck. Der Onkel war zufrieden, sein Arm war jetzt ganz in Ordnung und er zog mit langsamen, aber kräftigen Schritten los. Der junge Mann half der Großmutter auf den Pferderücken und die Mutter trug die kleine Schwester in der Rückentrage, manchmal auch im Arm.

Als die Sonne sich schon dem Horizont näherte, ihre Strahlkraft geringer wurde und sie einen goldroten Ton annahm, gelangten sie an eine große flache Kiesbank mit nur wenig Weidengebüsch. Der Waldrand weiter seitlich schien völlig undurchdringlich zu sein, und vor ihm lagen einige große Findlinge.

„Hier muss es irgendwo sein“, murmelte der Onkel und suchte hinter einem der Steine herum.

Tatsächlich fand sich dort eine Stelle, wo das Gebüsch weniger dicht und sein Anteil an zähen, stachligen Brombeerranken geringer war, so dass der Onkel mit seinem Dolch und dem Speer eine Schneise schlagen konnte, durch die sie in den Wald eindrangen. Nach einer kurzen Strecke gelangten sie unter dicke alte Bäume, zwischen denen es wenig Unterholz und Gebüsch, aber viel weiches Moos zum Lagern gab. Gerrit fand den Platz schön und die Mutter war erleichtert, zumal sie einen kleinen Bach sah, in dem klares Wasser plätscherte.

Alle ließen ihr Gepäck ins Moos fallen. Der kleine Hengst schüttelte sich, machte einige Sprünge und trank aus dem Bach. Die Mutter und der Onkel überlegten, ob sie ein Feuer anzünden dürften. Der Onkel glaubte nicht, dass Krieger oder räuberische Banden in der Gegend seien.

„Aber wir sollten besser vorsichtig sein. Es ist nicht allzu kalt, und wir müssen wohl nichts kochen“, sagte er.

Die Mutter nickte und verteilte geräuchertes Fleisch und etwas Kuhmilchkäse mit Fladenbrot und Kräutern. Gerrit saß mit der Großmutter auf einer großen dichten Felldecke.

„Mein Junge, ich habe nicht mehr viel Zeit und möchte dir etwas geben“, sagte sie und öffnete den Lederbeutel, der um ihren Hals hing.

Sie zog ein Stöckchen heraus, etwa so dünn wie Gerrits Daumen, aber länger als seine Hände breit waren.

„In diesem Stöckchen aus Holunderholz ist ein Kohlestift", erklärte sie und zeigte ihm das schlanke, kleine Werkzeug. „Den kannst du mit diesem braunen, dünnen Stift, der hier hinten hervorsteht, vorschieben, bis er ein wenig aus dem Holunderholzschaft herausragt. Dann kannst du mit dem kleinen Span den Kohlestift festklemmen, damit er nicht mehr verrutschen kann. Mit dem schwarzen Stift kannst du auf Baumrinde oder hellen Kieselsteinen, sogar an einer Felswand, Bilder malen oder Runen zeichnen. Es muss gar nicht besonders schön oder wichtig sein. Der Regen oder die Zeit waschen es ab oder lassen es verblassen. Nur wenn du unter einem überhängenden Felsen, an einem Stein oder gar an der Wand in einer Höhle etwas malst, dann solltest du bedenken, dass es sehr lange erhalten bleiben wird und jeder, der vorbeikommt, es sehen kann."

Sie lächelte nachdenklich, strich ihm über das Haar und zeigte ihm dann die Handhabung des Stiftes. Sie malten zusammen Zeichen und Bildchen auf die helle, glatte Rinde eines Baumes.

„Es gibt natürlich Künstler", sagte sie, „die haben farbige Stifte, verschieden dick, und sie können bunte Bilder an Felswände malen, wo sie auch Farben mit den Fingern auftragen."

Sie zeigte ihm, wie man mit dem Finger auch Zeichnungen noch verändern konnte; bis es dämmerte und schließlich dunkel wurde. Dann hüllten die beiden sich in die große Felldecke und Gerrit träumte von bunten Bildern, die er zusammen mit Ula malte.

Als am nächsten Morgen einige wenige Sonnenstrahlen vom Waldrand her zwischen Bäumen und Blättern hindurch den Boden erreichten, erwachte er. Die Großmutter war schon auf, sie bewegte sich aber sehr langsam und fühlte sich schwach. Die Mutter und die kleine Schwester lagen noch eng beisammen in ihrem Fellmantel. Sie erhoben sich und die Frauen verteilten Proviant, der Onkel holte Wasser. Als sie etwas getrunken und gegessen hatten, packten sie alles ein. Dem Pferd hängten sie zwei Tragesäcke über den Rücken und die kleine Schwester durfte aufsitzen. Jeder bekam seinen Beutel, und sie zogen durch das Gebüsch aus dem Wald hinaus zu der Kiesbank, die jetzt hell im Sonnenlicht lag.

Der Onkel streckte seine Nase in den Wind, schnupperte und meinte: „Der Wind riecht gut und er kommt aus günstiger Richtung. Das gute Wetter wird noch anhalten, und wir werden schön vorwärtskommen."

Wirklich blieb der Himmel fast wolkenlos. Sie wanderten in der Nähe des großen Stromes, der ihnen rechter Hand entgegenfloss. Einige Bäche mussten sie noch durchqueren, bis sie einen Fluss erreichten, der sein dunkles Wasser von links her in den Mutterfluss strömen ließ.

„Hier müssen wir jetzt entlang", sagte der Onkel. „Nach einer guten Halbtagesreise wird der Fluss zweigeteilt, wir müssen keinen Flussteil durchqueren, sondern an dem etwas kleineren Gewässer hinaufwandern. Dabei wird es etwas schwieriger."

Gerrit war wieder beeindruckt, wie genau der Onkel die Landschaft mit Flüssen, Bächen, Wäldern und Bergen kannte. Er hatte auch Vorstellungen über Pflanzen aller Art und die Beschaffenheit des Bodens.

Als sie an dem kleinen Bruderfluss weiter hinaufkamen, mussten die Männer bisweilen einen Pfad durchs Gebüsch schlagen, wo zudem hügeliges Gelände das Fortkommen erschwerte. Die Großmutter klagte zwar nicht, aber sie bewegte sich mühsam und ging sehr gebeugt. Obwohl sie öfter auf dem Pferd sitzen konnte, weil die Mutter, der Onkel und bisweilen der Knecht die kleine Schwester trugen, wurde sie zunehmend schwächer.

„Lasst mich doch hier liegen", sagte sie. „Ich falle euch nur zur Last. Hier kann ich in Ruhe einschlafen und der Wald wird mich schützen. Die gute Mutter Erde wird mich aufnehmen und in ihrem Licht bewahren. Ich habe keine Angst."

Die Mutter weinte: „Das möchte ich nicht, wir nehmen dich mit."

Also zogen sie weiter. Das Wetter verschlechterte sich, die Sonne schien nicht mehr und es wurde zwar nicht kälter, aber regnerisch. Die beiden Grasmäntel, wenn auch nur abwechselnd benutzt, bewährten sich, sie quollen etwas auf, ließen aber dann nur wenig Feuchtigkeit bis an die Fellmäntel dringen. Der Proviant reichte noch, aber die Portionen wurden schon etwas verkleinert. Am frühen Abend rasteten sie ziemlich nah an dem noch kleiner gewordenen Fluss.

Der Onkel schnüffelte in der Luft und sagte: „Ich glaube, es gibt hier Schlangenfische."

Er kramte in seinem Gepäck herum. Gerrit schaute gespannt zu, als der Onkel eine dünne Schnur und einen gebogenen Haken aus hartem Knochen hervorzog.

„Hier müssen wir jetzt einen dicken Wurm anbringen", sagte er und bohrte mit seinem langen Dolch in dem weichen Boden am Fluss herum. Bald fand er einen und spießte ihn auf dem Haken auf. Der Haken und ein länglicher Kieselstein wurden an der Schnur befestigt und der Onkel warf dieses Fanggerät mit einem vorsichtigen Schwung in den Fluss, wobei die dünne Schnur rasch durch seine Hand glitt.

„Jetzt müssen wir etwas Geduld haben. Ich hoffe, dass der Wurm da unten im Schlamm einen Schlangenfisch herbeilockt, weil er am Haken vor Schmerzen zappelt, Lebenssaft verliert und sterben muss."

Gerrit schaute nachdenklich auf die dunkle Wasserfläche. Der Onkel gab ihm die Schnur in die Hand.

„Wenn irgendetwas zuckt oder sich bewegt, ruf mich!" Er ging zum Lagerplatz.

Gerrit hielt die Schnur. Es rührte sich nichts. Der Hund kam, legte sich neben ihn und döste. Doch plötzlich ruckte die Schnur ein wenig. Gerrit rief nach dem Onkel. Der Hund bellte, der Onkel kam angerannt, nahm die Schnur und spannte sie ein wenig, sogleich zog irgendetwas die Schnur weiter ins Wasser. Der Onkel gab zunächst nach, doch als die Spannung der Schnur nachließ, zog er sie vorsichtig zu sich hin und plötzlich tauchte ein dicker, dunkelbrauner schlangenartiger Fisch aus dem Wasser auf. Der Onkel schwenkte das Tier zu sich, packte es und drehte vorsichtig den Haken aus seinem Oberkiefer heraus. Er steckte dann ein Ahornblatt in das Maul des Fisches, sprach eine knappe Formel als Dank der Menschen an die Mutter Erde und schnitt dem Tier ganz rasch mit einem scharfen Messer den Kopf ab, welchen er dem Hund zuwarf. Der Körper machte noch einige ringelnde Bewegungen und hing dann schlaff über dem Arm des Onkels.

„Jetzt hat er keine Schmerzen mehr", sagte er zu Gerrit und ging zur Mutter. „Ich glaube, wir können ein Feuer machen und den Fisch räuchern. In dieser unzugänglichen Gegend sind durchziehende, gefährliche Leute nicht zu erwarten."

Es regnete nicht mehr und nachdem die Männer Holz gesucht hatten, das reichlich vorhanden war und sogar einigermaßen trocken, entfachten die Frauen ein Feuer, an dessen Rand sie Kieselsteine legten. Sie nahmen den Schlangenfisch aus, zerteilten ihn und räucherten die Stücke auf den Kieselsteinen. Die Großmutter raffte sich auf und suchte Gemüseblätter, Sauerampfer, Löwenzahn und Knollen, die am Feuer gedünstet wurden. Einige Reste Fladenbrot waren auch noch übrig und es ergab sich eine recht ordentliche Mahlzeit. Die Großmutter aß kaum etwas. Sie war sehr schwach, und das Suchen der Blätter hatte sie schon erheblich angestrengt. Sie trank ein wenig Wasser und rollte sich in ihren Fellmantel.

Abends saßen sie noch um das Feuer. Die Mutter und der Onkel redeten leise miteinander.

„Wir haben nur noch wenig Proviant", sagte sie. „Der junge Mann hat Pfeil und Bogen. Du hast die Angelschnur; glaubst du, dass wir so weiterkommen?"

„Das hoffe ich doch", meinte der Onkel. „Ich habe zwar nur einen Teil meiner Angelausrüstung und unser Bogen ist nur für kleine Tiere, wie Hasen und Enten geeignet. Ein Reh wird schon schwierig. Der Weg wird keineswegs einfacher und es gibt noch Gebüsch, mehr Hügel und vielleicht einige Sümpfe, die wir umgehen müssen. Es ist aber nicht mehr weit. Die Gegend ist ziemlich verlassen und wir werden unsere Ruhe haben."

Gerrit hatte genau zugehört. Als sie schwiegen, krabbelte er zur Großmutter, die ihn mit unter ihren Fellmantel nahm. Das Feuer verglühte langsam. Die kleine Schwester schlief schon. Aus dem Wald hörte er Tiere: Eine Eule rief, bisweilen bellte ein Reh. Aber schließlich wurde es ruhiger und fast alle schliefen.

Am nächsten Morgen nieselte es wieder leicht, was den Aufbruch unangenehm machte. Die Großmutter konnte kaum noch gehen. Also musste sie wieder auf dem Pferd sitzen, aber auch das fiel ihr schon schwer. Sie hing vornübergebeugt und es ging nur langsam vorwärts. Genau wie der Onkel gesagt hatte, wurde das Gelände unwegsam. Umgestürzte Bäume, kleine Wasserläufe und Sümpfe waren auch für das Pferd mit den Lasten nicht zu bewältigen, so dass es bisweilen vom Gepäck befreit werden musste, um über Hindernisse geführt zu werden. Gegen Nachmittag ging es der Großmutter sehr schlecht. Sie konnte nicht sitzen und kaum gehen. Sie legte sich auf den Waldboden und meinte wieder, man solle sie doch hier zurücklassen.

Der Onkel wollte das Gelände erkunden, ob sie hier vielleicht die Nacht verbringen und erst am nächsten Morgen weiterziehen könnten. Während er redete, hatte er den Kopf gehoben und in der Luft herumgeschnuppert. Der Hund stand vor ihm, wedelte mit dem Schwanz und schnupperte auch, genau wie sein Herr.

Schließlich sagte der Onkel: „Ich rieche doch ein Feuer. Selten in dieser einsamen, schlecht zugänglichen Gegend.“ Er schnupperte wieder. „Das ist kein Feuer in offener Landschaft. Bei dem feuchten Wetter müsste es harziger riechen. Das ist ein Feuer mit trockenem Holz, eher ein kleines Feuer. Was meinst du?“, fragte er den Hund.

Der machte einen kleinen Beller und wedelte wieder mit dem Schwanz.

„Scheint nicht bedrohlich zu sein“, stellte der Onkel fest. „Der Hund und ich werden mal vorsichtig die Gegend erkunden, und ihr bleibt ruhig hier. Nur wenn ihr ihn bellen hört, sollen der Knecht und der junge Mann uns nachgehen."

Die Geduld der Gruppe wurde auf eine harte Probe gestellt. Die Mutter suchte noch nach etwas Essbarem. Ohne die Hilfe der Großmutter fand sie kaum Gemüseblätter, aber doch einige kleine Knollen, die man kochen konnte. Gerrit fand Hagebutten aus dem vorigen Herbst, deren Schalen man abschlecken konnte. Plötzlich tauchte der Hund auf, rannte schwanzwedelnd umher, und kurz darauf erschien der Onkel.

„Wir haben eine Behausung entdeckt, ich konnte es kaum glauben, da wohnen zwei ältere Frauen und in deren Hütte ist das kleine Feuer, das wir gerochen haben. Die Frauen waren sehr freundlich, sie wollen uns helfen. Wir dürfen kommen, haben sie gesagt."

Die Großmutter musste bäuchlings auf dem Pferd liegen. Die Mutter stützte sie seitlich, der Onkel führte das Pferd und trug die kleine Schwester. So erreichten sie die Behausung. Es war mehr ein halbes Fellzelt, das sich an die Wand eines Felsens anlehnte. Die Felle waren an lange Stangen gebunden, die in die Erde hineingegraben waren. Sie waren mit Schlingen sorgfältig befestigt. Der Eingang war klein, davor standen zwei ältere Frauen, begrüßten die Ankömmlinge ein wenig neugierig und ängstlich, aber wohlwollend.

Als sie die Großmutter sahen, wich die Ängstlichkeit. Die jüngere der beiden Frauen erweiterte den Eingang, indem sie ein Fell zum Teil von der Stange ablöste, so dass die Mutter und der Onkel die Großmutter hineintragen und auf einen der Liegeplätze betten konnten, wo der Boden mit Tannenreisig dicht belegt war. Gerrit schlich hinterher und sah erstaunt, dass die Behausung deutlich größer war, als man nach dem kleinen Zeltvorbau erwartet hätte. Es lag daran, dass der Felsen nicht nur einen Überhang, sondern eine kleine Höhle hinter dem Zelt bildete. Da, wo das Zelt an den Felsen stieß, gab es einen kleinen Spalt, durch den der Rauch des Feuers abziehen, aber wegen des steinernen Überhanges kein Wasser hineintropfen konnte. Die Felswand strahlte die Wärme des kleinen Feuers in den Raum zurück, der angenehm warm und trocken war. Die Großmutter schaute dankbar die ältere der beiden Frauen an.

„Darf ich bei euch sterben?, fragte sie. „Es wird nicht lange dauern, ein bis zwei Tage."

Die alte Frau nickte und hielt ihr die Hand. Gerrit weinte ein bisschen.

Die Frau sagte zu ihm: „Setze dich zu deiner Großmutter und achte auf sie. Ich sage dir, was du tun kannst."

Gerrit hockte sich auf den Rand des dicken Tannenzweigbelages, schaute auf die Großmutter und in das kleine Feuer und weinte nicht mehr. Er dachte daran, was sie gesagt hatte: Die gute Mutter Erde würde sie zu sich nehmen in ihr wunderbares Licht. Vorstellen konnte er sich das aber gar nicht. Die Großmutter hatte die Augen geschlossen, der Mund war ein wenig geöffnet. Sie atmete mit leisem Röcheln, aber ganz regelmäßig.

Inzwischen war es Nacht geworden. Gerrit hatte sich neben ihr auf das Reisig gelegt und war eingeschlafen. Die Frauen ließen das Feuer flach brennen, wechselten sich ab mit einer Sitzwache, die auch bisweilen in die Nacht hinausschaute und horchte.

In der Frühe wurde die Großmutter nicht wach. Sie atmete flach und unregelmäßig. Das Röcheln wurde etwas lauter.

Gegen Mittag öffnete sie die Augen, schaute Gerrit an und sagte ganz leise: „Es ist alles gut."

Dann atmete sie einige Male tief, danach nicht mehr.

Nach einer Weile sagte die Mutter, die jetzt die Hand der Großmutter ergriffen hatte: „Sie ist zu der heiligen Mutter in das Licht gegangen."

Aber sie weinte dennoch. Am Abend wurde die alte Frau begraben. Gerrit dachte zurück an das Begräbnis der jungen Magd. Dieses war ähnlich, aber er stellte fest, wie verschieden das Sterben verlief. Er fand, dass es traurig war, aber bei der Großmutter besser und nicht beängstigend, so wie damals bei dem Angriff auf sein Dorf, wo die Menschen mit Gewalt getötet wurden, niedergeschlagen, verletzt, oft verbrannt.

Als es wieder Tag wurde, gaben die Frauen den Reisenden zu trinken und zu essen, alle saßen um das Feuer. Die Mutter konnte trotz der Trauer ihre Neugier nicht verhehlen und fragte die beiden, wie es denn gekommen sei, dass sie hier allein lebten.

„Unsere Sippe war angegriffen worden von einem kriegerischen Stamm. Aus der Richtung des Sonnenaufganges waren sie gekommen und hatten das Dorf überfallen, geplündert, gemordet und gebrandschatzt", antwortete die ältere Frau.

„Das kennen wir auch", sagte der Onkel und berichtete von ihrem eigenen Schicksal. Die beiden Frauen sagten, zunächst hätten sie nicht geglaubt, dass sie es schaffen würden, doch nun hätten sie schon zwei Winter und einen Sommer überstanden, und ihre Lage sei recht gut. Sie hätten sogar jetzt nach dem Winter noch Nahrungsmittel und könnten ihnen etwas mitgeben. Die Mutter und der Onkel konnten es beinahe nicht glauben und bedankten sich für alles sehr herzlich bei den beiden Frauen, wollten aber bald aufbrechen.

Ein letztes Mal gingen sie zum Grab der Großmutter, verweilten dort und die Mutter weinte ein wenig. Gerrit dachte sehr dankbar an seine Großmutter zurück. Sie war immer lieb zu ihm gewesen, hatte ihn niemals ausgeschimpft, sondern, wenn möglich, in Schutz genommen, auch wenn er Unsinn gemacht hatte. Er dachte an ihr Geschenk und fühlte nach dem Stift, den er um den Hals gehängt hatte. Dann gingen sie zurück zu der Hütte der alten Frauen, packten ihre Säcke, nahmen dankbar Proviant mit, und die kleine Schwester saß wieder auf dem Pferd. Gerrit hatte den Eindruck, dass der kleine Hengst den Kopf hängen ließ, und er wieherte auch nicht.

Die Gruppe zog los, winkte zurück zu den gastfreundlichen Frauen und nahm die erste Strecke in Angriff, die durch unwegsames Gelände und leicht bergauf führte. Der Fluss aber wurde schwächer, die Landschaft bergiger, und am übernächsten Tag schon erreichten sie die Sippe der Verwandten.

Der kleine Bauernhof

In dem neuen Ort befanden sich nur wenige Häuser und Gerrit sah keine Wälle mit Palisaden oder irgendwelchen Schutzzäunen. Sie zogen in das Haus, das dem Onkel der Mutter gehörte.

Dieser schon ältere Mann, Gerrits Großonkel, war vielseitig begabt. Er wohnte mit seiner Frau und zwei Töchtern in einem zwar kleinen Gehöft, das aber sehr viele Möglichkeiten bot. Am meisten beeindruckte Gerrit eine winzige Hütte, in der Bienen wohnten, die der Großonkel betreute. Auch gab es einen Schweinestall und gezähmte Hasen. Seine Frau und die beiden Töchter bestellten einen großen Garten mit reichlich Gemüse, Kräutern und Früchten sowie Gerste, Weizen und Einkorn für das Fladenbrot. Sie verstanden es auch, Früchte zu lagern und im Winter zu bewahren, so gab es jetzt noch getrocknete Felsenbirnen, Schlehen und Hagebutten.

Der Großonkel herrschte über das alles und arbeitete jeden Tag solange es einigermaßen hell war. Aber er war meist schlechter Stimmung und verzog nie eine Miene zum Lachen. Gerrit dachte zunächst, dass er die Mutter, die kleine Schwester und ihn selbst nicht bei sich haben wollte. Das wunderte ihn, weil doch die anderen aus der Reisegruppe in dem großen Gehöft untergebracht waren, das entfernteren Verwandten gehörte. Aber daran lag es nicht. Es lag daran, dass die beiden Söhne des Großonkels im Krieg mit dem Stamm, der Gerrits Dorf überfallen und geplündert hatte, getötet worden waren.

So hatte ihm die Mutter das alles erklärt und der Großonkel hatte altes Spielzeug seiner Söhne im Wald auf einen Abfallplatz geworfen, wo Gerrit es gefunden und zum Spielen für sich gereinigt und soweit möglich wiederhergestellt hatte. Er traute sich nicht, dem Onkel das gefundene Spielzeug zu zeigen. Stattdessen streunte er mehr und mehr im Wald herum und erforschte die Gegend, die anders war als die Landschaft, in der sein zerstörtes Heimatdorf gelegen hatte.

Es gab keinen Fluss, sondern nur einen kleinen Bach, der aus den Hügeln herabfloss und erst weiter unten im Tal in einen Fluss mündete. Der Bach war so klein, dass man überall hindurchwaten oder bisweilen sogar darüberspringen konnte. Hier ließ es sich wunderbar spielen und im Frühjahr bauten sie mit den anderen Kindern aus den wenigen benachbarten Gehöften sogar kleine Staustufen aus Grasbatzen, die sie mit Lehm verschmierten. Es gab auch viele Frösche und kleine Fische zu beobachten.

Die kleine Schwester Raitina hatte inzwischen ihren sechsten Sommer erlebt und wurde für Gerrit die wichtigste Kameradin. Sie machte alles mit, was er wollte, sogar Kletterpartien an einem felsigen Steilhang, wo es Waldbeeren gab.

Inzwischen waren sie in das Haus eines alten Bergmanns und Steinhauers gezogen, der dort mit seiner Frau lebte. Das Haus war für zwei Leute zu groß und diese älteren Leute hatten noch eine andere, kleine Familie aufgenommen, eine Mutter mit zwei kleinen Mädchen. Eines war etwa so alt wie Raitina, die aber das Kind nicht leiden mochte. Sie schlug Gerrit vor, das Kind einzuladen, zusammen zu spielen und sie dann mit einem Stöckchen zu schlagen, um sie zu strafen. Gerrit hatte zuerst Bedenken, willigte aber dann doch ein.

Sie spielten zusammen am Waldrand mit Holzstöckchen und Steinen. Das Kind spielte arglos mit. Bei einer günstigen Gelegenheit hoben sie dem Kind den Umhang hoch, Gerrit brachte mit seinem Weidenstock einige kleine Schläge auf ihre Oberschenkel zustande, dann schrie das Mädchen laut und rannte weg. Schon am nächsten Tag brach das Strafgericht über sie herein.

Die Mutter nahm Gerrit und Raitina zu sich und fragte: „Was war da los, was habt ihr getan?“

Raitina sagte leise: „Wir mögen das Mädchen nicht leiden, es ist fremd, riecht anders und redet seltsam.“

Die Mutter hörte sich das nachdenklich an, aber die Kinder bekamen keine Schläge, was sonst oft, und wie Gerrit meinte schon bei Kleinigkeiten, der Fall war. Es wunderte ihn, dass sie jetzt keine Prügel bezogen. Aber es war sehr deutlich, dass dieser hinterlistige Angriff auf das kleine Mädchen als böse Schandtat bewertet wurde. Die Mutter erklärte Gerrit und Raitina, sie müssten zu der Familie und dem kleinen Mädchen und es wieder gut machen.

Also gingen die beiden recht zerknirscht zu dem Mädchen und seiner Mutter und versprachen, so etwas nicht wieder zu tun. Gerrit fühlte sich äußerst unwohl in seiner Haut und ahnte, dass er hier eine Schwelle überschritten hatte, die in einen Abgrund führen konnte.

Völlig überraschend kam eines Tages der Vater zu seiner Familie zurück. Gerrit war sehr glücklich, denn er hatte den Vater doch sehr vermisst und hoffte nun, er würde sich mit ihm beschäftigen und ihm helfen, Stöcke zu schnitzen, Spielzeug zu basteln und auf seine vielen Fragen antworten. Aber der Vater war schweigsam, in sich gekehrt. Er war abgemagert und erschöpft. Die Mutter bemühte sich um ihn, aber Gerrit hatte kein wirklich gutes Gefühl. Immerhin brachte er einmal den Vater dazu, mit ihm am Waldrand Weitsprungübungen zu machen. Als er aber merkte, dass es dem Vater lästig war, und es ihm offenbar auch schwer fiel, auf seine Fragen zu antworten, besonders solche nach dem Krieg und den schrecklichen Ereignissen, die Gerrit selbst schon erlebt hatte, zog er sich wieder mehr zurück.

Er streunte am liebsten allein oder mit Raitina im Wald herum. Manchmal sprach er mit dem alten Bergmann, der ihm von dem Feuerstein erzählte und ihm erklärte, wie dieses sehr harte Gestein in tiefen Gruben und sogar in Gängen unter Tage abgebaut würde. Er erläuterte ihm, wie viele wichtige Werkzeuge man aus Feuerstein und anderen Gesteinsarten herstellen könne: Messer, Meißel, Bohrer, Schaber, Beile, Äxte, Dolche und ganz besonders Pfeilspitzen.

Nach einigen Wochen wurde der Vater zufriedener, es ging ihm besser, weil der Großherr eine Aufgabe für ihn hatte, die mit den Abgaben der Bauern in seinem Herrschaftsbereich zu tun hatte. Die Familie würde auch ein neues Anwesen erhalten mit einem geräumigen Langhaus sowie Wiesen und Feldern. Ganz hatte Gerrit das alles nicht verstanden, aber es wurde klar, dass sie mal wieder umziehen mussten in einen anderen Ort, der näher am befestigten Sitz des Großherren lag.

Ein neues Land

Nun wurde wieder das Kleinpferd beladen. Es war älter geworden, sein Fell hatte viele graue Haare bekommen, aber es konnte sich immer noch kräftig bewegen und seine Lasten tragen. Personen ritten nicht auf ihm. Die Großmutter war im Licht der heiligen Mutter der Erde und des Himmels, und Raitina konnte inzwischen nicht nur sehr gut laufen, sondern ihren eigenen kleinen Fellsack tragen.

Die Gruppe war jetzt klein, weil der Onkel, der Knecht und das junge Paar nicht mitzogen. Der Weg war aber nicht weit und einigermaßen sicher. Gefährliche Banden trieben sich in der Gegend nicht herum und sie erreichten nach einigen Tagen den neuen Landstrich. Gerrit vermisste Berge und den sprudelnden Bach, von Felsen ganz zu schweigen. Das Land hatte zarte flache Hügel und ein kleiner Fluss schlängelte sich langsam fließend hindurch. Sein Bett und die Ufer waren mit Gebüsch und Schilf bewachsen und es gab Buchten mit Sandbänken, wo man gut baden konnte. Gerrit fand auch, dass er im Wald schön umherschweifen konnte, weil es viele hohe Bäume gab mit dichtem Laub und nicht allzu viel Unterholz und Gebüsch. Die neue Ortschaft war fast so groß wie sein Heimatdorf, das verbrannt war.

Sie fanden ein geräumiges Langhaus vor mit einigen Rindern, Ziegen und Schafen. Im Haus hatten mehrere Personen gewohnt, die meisten waren fortgezogen, zwei Mägde und ein Knecht waren geblieben, und Gerrits Vater sowie seine Mutter wollten diese gern in dem Anwesen behalten.

Gerrit dachte zwar manchmal an seine zerstörte Heimat, aber er war zufrieden in dem neuen Land, Äcker und Wiesen waren ergiebig, die Ernten ausreichend und die Tiere gesund. Er hatte viel Freiheit und durfte die Gegend erforschen. Eine gute Zeit ging ins Land.

Bisweilen wohnte ein Schamane mit im Haus. Er hatte einen kleinen eigenen Bereich für seine Arbeit. Öfters sprach er auch mit Gerrit. Der zeigte ihm den Stift, den ihm die Großmutter geschenkt hatte, und der Schamane lehrte ihn, Runen zu schreiben, Zeichen und kleine Bilder zu malen. Auch erklärte er ihm Vorgänge in der Natur, den Lauf der Sonne und des Mondes und den Ablauf der Tage im Frühling, Sommer, Herbst und Winter. Er beschrieb die Abhängigkeit der Lebewesen von den unterschiedlichen Jahreszeiten und vom Wetter.

„Auch die Menschen sind von all dem abhängig", sagte er. „Wie alle Wesen entstehen sie, leben eine Weile und sterben dann. Unendlich ist nur die Gottheit in ihrem Licht, in welchem sie den Geist des Menschen nach dem Tod des Körpers empfängt."

Gerrit fragte ihn: „Warum werden die Menschen krank und warum müssen sie sterben?"

„Der Körper des Menschen ist endlich", sagte der Schamane. „Er ist verletzbar, besonders durch Gewalt, aber auch durch Krankheiten unterschiedlicher Art, die in ihm selber entstehen. Für manche Krankheiten und Schäden am Körper kennt man die Ursachen, besonders bei Verletzungen. In manchen Fällen kann man irgendwelche Einflüsse vermuten, es wird viel an böse Geister gedacht. Aber oft kennt man keine Gründe für das Entstehen einer Erkrankung. Da müssen wir weiter suchen. Es gibt die Beobachtung: Zunächst soll man ein Erscheinungsbild in Ruhe auf sich einwirken lassen und prüfen, ob man etwas besonderes sehen, hören oder riechen kann. Das gilt für die Natur und ihre Veränderungen ebenso, wie für Krankheiten der Menschen, um deren Behandlung sich oft auch die Schamanen bemühen. Zum Beispiel: Geschwüre, Verletzungen am Körper und am Kopf, Wunden, Verdauungsstörungen, Veränderungen der ganzen Person mit Angst und Verwirrung des Geistes. Wichtig ist auch das Sprechen mit anderen Menschen, Fragen nach ihren Erlebnissen, Erfahrungen und ihrem Fühlen."

Gerrit schwieg nach der langen Rede und meinte schließlich: „Ja, aber jetzt weiß ich immer noch nicht, warum die Menschen krank werden und sterben müssen."

Der Schamane erschrak ein wenig. „Ich weiß es auch nicht", sagte er. „Und ich fürchte, wir Menschen werden es niemals begreifen. Das soll uns aber nicht entmutigen, weiter darüber nachzudenken. Für einen Schamanen ist es wichtig, in sich selbst hineinzuhorchen. Das ist möglich, indem man die Sinne nicht nach außen richtet, sondern die Augen schließt, Geräusche und Gerüche in der Umgebung missachtet und alle Aufmerksamkeit in das Innere hineinlenkt. Wenn die Gedanken nicht mehr fließen und der Geist schließlich frei und leer erscheint, können neue Eindrücke und Erkenntnisse entstehen."

„Ich möchte ein Schamane werden", sagte Gerrit.

„Du bist schon auf dem Weg", antwortete der Schamane.

Gerrit lernte viel von ihm, bewunderte ihn, sah es aber nicht so gern, wenn der Schamane mit der Mutter zusammensaß. Das war häufig der Fall, und sie redeten viel und oft leise miteinander. Der Vater war zwar viel außerhalb des Hauses tätig, aber insgesamt tat er so, als wäre das alles in Ordnung und verstand sich selbst offenbar ganz gut mit dem Schamanen. Nachts hatte die Mutter die kleine Schwester zu ihrem Schlafplatz genommen und Gerrit lag beim Vater. Gerrit hatte inzwischen elf Sommer erlebt, und er wusste, dass er so keinen kleinen Bruder bekommen würde, denn dazu hätten Mutter und Vater zusammenliegen müssen. Ein wenig bedauerte er das, hatte aber viele eigene Gedanken. Er erforschte weiter die Gegend, oft allein, bisweilen noch mit seiner Schwester, die jetzt schon acht Sommer erlebt hatte.

Einmal trafen sie auf zwei Jungen von einem benachbarten Gehöft, die sie nur flüchtig kannten. Die Jungen hatten Stöcke bei sich und machten Anstalten, Gerrit zu verprügeln. Raitina hatte auch einen kräftigen Knüppel bei sich. Sie blieb völlig unbewegt neben Gerrit stehen und schaute den beiden in die Augen. Sie machten noch einige Drohgebärden, gingen dann ein wenig auf und ab, waren unschlüssig, und zu Gerrits Erstaunen wurden sie nicht handgreiflich, sondern zogen sich langsam zurück, nicht ohne zu behaupten, dass Gerrit dann eben beim nächsten Treffen Dresche beziehen würde. Raitina schaute kurz hinter den Jungen her und haute dann mit ihrem Knüppel einen kleinen Pfad in die Himbeerhecke, um an die besten reifen, roten Beeren heranzukommen. Gerrit war beeindruckt und stellte fest, dass er offenbar gar keinen kleinen Bruder mehr brauchte.

Fast alle Kinder in der Nachbarschaft waren aber fröhlich und zugewandt, und so lernte Gerrit einen gleichaltrigen Jungen kennen, dessen Eltern ein schönes Langhaus am Fluss bewohnten. Der Junge hieß Teo und hatte ein kleines Boot. Mit dem durften sie auf dem Wasser umherpaddeln. Jetzt im Hochsommer war es warm und sie sprangen ins Wasser und hielten sich dann am Bootsrand fest. Gerrit übte, weil er schwimmen wollte, wie er es bei größeren Kindern gesehen hatte. Er ging am Rand des Flusses ins Wasser, langsam immer tiefer hinein, bis er nur noch mit den Zehenspitzen den Grund berührte. Dann wandte er sich schnell um zum Ufer und machte zügig die Bewegungen mit Armen und Beinen, wie er sie bei den Fröschen beobachtet hatte und bei den Kindern, die schon schwimmen konnten. Und er schwamm selbst zum Ufer. Zuerst war es nur eine sehr kurze Strecke, aber er war mächtig stolz.

„Jetzt kann ich schwimmen", dachte er und fühlte sich viel sicherer und stärker.

Abends hockten sie, etwa drei bis vier Jungen, manchmal in einer kleinen Höhle. Dort hatte Gerrit ein mulmiges Gefühl, weil er sich an den Holzverschlag unter dem Misthaufen erinnerte, in dem sie den Angriff auf seinen Heimatort überlebt hatten. Deshalb ging er zu der Mutter seines Freundes und bat um ein wenig Glut aus dem Feuer. Er steckte das glimmende Holz in ein hartes Lederstück und sie machten eine Fackel aus harzigem Tannenholz, unterhielten sich beim Schein der winzigen Leuchte und erzählten sich Geschichten, die sie von Eltern, Großeltern, Verwandten oder einem Schamanen gehört oder einfach selbst erfunden hatten.

Teo konnte das besonders gut und er erzählte, dass er im Wald spazieren gegangen sei. Die Bäume hätten einen goldenen Schimmer bekommen, und süße Früchte hätten sie getragen, die nach Honig schmeckten. Auf einem Baumstamm sitzend habe er eine solche Frucht gegessen.

„Mein Körper wurde ganz leicht. Ich konnte in die Höhe schweben, dann kam ein wunderschönes Mädchen mit goldenen Haaren und tiefblauen Augen. Sie lud mich zum Tanzen ein, fasste mich an den Händen und schwebte mit mir zu einer zarten Flötenmusik, die aus den Gipfeln der Bäume kam. Ich spürte wohltuende Wärme. Im Reigen tanzte sie empor, ich hinter ihr her, und wir kamen in einen lichten Raum über den Gipfeln aller Bäume. Auf einem hohen Thron, der mit rot schimmernden Steinen geschmückt war, saß eine Frau mit einem goldenen Reif auf dem Haupt und sie lächelte. Das Mädchen tanzte mit mir einen langsamen Reigen um die Frau und machte dann eine tiefe Verbeugung, die ich nachahmte. Die wunderbare Frau sagte zu uns, ihr seid meine Kinder, ihr sollt glücklich sein. Ich danke euch für den Tanz!“

Teo schwieg eine Weile, sagte dann noch leise: „Im Schweben über den goldenen Baumgipfeln bin ich eingeschlafen. Jetzt sitze ich wieder bei euch und immer kann ich mich an den goldenen Wald, das schöne Mädchen und die gute Mutter von Himmel und Erde und an mein Glücksgefühl erinnern.“

Gerrit war nachdenklich. Er musste grinsen, wenn er sich den etwas schwerfälligen, kräftigen Teo als schwebenden Tänzer vorstellte. Aber dieser hatte seinen Traum so eindrucksvoll geschildert, dass er hoffen durfte, vielleicht auch einmal so etwas zu erleben.

Die Freundschaft mit Teo wurde zunehmend wichtig für Gerrit. Sie unternahmen vieles gemeinsam. Teos Vater wollte sie lehren, Fische zu fangen, und zunächst sollten sie angeln. Er zeigte ihnen, wie man den Haken an der Schnur befestigt, den Köder anbringt und die Angel auswirft. Er wies auf Stellen hin, wo man am Flussufer auf günstigen Fang hoffen konnte. Dann gab er ihnen zwei Angeln und wünschte viel Glück. Gerrit dachte an seine Erfahrung vom Fang des Schlangenfisches mit dem Onkel und dachte sich, so schwer könne das alles nicht sein.

Also gingen sie zum Fluss, wo sie schon in einer kleinen Bucht im klaren Wasser Fische beobachtet hatten und warfen ihre Angel aus. Sofort verschwanden die Fische, die beiden hatten sich offenbar zu viel bewegt und Lärm verursacht. Deshalb gingen sie in der nächsten Bucht viel langsamer und vorsichtiger zu Werke, achteten darauf, dass ihr Schatten nicht in das Wasser fiel und waren leise. Gerrit konnte nach einer Weile beobachten, wie ein mittelgroßer Fisch den Köder vom Haken wegzupfte und dann verschwand. Also wählten sie den Köder kleiner und durchstachen ihn zwei bis drei Mal mit dem Haken. Es dauerte wieder etwas, aber dann hing doch tatsächlich ein Fisch am Haken. Gerrit zog den Stock mit der Schnur daran hoch, der Fisch hing in der Luft, zappelte wild, schnellte weg von der Angel, stürzte ins Wasser und schwamm davon.

Gerrit betrachtete den Haken genauer, der nur eine Andeutung von einem Widerhaken hatte. Die guten Haken mit wirklich scharfem und wirksamem Widerhaken, wie der Onkel einen gehabt hatte, als sie den Schlangenfisch fingen, hatte Teos Vater nicht herausgerückt. Die waren zu wertvoll. Gerrit überlegte und versuchte es nochmal. Wieder biss ein Fisch an. Er machte einen kleinen Ruck mit der Angel, damit der Haken durch den Kiefer des Fisches weit genug hindurchdringen konnte und zog ihn dann zügig aus dem Wasser. Auf diese Weise fingen sie dann doch nach langem Bemühen einige kleine Fische und brachten sie stolz zu Teos Mutter. Am Abend gab es gegrillten Fisch auf Kräutern, dazu Fladenbrote mit Sirup.

Monde und Jahresläufe waren verstrichen. Eines Abends im Winter, als alle um das Feuer saßen und etwas getrunken und gegessen hatten, sagte der Vater zu Gerrit, dass der Großherr bei seinem Herrenhof eine Schule einrichten würde für geeignete Knaben. Er und sein Freund Teo seien ausgesucht worden. Sie könnten dort sehr viel lernen, und er wollte, dass sein Sohn diese Möglichkeit unbedingt wahrnehme. Gerrit hatte ein etwas mulmiges Gefühl nach diesen Erklärungen seines Vaters, zumal ihm gar nicht aufgefallen war, dass er irgendwie ausgesucht worden wäre und ihm war auch nicht wirklich klar, für was er eigentlich auserwählt war.

Er schaute fragend zu seinem Vater, der dann erklärte: „Du hast jetzt dreizehn Sommer erlebt, hast schon einiges gelernt und auch etwas gearbeitet, aber du bist auch viel herumgestreunt. Das ist gut für einen Jungen und wichtig, aber es gibt noch viele Dinge, die du lernen musst. Zum Beispiel: Orientierung im Gelände und Überleben in freier Wildnis, was wichtig ist für die Jagd, Wissen über Tiere, Pflanzen, Jahreszeiten und Veränderungen in der Natur. Ihr werdet geschult im Umgang mit Jagd- und Kriegswaffen."

Der Schamane sah, dass Gerrit wenig Begeisterung zeigte und sagte: „Ich bin dabei, wer geeignet und neugierig ist, kann auch schamanisches Wissen und Denken erlernen."

Das war für Gerrit ein Trost. Eine Zeit lang hatte er gedacht, dass er vielleicht ein Krieger werden würde wie der Vater, war aber unsicher geworden und von dieser Vorstellung abgerückt, weil er an das Elend, die Angst und Entbehrungen dachte, die damit verbunden waren, und die der Vater offensichtlich auch erlebt hatte. Das hatte er deutlich sehen können, als sein Vater damals von der kriegerischen Unternehmung zurückgekommen war. Er begriff aber auch, dass es jetzt von seiner Seite eigentlich gar nichts zu verhandeln gab, sondern dass sein Einverständnis vorausgesetzt wurde. Also musste er das Beste daraus machen und fühlte schon etwas Mut und Hoffnung, dass ihm das gelingen könnte, zumal ja Teo dabei sein würde.

„Du hast noch Zeit, nach dem Winter geht es los", sagte der Schamane.

Als der Schnee geschmolzen war und die Tage länger wurden, bekam Gerrit neue Kleidung, einen Lendenschurz aus weichem Ziegenleder und einen breiten Gürtel mit Tasche sowie Schuhe und Beinlinge, einen Fellmantel und eine Mütze aus Bärenfell. Ein größeres Tragegestell wurde angepasst mit Fellsack. Die Mutter schenkte ihm ein winziges Ledertäschchen mit Nadel und einigen Hanffäden darin, das er um den Hals hängen konnte.

„Das können auch junge Männer gebrauchen", meinte sie und lachte.

Den schönen, zweckmäßigen Stock hatte er sich ohnehin schon aus dem bewährten Haselnussholz geschnitzt und ihn mit Verzierungen und Runen versehen. Es gelang ihm sogar, ein Feuersteinmesser mit Hanfschnur an dem Stock zu befestigen, so dass eine Art Speer entstand. Vielleicht konnte er damit sogar einen Hasen erlegen, falls der nicht wegrannte, dachte er und musste grinsen. Nach einigen Tagen war auch der Schamane ausgerüstet. Sogar ein Pferd hatte er sich beschafft und mit zwei Packtaschen beladen.

Er sagte: „Ich kenne den Weg gut. In drei bis vier Tagen schaffen wir das."

Der Abschied von den Eltern fiel Gerrit nicht so schwer, zumal er damit rechnete, dass er den Vater öfter und die Mutter und Raitina wenigstens manchmal sehen würde. Er war gespannt auf all das Neue, das ihn erwartete.

Der erste Reisetag verlief gut, es war Frühling und nicht mehr kalt. Abends fand die kleine Gruppe einen günstigen Rastplatz und riskierte sogar ein Feuer, um dessen warme Glut sie sich lagerte, als die Nacht hereinbrach.

Am nächsten Morgen ging es durch schwieriges Gelände. Es war morastig und man sackte manchmal bis zu den Knöcheln im zähen, klebrigen Untergrund ein. Am Mittag waren die drei erschöpft, und der Schamane hielt eine Rast für angebracht. Das Pferd wurde entlastet und konnte grasen, die drei tranken Wasser, aßen Fladenbrot, etwas Dörrfleisch, Nüsse und getrocknete Beeren. Gerrit legte sich am Waldrand auf den Rücken und schaute träumend in den blauen Himmel.

Da sah er ganz in der Höhe einen Vogel große Kreise ziehen. Langsam ließ er sich herabgleiten und Gerrit erkannte am hellen Gefieder der Unterseite den Bussard. Seine pfeifenden, singenden Schreie waren beruhigend, obwohl sie fast ein wenig traurig klangen. Der große Vogel kam so weit herunter, dass Gerrit seine gelben Greifer sehen konnte und den Hakenschnabel. Mit nur leichtem Schwingen seiner Fittiche zog der Bussard einige Kreise über dem Jungen und verschwand dann im Gleitflug in der Tiefe des Waldes. Gerrit bewunderte den Vogel, der die Luft beherrschte. Das Tier hatte ihm auf geheimnisvolle Weise Kraft und Zuversicht gegeben, das Neue und Unbekannte, das auf ihn zukommen würde, mutig anzugehen.

Die Schule des Großherrn

Wie der Schamane vermutet hatte, erreichten sie am späten Nachmittag des vierten Tages den Sitz des Großherrn. Die Anlage war auf einem flachen Hügel errichtet und von einem Wall umgeben. Auf diesem verlief eine feste Palisadenwand mit einem Wehrgang, von dem man durch zahlreiche Schießscharten auf Angreifer Pfeile, Speere und Steine hinunterschießen und -werfen konnte. Das Tor im Palisadenring wurde geöffnet und ein nicht mehr ganz junger Mann in Lederkleidung, schlank aber kräftig, mit einem Speer und einem langen Dolch bewaffnet, begrüßte die Ankömmlinge. Er erklärte sich zuständig für die Betreuung und Ausbildung der Schüler.

Gerrit war beeindruckt von dem Haupthaus, das die anderen Gebäude des Herrenhofes überragte. Die dicken Wände hatten kleine Öffnungen und eine große Eingangstür, die man mit Eichenholzbohlen verschließen konnte. Das Dach war sorgfältig mit Schilf gedeckt. Auch die umgebenden Nebengebäude waren solide und offenbar nur unter Verwendung von Eichenholz erbaut worden. Hier waren Mägde, Knechte, Wächter und auch Handwerker untergebracht und es gab Raum für Geräte, aber auch für Versammlungen sowie Stallungen für Pferde, Rinder und Kleinvieh; Scheunen enthielten Getreide und Tierfutter.

Der Betreuer wies seinen neuen Gästen in dem Hauptraum eines großen Nebengebäudes Plätze an, wo sie ihre Säcke auspacken und später nächtigen konnten. Sie sollten sich dann in einem benachbarten Haus einfinden, wo der Großherr alle Schüler begrüßen würde.

Gerrit und Teo waren voller Erwartung und richteten nebeneinander ihren Schlafplatz ein. Zu ihrer Überraschung gab es eine Stelle neben dem Haupthaus, wo man mit einem hölzernen Eimer aus einem Brunnen Wasser zum Trinken und zum Waschen hochziehen konnte.

In dem Versammlungsraum des großen Nebengebäudes hatten sich schließlich zwölf Schüler, der Betreuer und der

Schamane eingefunden, als der Großherr mit einem Diener erschien. Er war nicht bewaffnet und trug einen leichten Mantel über feiner Lederkleidung. Sein Diener war aber, ebenso wie der Ausbilder der Schüler, mit Speer und Dolch ausgerüstet. Der Großherr begrüßte die Schüler einzeln, schaute sich jeden genau an und bat sie, auf den Holzbohlen Platz zu nehmen, die im Kreis angeordnet waren. Er stellte sich in die Mitte und sagte, er sei froh, dass sie alle wohlbehalten angekommen seien. Sie seien ausgesucht worden, weil er Knaben benötige, die man ausbilden könne im Umgang mit den Waffen für die Jagd und für den Krieg sowie im Umgang mit Menschen, mit Tieren und der Natur insgesamt. Auch sollten sie lernen über die Vergangenheit des Volksstammes, über Sitten und Gebräuche und über das Wesen und Wirken der Gottheit und der Geister.

Gerrit hörte Teo leise brummen: „Sonst noch was?"

Das hatte aber zum Glück sonst niemand gehört.

Der Großherr fuhr fort: „Ihr müsst viel lernen und könnt nicht gleich alles verstehen und alle Aufgaben bewältigen. Es braucht Zeit, nicht selten muss man Irrtümer erleben und Misserfolge verkraften."

Er schaute in die Runde, lächelte etwas gönnerhaft und meinte: „Jetzt sollt ihr euch aber erst einmal mit Essen und Trinken stärken!"

Die Jungen waren recht beeindruckt, umso mehr als Mägde eine Bank hereintrugen, auf der Getränke und Speisen standen. Alle hatten Hunger und die Bank leerte sich schnell. Die Mägde holten etwas Glut aus der Küche, so dass die Jungen Holz nachlegen und ein kleines Feuer entfachen konnten, um das sie sich dann niederließen.

Einzeln berichteten sie, woher sie kamen, und wie viele Lenze sie schon erlebt hatten und nach Aufforderung des Lehrers beschrieb jeder, wie seine heimatliche Gegend aussah. Die ersten Erzähler mussten nachdenken, wie ihre Heimat eigentlich beschaffen war, der Lehrer half nach mit Fragen.

Gerrit war als Letzter an der Reihe, und konnte sich die Erfahrung zu Nutze machen, die ihm seine Vorredner durch Pausen und Stottern gewährt hatten. Inzwischen hatte er überlegt und festgestellt, dass er viele Dinge als völlig selbstverständlich angesehen und nicht darüber nachgedacht hatte, wie etwa die Existenz und die Eigenschaften eines Gewässers.

Also beschrieb Gerrit seine heimatliche Region: „Das Land hat flache Hügel und Wälder mit großen, hohen Bäumen, unter denen man umherlaufen kann, weil das Unterholz nicht sehr dicht ist. Es gibt den schönen Fluss, der sich durch die Landschaft schlängelt, mit kleinen Buchten und bewachsenem Ufer. An manchen Stellen ist der Fluss tiefer, so dass man gut schwimmen kann. Mit einem Boot kann man paddeln, auch flussaufwärts, dann ist es allerdings anstrengend. In dem Fluss sind auch Fische, wenn man sich leise und langsam bewegt, kann man welche fangen, die mit Kräutern gegrillt gut schmecken."

Der Lehrer nickte anerkennend. Es wurde dann noch viel erzählt und geplaudert; aber langsam machte sich Müdigkeit breit, die meisten zogen sich auf ihre Schlafplätze zurück. Gerrit und Teo steckten noch die Köpfe zusammen. Sie bestätigten sich gegenseitig ihre Erleichterung, dass sie zusammen sein, sich gegenseitig helfen und austauschen konnten, bis auch sie endlich schlafen gingen.

Am nächsten Morgen, nach kurzem Frühstück, unternahmen sie zunächst einen Dauerlauf um den Herrenhof herum, bei dem sie einen kleinen Bach überspringen und auch durchwaten mussten. Nach dieser unbequemen Rennerei erklärte der Lehrer, sie würden nun Ringkämpfe austragen. Jeweils zwei Jungen sollten gegeneinander kämpfen und den Gegner auf den Rücken zwingen, bis dieser mit beiden Schultern den Boden berühre. Schlagen, Beißen, Treten und Kneifen sei verboten. Der Lehrer ging herum, schaute sich alle Jungen an und bestimmte, wer gegen wen zu kämpfen habe. Gerrit hatte ein etwas flaues Gefühl, als ausgerechnet Teo zu seinem Gegner erklärt wurde.

Also rangen sie miteinander, umschlangen sich mit den Armen und versuchten, sich zu Fall zu bringen. Teo stellte Gerrit ein Bein, und als der stürzte, zog er auch Teo mit zu Boden, wo sie sich herumwälzten in Matsch und Dreck. Gerrit konnte einen Vorteil erreichen und lag schräg auf Teo, der ihn plötzlich unsicher anschaute. Gerrit lockerte seinen Griff, da rollte sich Teo herum und es gelang ihm, sich auf Gerrit zu wälzen, der schließlich auf dem Rücken landete und dem Gewicht seines Freundes keinen wirksamen Widerstand entgegensetzte. Teo wurde zum Sieger erklärt.

Gerrit ärgerte sich und versuchte, abseits von der lärmenden Gruppe seine Hose mit einem Zweig etwas zu reinigen. Das erwies sich als unwirksam und er kam zu dem Schluss, dass dieser Ringkampf doch ziemlich harmlos gewesen war. Sie waren zwar verdreckt, aber niemand hatte seinem Gegner einen Schmerz oder Schaden zugefügt, obwohl der Sieger den Unterlegenen zunächst einmal kampfunfähig gemacht hatte. Irgendwie fand Gerrit das beruhigend im Vergleich zu dem Wahnsinn und der Brutalität, mit denen man sich im Krieg kampfunfähig machte. Das hatte er selbst erlebt bei dem Überfall auf seinen ersten Heimatort, wo sich die Menschen gegenseitig verletzten, zerfetzten, verbrannten, einfach vernichteten. Dieser kleine Ringkampf würde seine Freundschaft mit Teo nicht beeinträchtigen. Er ging wieder zur Gruppe, wo noch diskutiert und gestritten wurde, wie man den Gegner am besten zu Fall bringe. Teo grinste ihn an und sie gingen zu ihrem Gebäude in der Hoffnung auf eine kleine Stärkung und Mittagsrast.

Die Hoffnung war nicht vergebens, aber am Nachmittag erklärte ihnen dann der Lehrer, dass in den nächsten Tagen der Umgang mit Waffen geübt werde, zunächst sei das Bogenschießen vorgesehen.

Tatsächlich konnte sich jeder am nächsten Morgen einen Bogen aussuchen, der ihm gut in der Hand lag und zu seiner Körpergröße passte. Als alle soweit mit Pfeil und Bogen versorgt waren, zeigten der Lehrer und ein Gehilfe, wie man den Bogen anlegt, hält und spannt, wie man das Ziel anpeilt, die Sehne aus der großen Spannung frei gibt und den Pfeil sausen lässt, ohne sich die Hand zu verletzen.

Das wurde lange geübt und der Lehrer erklärte, wie wichtig es sei, den Winkel zu beurteilen, mit dem man den Pfeil in die Höhe schicke, der trotz aller Kraft und Schnelligkeit doch einen flachen Bogen beschreibe, ehe er sein Ziel erreiche. Das müsse man immer wieder üben.

Also wurde tagelang geübt, ohne und mit Wind aus allen Richtungen, ohne und mit Sonne, ebenfalls aus allen Richtungen. Geschossen wurde auf große Ziele, kleine Ziele, zunächst auf Scheiben, dann auf Tiere, die aus Stroh gebastelt waren, und schließlich auf menschenähnliche Puppen.

Die Fortschritte der einzelnen Schüler waren unterschiedlich, aber hinzugelernt hatten sie alle. Danach hofften sie auf eine etwas ruhigere Zeit.

Ratis

Ula hatte dreizehn Sommer erlebt und ihre erste Blutung gehabt. Sie war darauf vorbereitet, weil ihre Mutter erklärt hatte, dies sei natürlich und würde sich regelmäßig wiederholen. Wenn sie dabei Schmerzen habe, sei das kein Grund sich zu fürchten, solche Beschwerden würden von selbst vorbeigehen. Auch hatte sie ihrer Tochter erklärt, wie Mann und Frau sich vereinigen und manchmal sogar ein Kind ins Leben rufen können, und dass es wunderschön und wohltuend sei, wenn die beiden sich lieben würden.

„Das Kind entsteht durch die Mischung der Säfte", sagte sie. „Was vom Mann bei lustvoller Erregung in den Leib der Frau fließt, verbindet sich mit den Säften der Frau und neues Leben entsteht. Bei den Tieren ist das ganz ähnlich. Eine solche Vereinigung gibt es auch mit Gewalt, weil Männer stärker sind als Frauen, jedenfalls bei kurzen Kraftanstrengungen. Aber die Frauen haben auch durchaus Möglichkeiten, einen gierigen Mann abzuwehren."

„Ja, und wie macht man das?", fragte Ula.

„Das üben wir jetzt", sagte die erfahrene Frau und Ula war wieder überrascht, was ihre Mutter alles wusste und auch erklären und zeigen konnte.

Als sie einige Abwehrtricks erlernt hatte, meinte sie: „Jetzt warte ich aber gerne auf einen Mann, mit dem das Spaß macht."

Die Mutter schaute lächelnd auf ihre schöne Tochter, deren schwarze Haare in der Dämmerung zart dunkelblau schimmerten und sagte: „Den wirst du finden."

Wenige Tage nach diesem Gespräch gingen sie wieder auf Reisen, und Ula stellte fest, dass sie deutlich weniger Gepäck hatten als andere Leute.

„Sind wir eigentlich arm?", fragte sie, als sie in dem Boot hinter ihrer Mutter saß und vor dieser wieder der große Sohn des Fischers im Bug. Der Vater saß hinter ihr.

„Wir sind nicht arm“, antwortete er und paddelte, ebenso wie der Fischer, im Heck des großen Bootes.

Es war Sommer, der Wasserstand nicht hoch, und sie erreichten Ratis nach wenigen Tagen. Der Hauptort lag linker Hand am Ufer des Mutterflusses, der hier einen großen Bogen gebildet hatte. Kleine Ansammlungen von Hütten sah man auch auf dem gegenüberliegenden Ufer und überall reichlich Boote verschiedenster Bauart. Der Fischer führte die Ankömmlinge in den großen Ort, auf einer flachen Erhebung gelegen, mit einem Wall und Palisadenring umgeben. Ula sah staunend das muntere Treiben in den Gassen und auf dem Hauptplatz in der Ortsmitte. Einige Händler priesen Waren an: Fische, Getreide, Linsen, Erbsen, Kräuter, Pilze und Nüsse.

Ein Verkäufer rief: „Schönes Mädchen, komm her, ich habe Balsam, deine Haut wird dann noch zarter!“

„Ist die nicht zart genug?“, grinste Ula.

Der Mann stutzte, fand nicht sogleich eine Antwort, aber eine Frau, die den Balsam sehen wollte, half ihm aus der Verlegenheit.

Einige Male schon hatte Ulas Vater nach dem Freund gefragt: Elos, ein Schamane und Heiler mit dunklen Haaren und einer hohen Stirn, den die Angesprochenen nicht kannten. Ein älterer Mann vermutete, der Gesuchte könnte noch nicht so lange in Ratis sein. Schließlich gingen sie zu dem Bootsbauer, dem Vetter des Fischers, am Ortsrand etwas aufwärts von der eigentlichen Anlegestelle der Boote.

Die Verwandten begrüßten sich, der Fischer stellte den Schamanen und seine Familie vor und fragte nach Elos. Der Bootsbauer kannte ihn endlich, und er erklärte, wie man das Haus erreichen konnte, zu dem sich Ula und ihre Eltern gleich auf den Weg machten.

Der Schamane Elos und Ulas Vater umarmten sich. Ula hatte noch nie gesehen, dass ihr Vater einen Mann umarmte, aber der lachte, freute sich offenbar riesig, seinen Freund zu sehen und lud die Familie sogleich in sein Haus ein.

„Meine Frau und meine Tochter“, stellte er vor.
Ulas Vater lachte und sagte dasselbe. Die Frau saß auf einem Hocker vor einem Wollhaufen und fabrizierte einen Faden.

Dabei half ihr, offenbar etwas gelangweilt, die Tochter, die sogleich auf Ula zuging, sie mit hellen Augen musterte und sagte: „Ich heiße Hela, und du?“

„Ich bin Ula“, antwortete diese und sah nun, dass Hela die Augen der Mutter hatte, denn der Vater hatte schwarze Haare und dunkelbraune Augen, ihre Mutter hingegen helle Haare und blaue Augen.

Ula freute sich, dass sie dieses Mädchen, wohl einige Sommer jünger als sie selbst, kennenlernen konnte, sie schaute sich neugierig in dem schön ausgestatteten großen Raum um, und ihr Blick blieb an der kleinen Vorrichtung hängen, die das Wollknäuel drehte und aus der die Frau mit den hellen Haaren einen gleichmäßigen Faden zog.

Die Frau stand auf und sagte: „Jetzt setzt euch alle mal an den Tisch, Hela und ich geben euch gleich etwas zu trinken und zu essen.“

Hela stellte Becher auf den Tisch, ihre Mutter holte Fladenbrot, Grütze mit Beeren, ein großes Stück Kuhmilchkäse und Kräuter. Ula strich staunend mit der Hand über die Tischplatte, welche die Form eines Kleeblattes hatte. Vorsichtig berührte sie die Unterseite, die überraschend rau war.

„Elos lächelte ein wenig stolz: „Ich habe solche Tische in einem Dorf weit unten am großen Mutterfluss gesehen, und die Leute haben mir erzählt, dass ein solcher Tisch Glück bringt. Das habe ich dem Bootsbauer berichtet, der hat erst den Kopf geschüttelt, dann aber wohl nachgedacht und zwei solche Tische gebaut, einen für seine Familie und einen für uns. Und nun hoffen wir auf das Glück. Ulas Mutter befühlte nun auch nachdenklich die Ober- und Unterfläche dieser seltsamen Tischplatte.

Als Hela einen großen Krug von der hohen Bank an der Wand des Raumes herunterheben wollte, rief ihre Mutter: „Warte, ich helfe!“, nahm den Krug und goss Saft in die Becher.

Hela wurde ein wenig rot, sie war enttäuscht, aber die Mutter legte kurz eine Hand auf ihre Schulter.

„Das hast du gut gemacht“, sagte sie. „Und nachher zeigst du Ula mal deine Puppe.“

Die noch kindliche Hela und Ula, auf dem Weg eine junge Frau zu werden, spielten also mit der Puppe. Sie war aus Holz geschnitzt und bunt bemalt. Ula musste die Puppenmutter sein, und als das Püppchen mit Helas Stimme weinte, sang Ula ein beruhigendes Lied und die kranke Puppe schlief ein.

Ula lauschte neugierig und aufmerksam den Gesprächen der Erwachsenen. Sie hörte, dass ihr Vater den Schamanen Elos in einem fernen Land an dem Meer, das in der Richtung der Mittagssonne liegt, kennengelernt hatte, und dass die beiden von erfahrenen Heilern, Priestern und Schamanen in diesem warmen Land viel gelernt hatten.

Elos erzählte auch über Ratis: „Hier gibt es etliche Heiler und auch Hebammen, sie sind beim Ortsvorsteher gemeldet und fast alle recht eifersüchtig und voller Neid aufeinander. Jeder meint, er sei der Größte. Dabei bin ich doch der Größte“, sagte er lachend. „Leider ist es nicht immer zum Lachen,“ hörte ihn Ula leise murmeln, ihr Vater hatte das offensichtlich aber auch verstanden.

„In den nächsten Tagen gehen wir mal zum Ortsvorsteher“, sagte Elos wieder etwas lauter.

Hela war neben ihrer Puppe eingeschlafen. Ula bekam von der blonden Frau ein weiches Fell für die Nacht und Helas Ecke bot für die beiden Mädchen ausreichend Platz zum Schlafen.

Im Haus der kleinen Familie des Schamanen Elos gefiel es Ula sehr gut. Hela bewunderte ihre neue Freundin Ula, der man schon ansehen konnte, dass sie eine schöne Frau werden würde. Hela zeigte ihr den großen Ort Ratis, wo die beiden tagsüber umherstreifen durften, auch bis zur Bootsanlegestelle, aber nicht weiter hinaus. So hatte es Helas Mutter den Mädchen eingeschärft, und sie sollten stets zusammenbleiben.

Die beiden befreundeten Schamanen gingen zum Ortsältesten. Als sie abends zurückkamen, sah Ula im Gesicht des Vaters Enttäuschung, die sie beim Abendessen, an dem er lustlos kaute, verstand.

„Ich hatte mir schon so etwas gedacht", sagte Elos. „Da haben sie sich eine neue Vorschrift ausgedacht, die soll angeblich Ordnung bringen. Bestimmte Tätigkeiten, wie etwa von Heilern, Hebammen, Bootsbauern und Herstellern von Waffen, müssen beim Ortsvorsteher angemeldet werden und der erlaubt ihnen dann, die Arbeit auszuüben."

„Oder auch nicht", brummte Ulas Vater ärgerlich.

„Ich habe so ein Gefühl, dass sie bei den Waffenherstellern großzügiger sind als bei den Hebammen und Heilern. Darüber will ich nochmal mit ihnen reden. Außerdem werde ich ihnen vorschlagen, solche Tätigkeiten erst mal für eine bestimmte Zeit, sechs bis zwölf Monde zu erlauben, dann können die hohen Herren ja sehen, wie sich ein Neuling bewährt."

„Ich glaube, genau das wollen die Alten nicht", meinte Ulas Vater, und seine Frau, die Hebamme, nickte.

„Ich denke, du hast Recht, aber wie ich gehört habe, als sich Marktfrauen unterhielten, kennen die so etwas von anderen Orten nicht."

Elos bestätigte: „Ein Feuersteinhändler erzählte mir, an dem schmalen, schlängelnden Fluss, der unterhalb der Felsenenge in den großen Mutterstrom mündet, hätten sich Leute niedergelassen, die aus kalten Gegenden gekommen seien. Die hätten kaum Werkzeugmacher, Bootsbauer und auch keine Heilkundigen, seien aber gute Bauern und besonders Viehzüchter. Einige hätten sogar Pferde aus ihrer kühlen Gegend mitgebracht. Auch am Oberlauf des Mutterflusses gäbe es Siedlungen dieser Leute."

„Dann wissen wir ungefähr, wohin die nächste Reise geht", murmelte Ulas Vater. „Die Blätter fallen schon wieder von den Bäumen und der Winter geht auch vorbei."

Ula hatte das Gemurmel ihres Vater verstanden. Es stimmte sie nachdenklich, denn es gefiel ihr gut hier und sie fand Ratis mit den Bootsfahrern, Händlern, Handwerkern und Durchreisenden kurzweilig.

Einmal machten zwei Burschen auf dem Platz in der Ortsmitte am späten Nachmittag Musik und ermunterten die Leute zu tanzen. Ula hatte so etwas noch nicht erlebt und ein junger Mann mit roten Locken und hellen Augen holte sie in den kleinen Kreis der Tanzenden. Zuerst war sie schüchtern, aber die rhythmischen Takte der Trommel und die einschmeichelnden Klänge einer Flöte lockerten ihre Stimmung. Wunderbar aufregend war der Tanz des jungen Mannes, der sie anlachte, behutsam ihre Schritte führte und schließlich mit ihr im Kreis herumhüpfte.

Als es zu dämmern begann, sagte Ula ihrem Tänzer: „Ich muss nach Hause."

„Oh, schade", antwortete er. „Aber ich begleite dich."

Sie gingen los, und er legte seinen rechten Arm um ihre Mitte.

„Hier muss ich hergehen", drängte sie.

„Gehen wir noch ein kleines Stück am Ufer entlang, es ist ein so schöner Abend", flüsterte er in ihr Ohr.

Langsam schlenderten sie zwischen Palisadenring und dem Ufer den letzten Strahlen der Abendsonne entgegen. Der junge Tänzer zog Ula in ein Weidengebüsch, umarmte und küsste sie auf Wangen, Mund und Hals.

„Du bist schön", flüsterte er und seine Hand streichelte ihren Rücken.

„Ich muss nach Hause", hauchte sie, unternahm aber nichts gegen seine Hand, die ihren Rock anhob, den Lendenschurz wegschob und langsam aber zielstrebig zu ihrer Spalte wanderte. Sie stöhnte, ihre Knie wurden weich, sie sank in das Weidengebüsch. Er lag neben, dann auf ihr, drang in sie ein, es tat weh, dann tat es wohl. Aber er stieß tiefer, es schmerzte wieder, und nach einigen weiteren Stößen brach der schöne Tänzer über ihr zusammen.

„Ach wie wunderbar, ein heißer Tanz", ächzte er. „War es dein erster?"

Ula antwortete nicht, brummelte aber wohlwollend und war ein wenig erleichtert.
„Jetzt habe ich das auch mal erlebt", dachte sie und hatte so eine Ahnung, dass man solche Erlebnisse auch ausgiebiger gestalten könnte.

Sie ordnete ihre Kleidung, er zog seinen Lendenschurz zurecht, nahm ihre Hand und die beiden gingen langsam durch das Tor in den Ort zurück.

„Wahrscheinlich sind die Burschen morgen Abend wieder auf dem Hauptplatz, kommst du dann auch zum Tanzen?", fragte er.

„Ja, vielleicht, allerdings komme ich jetzt doch ziemlich spät nach Hause", antwortete sie und winkte ihm, als sie in den Weg einbog, an dem das Haus der befreundeten Familie lag.

Ihre Eltern und die Bekannten saßen am Tisch, auf dem schon Getränke und Speisen für das Abendessen bereitstanden. Ula setzte sich und trank aus dem Becher, den die Mutter mit Saft gefüllt hatte.

Nachdem alle gegessen hatten, redeten die Männer über Heilkunde und besonders darüber, wie diese in Ratis betrieben wurde. Die Gastgeberin machte sich am Herd und an der Topfbank zu schaffen.

Ulas Mutter gab ihrer Tochter einen zarten Kuss. „Wir schauen ein wenig hinaus und schnappen kühle Abendluft."

Sie nahm die Hand ihrer Tochter, als sie beide draußen waren, fragte sie: „War es schön?"

„Es war ganz nett", antwortete Ula.

Am Ende der Gasse sagte die Mutter, die noch immer Ulas Hand hielt: „Es kann sehr schön, sogar wunderbar sein, und herrliche Wonnen kannst du erleben, glaube es mir!"

Es war schon dunkel, aber Ula spürte, dass die Mutter lächelte und sie sagte: „Ich glaube es dir."

Inzwischen waren sie am Hauptplatz angelangt, einige Leute liefen noch umher, zwei Männer sangen und schwenkten ihren Krug, den sie offenbar mehrmals geleert hatten. Die beiden Frauen gingen zurück, es war wieder ruhig.

Ula sagte: „Ich habe gar nicht daran gedacht, dass ich ein Kind bekommen kann."

„So weit ich mich erinnere, bekommst du in wenigen Tagen deine Blutung, also kein Kind. Es gibt zwar weise Männer, die sagen, in den Tagen der Blutung sei die Bereitschaft der Frauen besonders groß, die Flüssigkeit der Lust des Mannes so tief in sich aufzunehmen, dass ein Kind entsteht. Ich selber kann mir vorstellen, dass diese Bereitschaft in der Mitte zwischen den Blutungen am größten ist, schon deshalb, weil es in dieser Zeit den Frauen die meisten Wonnen bereitet, was in den Tagen der Blutung nicht der Fall ist."

„Was sagt denn der Vater dazu?", fragte Ula.

„Er kennt meine Vermutungen", antwortete die Mutter und lächelte ein wenig. „Ich werde weiter darüber nachdenken und Beobachtungen machen."

„Es ist sehr aufregend, ich möchte auch etwas über die Geheimnisse der Frauen lernen und erfahren", meinte Ula. Die Mutter drückte ihre Hand und die beiden gingen zum Haus zurück.

Der Winter hielt Einzug, aber solange die Duna noch keine geschlossene Eisdecke hatte, wagten sich Fischer und Angler mit ihren Booten noch auf das Wasser. Ula staunte, wie oft sie mit guter Beute zurückkamen. Die Fische wurden dann zwischen Eisstücke gelegt, gegen andere Waren getauscht, verkauft oder in Stein- oder Eichenholzkammern unter den Häusern und Hütten gelagert.

Als die Tage wieder milder wurden und der Schnee geschmolzen war, trafen Ula und ihre Eltern den Fischer mit seinem Sohn und dem verwandten Bootsbauer.

„Wir möchten uns verabschieden", sagte der Fischer. „Wir paddeln heute noch nach Fatte zurück. Flussabwärts geht es leicht, mein Großer freut sich schon, weil er nun ein Boot alleine hat."

Der „Große" grinste wieder Ula an.

„Wir wünschen euch alles Gute. Und danke! Ihr habt uns sehr geholfen", sagte der Schamane und wandte sich dann an den Vetter des Fischers, den Bootsbauer: „In den nächsten Tagen kommen wir zu dir, weil wir auch ein Boot benötigen."

„Ihr könnt kommen, ich habe verschiedene Boote", antwortete der Vetter.

Nach weiteren freundlichen Worten und Winken zum Abschied für den Fischer und seinen Sohn ging der Schamane mit Frau und Kind wieder zum Haus seines Freundes.

Ulas Mutter sagte: „Ich habe eine sehr schöne Spange, mit der man seinen Umhang vorne schließen kann. Vielleicht kann ich sie dem Handwerker für ein Boot anbieten."

Ulas Eltern besprachen mit Elos und dessen Frau ausführlich die Bedingungen für ein weiteres Verbleiben in Ratis, kamen aber endgültig zu dem Entschluss, den Ort zu verlassen. Mit einem eigenen Boot wollten sie den großen Mutterfluss stromaufwärts paddeln, unterhalb der Felsenenge den kleineren schlängelnden Fluss hinauffahren und schon dort nach besseren Bedingungen Ausschau halten. Falls nötig, könnten sie sogar den Bergrücken zu Fuß überwinden und das Tal des großen Mutterflusses ganz oben wieder erreichen.

Sie gingen zum Bootsbauer und erläuterten ihr Vorhaben. Der rieb sich nachdenklich den Bart.

„Ich habe da etwas Seltenes", sagte er. „Ein Rindenkanu. Kommt mal mit!"

Er führte sie in einen Holzbau, wo einige Boote lagen, zeigte auf ein Kanu, etwas länger als zwei erwachsene Männer, tatsächlich aus Baumrinde gefertigt.

„Es ist nicht so stabil wie ein Einbaum, hält aber auch mal einen Stoß aus. Ich habe so ein Boot weit am Unterlauf unseres Stromes gesehen. Dort konnte ich auch die Rinde bekommen. Ein Bootsbauer hat mit erklärt, wie man damit umgehen muss, um ein Kanu zusammenzubauen. Ich war ganz stolz, als ich es geschafft hatte. Das Boot ist leicht und hätte für euch den Vorteil, dass ihr es am Schlängelfluss vor einem Hindernis ausladen und auch mal ein Stück tragen könntet."

Ula bestaunte das Boot und sagte: „Das ist ein Kunstwerk, der Bug ist so schön geschwungen und die Form so ebenmäßig.“

Ihr Vater schaute bedenklich, weil er einen hohen Preis befürchtete, die Mutter aber lachte, zeigte ihre Spange und meinte: „Ich habe auch ein Kunstwerk.“

Inzwischen war die Frau des Bootsbauers hinzugekommen, sah die Spange und machte große Augen. „Wie schön!“, rief sie. „Darf ich sie anfassen?“

Sie hielt die Spange in der Hand und ihr Mann sagte zu dem Schamanen: „Ich glaube, ihr werdet das Boot in Ehren halten.“

„Und wir die Spange“, sagte seine Frau und drückte das Schmuckstück an ihre Brust.

Nach ihrem Aufenthalt von vielen Monden in Ratis war der Frühling ins Land gezogen und die Vögel bauten schon wieder ihre Nester. Ula fühlte den Abschiedsschmerz, als sie im Kanu saßen und aufbrachen. Während der Schamane Elos und seine Frau winkten, kullerten der kleinen Hela einige Tränen über die Wangen. Ula winkte zurück und die Eltern paddelten eifrig. Sie hatte sich in Ratis wohl gefühlt, es war dort umtriebig und voller Leben, aber nie langweilig gewesen. Einige Male hatte sie sich noch mit dem Tänzer getroffen, es war sehr nett gewesen, und er war traurig, als Ula ihm erzählt hatte, sie würde weiterreisen.

Die Eltern hatten mit ihr das Rindenkanu in mehreren Übungsfahrten erprobt, auch mit Gepäck.

Es hatte sich gut bewährt, und während der Schamane das kleine Ruder kräftig durch das Wasser zog, meinte er: „Dass aus mir noch ein Kanufahrer würde, hätte ich nicht gedacht.“

Seine Frau lächelte nachsichtig: „Aus dir wird kein Kanufahrer, wenn du ein Stück paddelst.“

„Dann warten wir mal ab, wie lang das Stück wird“, antwortete er.

Nahe am Ufer des großen Mutterflusses fuhren sie den große Bogen aufwärts, den der Strom gebildet hatte, als wolle er sich dem Teil des Himmels nähern, von dem die Sonne niemals scheint. Kurz vor dem Ende der Flussbiegung mündete rechter Hand ein Nebenfluss ein, dessen Wasser dunkel war. Ula meinte, es könnte daran liegen, dass er aus dunklen Bergen kam.

Sie blieben auf der linken Seite des Mutterflusses, der jetzt wieder aus der Richtung des Sonnenuntergangs kam. Ula bestaunte Felsen mit steilen Wänden, an denen sie einige Höhleneingänge erkennen konnte. Das Wetter war gut, die Gegenströmung nicht allzu stark, denn obwohl es Frühling war, hatte es noch wenig geregnet. Bis auf eine kleine Mittagsrast hatten sie den ganzen Tag zu zweit gepaddelt, so dass immer ein Familienmitglied ausruhen konnte. Ula war stolz, dass sie sich als gleichberechtigte Paddlerin bewähren konnte, aber auch erleichtert, als sie abends am rechten Ufer anlegten.

„Hier ist der Ort", sagte der Vater und zeigte auf einen kleinen Weiler, bestehend aus drei Häusern, nicht weit vom Wasser entfernt, den Elos ihm beschrieben hatte.

Bei den Leuten dort sollten sie sich vorstellen, hatte er ihnen gesagt. Sie könnten sich gerne auf ihn berufen und um ein Nachtlager bitten. Das sei sicherer, denn in der Gegend sei viel Unruhe, weil dort Feuerstein abgebaut würde. Auch liege oberhalb des Weilers am linken Flussufer eine befestigte Anlage, die Bearbeitungs- und Handelsplatz für dieses wichtige Gestein sei.

Die kleine Familie ging an Land. Vor dem größten der drei Häuser saß eine junge Frau auf einer kleinen Bank und nähte an einem Lederumhang. Ihr Hund bellte laut, und ein kräftiger Mann trat aus dem Haus mit einem weiteren Hund, der aber nicht bellte. Der Schamane nickte der Frau zu und grüßte den Mann, indem er beide Hände anhob, die Handflächen nach vorne gerichtet.

„Wir kommen aus Ratis", sagte er. „Morgen wollen wir weiter, den kleinen schlängelnden Fluss hinauf, vielleicht später noch zum Oberlauf des Mutterflusses."

„Ein weiter Weg", antwortete der Mann.

„Mein Freund Elos hat mir geraten, wir sollen hier um ein Nachtlager bitten, meine Frau und meine Tochter", erklärte Ulas Vater.

„Ihr könnt euch bei uns ausruhen", sagte der kräftige Mann, dessen Frau den Hund beruhigt hatte.

Sie winkte den Kanufahrern und zeigte ihnen im vorderen Teil des Langhauses einen geräumigen Platz, wo sie sich niederlassen konnten. Nachdem sie ihr Boot an Land gezogen hatten, brachten sie dort die Ausrüstung unter und wurden abends in die Runde der Familie am Herdfeuer eingeladen. Es gab Fisch, Fladenbrot, Gemüse und Kräuter, Ula aß mehr als gewöhnlich, und die Frau des Hauses lächelte ihr wohlwollend zu.

Am nächsten Morgen verabschiedete sich die Familie des Schamanen, bedankte sich herzlich bei den Gastgebern und paddelte weiter flussaufwärts. Vor dem Mittag sahen sie gegenüber hinter einer großen Bootsanlegestelle die befestigte Anlage, umgeben von Wällen mit Palisadenring, hinter dem man verschiedenartige Häuser erkennen konnte, hauptsächlich aus dicken dunklen Eichenholzbohlen gebaut.

Der Schamane und seine Frau paddelten, Ula konnte sich umsehen und entdeckte am rechten Ufer, in dessen Nähe sie fuhren, ein umgekipptes Boot, hörte Geschrei und sah im lichten Weidengebüsch Leute, einige Männer, wohl in eine Schlägerei verwickelt. Drei Kerle schlugen auf zwei Männer ein, die sich mit ihren Paddeln wehrten, aber ohne Erfolg. Sie wurden niedergeprügelt. Die drei Schläger hatten wohl erreicht, was sie wollten, rissen zwei Säcke an sich, die neben dem umgestürzten Boot lagen, und rannten in den Wald.

Ulas Eltern steuerten das Rindenkanu ans Ufer und ließen das Boot auf eine kleine flache Kiesbank auflaufen. Mutter und Tochter sprangen heraus, zogen es auf das Ufer, so dass auch der Vater aussteigen konnte. Einer der beiden Verletzten hatte sich aufgerappelt, humpelte zwar, konnte aber noch laufen und wollte fliehen.

„Halt, bleib hier!", rief der Schamane und lief zu dem anderen Verwundeten.

Der Angerufene, ein etwas dicker, nicht mehr ganz junger Mann, blieb stehen, zeigte auf seinen jungen Kameraden und meinte: „Der hat eine Kopfverletzung, da kann man sowieso nichts machen. Der eine Räuber hat ihn mit dem Beil am Schädel erwischt."

„Wieso Räuber?", fragte Ulas Vater.

„Sie haben uns die beiden Säcke mit vorgefertigtem Feuerstein gestohlen, die wir nach Ratis bringen sollten."

„Hol meinen Beutel!", rief der Schamane seiner Frau zu, und zu Ula: „Halt den Kopf ein wenig hoch, hier drücken!"

Ula drückte weiter, da, wo der Vater ihre Hand in den Haarschopf des verletzten jungen Mannes gepresst hatte, und sie stellte fest, dass etwas weniger Blut lief. Der Schamane entnahm seinem Beutel mit den kleinen Geräten zur Wundversorgung ein scharfes Messer und schnitt um Ulas Hand herum Haare weg.

„Wasser!", rief er, ließ die klare Flüssigkeit dann in die gespreizte Wunde laufen, schabte noch Schmutz heraus, legte Beinwellblätter hinein, presste die Ränder der Kopfhaut darauf und Ula musste jetzt mit der anderen Hand drücken. Das war gut so, denn mit der einen hätte sie keine Kraft mehr gehabt.

Der dicke Mann hatte ganz vergessen wegzulaufen, er stand da mit offenem Mund. „Bist du auch verletzt?", fragte ihn der Schamane.

„Mein Fuß tut weh, und ein paar Stellen am Körper."

„Zeig mal!", forderte Ulas Vater ihn auf und betrachtete und befühlte den geschwollenen und etwas blau verfärbten Fußknöchel. „Nichts gebrochen", murmelte er.

Die anderen Verletzungsstellen erwiesen sich als harmlose Folgen von Faustschlägen und Tritten.

Ulas Mutter legte feuchte Blätter um den Knöchel, wickelte einige Gewebestreifen darum und sagte zu dem Fußkranken: „Wirf den Streifen nicht weg, sondern gib ihn mir wieder! Wo ist denn dein junger Freund hier zu Hause?"

„Der Junge ist nicht mein Freund", sagte er. „Der arbeitet zeitweise bei der Festung, das Boot gehört seinen Eltern, er

wohnt ein ganzes Stück aufwärts am kleinen Schlängelfluss. Ich arbeite in der Festung als Handwerker und stiele Geräte mit besonderen Klebemitteln ein." Dabei schaute er neugierig auf das Rindenkanu.
Der Schamane hingegen sah nachdenklich auf den verletzten jungen Mann, tastete dessen Körper ab, bewegte seine Arme und Beine, befühlte den Bauch und legte das Ohr auf seine Brust.

„Außer der Kopfwunde hat er wohl nichts", stellte er fest und fragte den Handwerker: „Kann man ihn in der Festung dort gegenüber weiter betreuen?"

„Dort betreuen, schlecht", brummte der und zeigte mit dem Daumen hinter sich in die Richtung der befestigten Anlage.

Der junge Mann öffnete plötzlich die Augen und fuchtelte mit Armen und Beinen in der Luft herum. „Wo, was?", stammelte er.

„Also, bringen wir ihn zu seinen Eltern!", sagte Ulas Mutter.

„Ich fahre mit", knurrte der Handwerker. „Zwei Tage hinauf, ein Tag herunter, da kann der große Meister drei Tage selbst einstielen und Leim kochen. Der wird sich wundern."

Er ging zu dem umgekippten Boot, richtete es auf, fand ein wenig Essbares, seinen zerrissenen Lederumhang und ein noch einigermaßen brauchbares Paddel.

Alle zusammen legten sie den jungen Mann in das ausgeplünderte Boot, der kräftige Handwerker verstand offensichtlich damit umzugehen.

„Wir bringen ihn zu seinen Eltern", bestätigte er, setzte sich auf die Bank im Heck und paddelte los.

Ula vorn und ihr Vater im Heck des Rindenkanus, in dessen Mitte die Mutter jetzt ausruhen durfte, konnten gut folgen, indem sie zu zweit paddelten. Der Handwerker kannte den Schlängelfluss sehr genau, und das Rindenboot hielt sich stets knapp hinter ihm.

„Wenn wir Glück haben, erreichen wir seinen Heimatort, ohne die Boote auspacken und tragen zu müssen", sagte er und zog sein Paddel kräftig durch.

Der kleine Fluss schlängelte sich wirklich schön durch die sanft hügelige Landschaft mit Wäldern, Flussauen und Sandbänken, aber auch Sumpf und Morast an seinen Ufern. Eine Nacht ruhten sie in den Booten, aber schon am Nachmittag des nächsten Tages erreichten sie das Elternhaus des Verletzten, der inzwischen zwar noch geschwächt war, aber völlig wach und mit Hilfe schon ein wenig gehen konnte. An den Überfall erinnerte er sich überhaupt nicht.

„Da hast du nichts versäumt", sagte ihm der Handwerker und erklärte den Eltern des Jungen brummig, aber sehr genau den Vorgang, auch mit dem rettenden Eingreifen des Schamanen und seiner Familie.

Die Mutter des verletzten jungen Mannes sagte zu Ulas Mutter: „Wir sind euch sehr dankbar, und ihr seid unsere Gäste."

Der Mann aus der Festung blieb eine Nacht. Neben Dankesworten bekam er auch Fladenbrote, Gemüse, Kräuter, Rauchfleisch und Sirup mit auf den Weg. Er verabschiedete sich zwar mürrisch, schien aber zufrieden, und der Hausherr sagte ihm, er und sein Meister könnten das Boot noch benutzen. Also packte er seine Sachen, ging zum Schlängelfluss und paddelte zügig los, unterstützt von der leichten Strömung.

Ula und ihre Eltern wurden verwöhnt und wie Ehrengäste behandelt, die Tat des Schamanen und seiner Familie sprach sich rasch herum, und es kamen Leute mit Beschwerden, die seinen Rat suchten.

Als fast ein Mond vergangen war, erzählte Ulas Mutter an einem frühen Morgen von einem nächtlichen Traum.

„Ich habe uns alle drei in einem anderen Land gesehen, im Tal eines größeren Flusses mit steilem Ufer an einer Seite, wir lebten dort in Gemeinschaft mit den Leuten des Ortes. Als ich merkte, dass ein neuer Mensch in den Kreis unserer Familie gekommen war, bin ich aufgewacht. Es war ein guter Traum."

Ulas Vater schaute seine Frau nachdenklich und liebevoll an: „Dann sollten wir wohl allmählich weiterziehen", meinte er.

Lehrreiche Kriegsspiele

Nur einige Tage ließen die Lehrer es etwas locker angehen. Dann mussten die Schüler mit verschiedenen hölzernen Übungswaffen kleine Kampfspiele austragen und es begannen Vorbereitungen für eine größere Unternehmung. Dazu bildete man zwei Gruppen.

Die kleinere Gruppe mit fünf Leuten und dem jungen Lehrer Tasso befinde sich nach einem Planspiel auf der Flucht, und die etwas größere Gruppe mit acht Leuten und dem älteren Lehrer solle die Verfolgung aufnehmen. Die kleine Gruppe erhalte einen kurzen Vorsprung, müsse dann aber Gelände gewinnen, ohne dass die große Gruppe sie einholen und angreifen könne.

Gerrit, mit Teo zusammen in der kleinen Gruppe, war zufrieden, einmal, weil er ungern gegen Teo kämpfte und außerdem, weil er die Rolle des Verteidigers bevorzugte. Aber es war klar, dass er nichts zu bestimmen hatte, und die Kämpferei war ohnehin notwendig, ob als Verteidiger oder als Angreifer. Zu seiner Überraschung gesellte sich der Schamane noch zu der kleinen und ein junger Stallmeister zu der großen Gruppe.

An einem strahlenden Sonnentag ging es los: Der Schamane und der ältere Lehrer hatten Pferde, die aber ungeübt waren und bestenfalls ein wenig Gepäck, aber keinen Reiter trugen. Man solle sie an der Mähne führen und sie mit der Gruppe und deren Gewohnheiten vertraut machen. Die Übungswaffen waren stumpf, Dolche, Speere, Streitäxte und reichlich Knüppel aus weichem Holz. An den Pfeilen steckten keine scharfen Feuersteine, sondern Eicheln oder Nüsse als Spitzen. Alle Kämpfer waren mit einem Kopfschutz aus Rindsleder ausgerüstet. Einige Bögen für die Jagd auf kleine Tiere waren zwar erlaubt, allerdings nicht für Kampfübungen, ebenso der Feuersteindolch, den jeder in seinem Gürtel stecken hatte. Die Lehrer, der Stallmeister und einige Jungen besaßen Grasmäntel als Regenschutz.

Die kleine Gruppe kam nach dem Start am frühen Morgen schnell voran, und die Stimmung war gut. Auf eine kurze Mittagsrast folgte ein Eilmarsch, den sie schon oft geübt hatten und der mit dem Gepäck sehr anstrengend war. Sie gingen mit großen, schnellen Schritten und Gerrit hielt sich immer knapp hinter dem jungen Lehrer, schaute auf dessen Füße und ahmte seine Schritte nach. Das Pferd des Schamanen, nur mäßig mit dessen Gepäck belastet, lief hinter der Gruppe her. Als es dunkel wurde, gab es ein wenig zu trinken.

Der Lehrer erklärte: „Für einen wirksamen Vorsprung brauchen wir einen Nachtmarsch, der kann zwar in einem normalen Tempo im Gänsemarsch erfolgen, aber ich hoffe doch, dass wir die halbe Nacht durchhalten. Dann machen wir eine Ruhepause bis zum frühen Morgen."

Trotz des geringeren Marschtempos wurde es unangenehm, weil man oft gegen Zweige oder Äste stieß, die einfach im Weg waren. Auch die Beschaffenheit des Bodens konnte schlecht beurteilt werden.

Zunächst ging der Lehrer an der Spitze des Zuges und schlug bisweilen Zweige aus dem Weg, was Gerrit hören, aber nicht sehen konnte. Wie der Lehrer das schaffte, war den Jungen nicht ganz klar, und dann verlangte dieser gute Wegefinder auch noch, dass jeder einmal die Spitze bilden und einen Weg finden solle. Das ging zwar, aber die jeweils vorangehenden Schüler konnten nicht annähernd das Tempo des Lehrers erreichen. Einige Stürze verhinderten zudem weitere Geländegewinne. Gerrit hatte Glück: Kaum hatte er die Spitze übernommen, ging der Mond auf. Teo, der vor ihm an der Reihe gewesen war, und sich den Fuß etwas verstaucht hatte, war voller Neid.

Sie gelangten auf eine kleine Waldlichtung, auf der ihr Lehrer eine nächtliche Ruhepause erlaubte. Die Schüler aßen einige Fladenbrote, tranken Wasser, kauten Dörrfleisch und ließen sich dann auf ihre Fellumhänge fallen. Der Lehrer erklärte, dass er sich mit dem Schamanen die Nachtwache teilen würde.

Kaum dass Gerrit Teo brummen hörte: „Welch wunderbares Glück für uns“, schlief er auch schon ein.

Am Morgen weckte ihn das Licht der Sonne, denn einige Strahlen fielen durch die Zweige der Bäume hindurch auf sein Gesicht. Der Schamane und der Lehrer waren schon wieder oder noch immer auf den Beinen. Sie hatten sogar ein kleines Feuer entfacht, was Gerrit wunderte, denn die Verfolger ihrer Fährte konnten ja dann feststellen, wo sie Rast gemacht hatten. Nun saßen sie am Feuer, neben dem der Schamane eine kleine Mulde mit Leder ausgekleidet hatte, in der er Suppe kochte. Diese schmeckte recht gut, wie Gerrit feststellte, als er mit seinem kleinen Becher etwas davon herausgeschöpft und gekostet hatte.

Der junge Lehrer schlug nun vor, am Lagerplatz nichts zu verändern, danach aber alle Spuren zu verwischen, damit die Verfolger möglichst ihrer Fährte nicht weiter folgen konnten. Es sei vielleicht sogar günstig, eine Strecke schräg rückwärts zu gehen, zumal dort etwas freieres Gelände sei, wo man Spuren leichter beseitigen könne. Man solle es den Verfolgern zunächst erschweren, ihren Vorsprung aufzuholen, denn als die kleinere Gruppe seien sie auch in einem Übungskampf unter normalen Bedingungen sicher unterlegen. Also sei es einen Versuch wert, die Gruppe der Verfolger zu orten, sie vorbeiziehen zu lassen, ihr nachzuschleichen, um sie in der Nacht zu überraschen.

„Sind wir dafür so gerannt, dass wir jetzt warten und sie an uns vorbeilaufen lassen?“, fragte Teo ärgerlich.

Der Schamane lächelte nur und sagte nichts, er hatte wohl die Rolle eines väterlichen Betreuers übernommen, mischte sich aber nicht in die Abläufe der Übung ein.

Der Lehrer rückte mit seinem Plan heraus: „Wenn sie schlafen, können wir uns vorsichtig anschleichen, einen Unterschlupf einreißen, Verwirrung stiften, Proviant klauen und vielleicht sogar einige Waffen. Dann sind wir die Sieger und werden vom Großherrn gelobt.“

Die Schüler ließen sich mitreißen, fanden die Idee gut und wollten gewinnen. Sie verließen den Lagerplatz, indem sie nicht weiter geradeaus marschierten, sondern seitlich in den Wald, wobei sie sich sorgfältig bemühten, ihre Spuren zu verwischen. Sie richteten geknickte Halme und Zweige gerade und verdeckten Spuren im weichen Boden, besonders auch die Eindrücke der Pferdehufe. Dann zogen sie langsam in der Richtung zurück, aus der sie gekommen waren, aber mindestens eine Rufweite von dem Weg entfernt, den sie ursprünglich gewählt und auf dem sie ihre Spuren deutlich hinterlassen hatten.

Am frühen Nachmittag glaubte Gerrit, das Wiehern eines Pferdes gehört zu haben und berichtete dies dem Anführer. Der befahl zu halten und zu lauschen. Der Schamane flüsterte seinem Pferd beruhigende Worte ins Ohr.

„Ich möchte auch mal beruhigt werden", hauchte Teo seinem Freund Gerrit zu.

Alle lauschten gespannt, aber man hörte nur das Rascheln der Blätter und das Geschrei von Vögeln. Gerrit war unsicher, er fürchtete, falschen Alarm gegeben zu haben. Aber zu seiner Erleichterung wieherte das Pferd noch einmal und man konnte dann sogar Stimmen in der Ferne hören. Die Gruppe wartete aufmerksam und konnte wahrnehmen, wie sich die Geräuschquelle tief im Wald an ihnen vorbeibewegte, bis wieder Ruhe im Wald einkehrte.

„Jetzt ziehen wir vorsichtig dorthin, woher der Krach zu hören war. Dann werden wir unsere alten und deren neue Spuren finden und können unseren Verfolgern nachschleichen", meinte Tasso.

Also arbeiteten sie sich durch das Gebüsch vor und fanden tatsächlich eine schmale Schneise im Unterholz mit zahlreichen Spuren, offensichtlich ältere und auch ganz frische Fährten, auch mit Abdrücken von Pferdehufen. Es bestand kein Zweifel, dass sie selbst hierher gezogen, und dass die Verfolger, welche sie jetzt vor sich hatten, ihren Spuren gefolgt waren. Sie beschleunigten das Tempo ein wenig, um etwas näher an die Gruppe heranzukommen.

Als am frühen Abend der Platz in Sicht kam, auf dem sie die letzte Nacht verbracht hatten, verharrten sie, und Tasso schlug vor, zwei Späher sollten vorangehen und versuchen, die Reaktion der Gruppe zu beobachten, wenn sie hinter dem Lagerplatz die Spur derer verlieren würde, die sie verfolgte.

Tasso winkte Gerrit zu sich und die beiden schlichen zu der Waldlichtung, auf der die Verfolgergruppe offensichtlich etwas herumgesucht hatte, bevor sie dann weitergezogen war, ohne sich um ihre eigene Spur zu kümmern, welcher Tasso und Gerrit nun leicht folgen konnten. Sie blieben so weit zurück, dass sie die Gruppe gerade eben noch sehen oder wenigstens hören konnten. Nach einer Weile hielten sie an und konnten einige laut reden, andere schimpfen und wenige lachen hören. Sie hatten ganz offensichtlich die Spur des kleinen Trupps nicht mehr gefunden. Tasso und Gerrit pirschten sich etwas näher heran, sie sahen, wie der ältere Lehrer den Boden untersuchte, hörten, wie er zwei Schülern etwas zurief, wobei er in die Richtung zeigte, wo Tasso, Gerrit und die anderen sich zuvor in die Büsche geschlagen hatten. Tasso kratzte sich am Kopf.

„Der alte Fuchs hat gemerkt, welchen Weg wir eingeschlagen haben, jetzt geht das Versteckspiel richtig los", flüsterte er Gerrit zu und grinste.

Die beiden schlichen zu ihren Kameraden zurück und berichteten, was sie beobachtet hatten. Dann beschlossen sie, den großen Trupp in gebührendem Abstand weiter zu verfolgen, auch mit Hilfe eines Spähers, der sich als Einzelner näher an der Gruppe halten, schnell zurücklaufen und berichten konnte, wenn diese rastete oder ihr Verhalten deutlich änderte.

Sie wunderten sich, wie gut das glückte, denn am frühen Abend gelangten sie in die Nähe einer kleinen Waldlichtung, von wo sie Schwatzen und Lärmen hörten und Klappern von Holzstöcken, mit denen ihre „Gegner" drei Zelte aus Grasumhängen und Fellen aufbauten. Ganz offensichtlich wollten sie hier lagern, waren ziemlich laut, völlig sorglos und achteten nicht auf ihre Umgebung.

Tasso winkte seine Leute zusammen.

„Wir gehen etwas zurück und suchen uns auch einen Lagerplatz! Ich glaube, die wissen nicht so recht, wo wir sind. Also haben wir einen Vorteil."

Sie fanden im Gebüsch eine kleine Lichtung, ließen sich dort nieder und bauten zwei Zelte aus Grasmänteln auf. Einzelwachen wurden eingeteilt, als vorgeschobener Posten, der sich so nahe an die andere Gruppe heranschleichen konnte, dass man ungefähr wusste, was diese trieb. Dabei war möglichst jede Deckung auszunutzen, um sich ja nicht sehen zu lassen. Als erster wurde Teo bestimmt, der sich sogleich mit seinem Auftrag in Richtung gegnerisches Lager auf den Weg machte.

Als es dunkel geworden war, kam er zurück und berichtete etwas ungehalten: „Die sitzen am Lagerfeuer, lassen es sich gut gehen, trinken, essen und quatschen."

Gemeinsam überlegten sie, was zu tun sei, und sie beschlossen, die Zelte, das Gepäck und das Pferd sowie auch eine Wache im Lager zurückzulassen. Dazu bot sich sogleich der Schamane an. Jeder sollte sich dann mit seinen hölzernen Übungswaffen ausrüsten, wozu Speere, Beile und reichlich Knüppel zur Verfügung standen. So bewaffnet sollten sie sich an das feindliche Lager heranschleichen, dieses überfallen, möglichst viel Verwirrung stiften und, wie schon besprochen, vielleicht wichtige Teile der Ausrüstung stehlen.

Inzwischen war es ruhig und so dunkel, dass man die Hand vor Augen gerade noch sehen konnte.

Tasso mahnte: „Und setzt die Helme auf, wahrscheinlich wird es doch einige Keilereien geben. Die werden schon beleidigt sein, wenn es uns nur gelingt, ein Zelt einzureißen."

Gerrit hatte den Helm ganz unten in seinem Fellsack und keine Lust, ihn bei der Finsternis herauszusuchen. Sie bewegten sich langsam in die Richtung des schon schwach gewordenen Feuers, und als sie nahe genug herangeschlichen waren, sahen sie zwei Gestalten am kleinen Lagerfeuer sitzen, die sich unterhielten.

Sie erkannten, dass die gegnerische Gruppe gar nicht so unklug gehandelt hatte, wie sie es gehofft hatten. Das Feuer war nicht weit von einem kleinen Bach entfernt, dessen Wasserlauf man durch einige Weidenbüsche hindurch schimmern sah. Die drei Zelte auf der anderen Seite der Feuerstelle standen auf einer Halblichtung sehr nah an dichtem Gebüsch. Um dort heranzukommen, gab es nur die Möglichkeit, zwischen den beiden Wächtern am Feuer und dem Bachlauf vorbeizukriechen und dann von hinten seitlich an die Zelte zu gelangen.

Tasso fragte Gerrit leise, ob er sich mit ihm anschleichen wolle. Dieser bejahte. Für den Fall, dass es ihnen gelingen sollte, ein Zelt einzureißen, wurde vereinbart, dass die drei anderen der Gruppe losrennen und etwas Proviant klauen würden, den man nachher als Siegestrophäe vorweisen konnte.

Also robbten die beiden auf dem sandigen Boden zwischen den Weidebüschen vor. Gerrit hatte ein mulmiges Gefühl und Herzklopfen, aber es ging dennoch erstaunlich gut. Die beiden Wächter waren intensiv in ihre Unterhaltung vertieft und achteten mehr auf ihr kleines Lagerfeuer als auf die Umgebung. Es gelang Gerrit und Tasso, zwischen Feuer und Bachlauf hindurch an die Zelte heranzukommen, die im Dunkeln lagen. Gerrit zog beim ersten Zelt Haltezapfen heraus, die Felle und Grasumhänge wurden schlaff und darunter begann es zu krabbeln, zu schimpfen und zu schreien. Gerrit empfand Triumph und musste sogar ein wenig lachen. Ähnlich erfolgreich war Tasso beim zweiten Unterschlupf. Den dritten konnten sie nicht mehr erreichen, denn die beiden Feuerwächter waren aufgesprungen, rannten auf sie los, ebenso setzten ihnen zwei kräftige Burschen aus dem dritten Zelt zu, und ehe ihre eigenen drei Männer zur Stelle waren, bekamen sie die hölzernen Knüppel und Kriegsbeile ihrer Gegner zu spüren. Gerrit wehrte sich tapfer, aber die Gegner waren so wütend, dass er ihrer Überzahl nichts Wirksames entgegensetzen konnte. Stattdessen wurde ihm schwarz vor den Augen und er war plötzlich einfach weg.

Als er aufwachte, lag er in einem Zelt, neben sich hörte er das Schnarchen des schlafenden Teo. Obwohl ihm der Kopf schmerzte, musste er grinsen. Dann tastete er an seinem Schädel herum. Der Schmerz kam von ganz oben, vom Scheitel, dort fühlte er eine Beule, die ziemlich druckempfindlich war.

„Da habe ich wohl einen Schlag auf den Kopf bekommen", vermutete er, konnte sich aber trotz angestrengter Überlegungen nicht an einen Schlag dieser Art erinnern. Allerdings wusste er noch, dass zwei wütende Verteidiger mit ihren Knüppeln auf ihn zugerannt waren, nachdem er deren Unterschlupf eingerissen hatte. Er dachte darüber nach, wie so ein Schlag auf den Kopf eine völlige Umnachtung bewirken konnte, als wäre man nicht mehr da ... und dann noch diese seltsamen Erinnerungslücken ... Ob vielleicht der Schamane darüber etwas wusste? Er grübelte weiter und schlief wieder ein.

Als er am nächsten Morgen erwachte, war es schon hell und er lag allein im Zelt. Von draußen hörte er viele Stimmen der umtriebigen Kameraden. Er kroch heraus und stellte fest, dass die beiden Gruppen wieder friedlich vereint waren. Es gab Fladenbrote mit Löwenzahngemüse und Trockenfleisch. Das Wasser aus dem nahen Bach war angenehm kühl. Die beiden Lehrer riefen alle Schüler zusammen, die sich um die Feuerstelle scharten.

Der Anführer betrachtete Gerrit, befühlte dessen Kopf und meinte: „Da hast du aber Glück gehabt."

Dann wurde über den Übungskampf und das Verfolgungsversteckspiel gesprochen. Die Schüler mussten einige Kritik einstecken: Sie waren oft zu laut gewesen, hatten nicht ruhig beobachtet, gelauscht und geschnuppert, stattdessen häufig miteinander geschwätzt. Im Ernstfall könnte schon der kleinste Leichtsinnsfehler ernstere Folgen haben als eine Beule am Kopf.

Gerrit bekam noch eine Rüge, weil er seinen Lederhelm nicht aufgesetzt hatte, obwohl das angeordnet worden war.

Als die Schüler ziemlich zerknirscht reagierten, meinte der ältere Lehrer: „Ihr habt euch eingesetzt, ihr seid noch jung und die Übung wurde unternommen, damit ihr aus Fehlern lernen könnt. Beim nächsten Mal wird es besser."

Auch Gerrit war etwas niedergeschlagen. Aber er dachte, eigentlich sei es am allerbesten, wenn es Gewalt und Kriege gar nicht gäbe und er erinnerte sich, wie so oft, an den kriegerischen Überfall auf seinen Heimatort, den er als Kind erlebt hatte. Er traute sich aber nicht, seine Gedanken laut zu äußern.

Am frühen Abend fanden sie einen schönen Rastplatz am Bach mit einer Mulde voller Kies und Sand am Ufer, so dass man dort gut baden konnte. Die Erfrischung war wohltuend nach all' den Anstrengungen, es gab einen Riesenspaß beim Springen in das etwas klein geratene Badebecken, viel Geplantsche und Geschrei.

Abends am Feuer wurde in der Ledermulde mit heißen Kieselsteinen Wasser erhitzt und eine ordentliche Suppe zubereitet. Gerrit hatte leider seinen kleinen Becher zerbrochen, aber nachdem Teo genügend Suppe verspeist hatte, lieh er dem Freund sein Gefäß.

Als alle satt waren, bauten sie erst fünf kleine Zelte auf und saßen dann noch um das Feuer herum und lauschten den Erzählungen des Schamanen. Er sprach davon, wie die Jahreszeiten die Natur beeinflussen.

„Im Frühjahr wird es wärmer, weil die Sonne insgesamt länger und mittags wieder höher am Himmel steht. Dann erwachen die Pflanzen erneut zum Leben, es sprießt aus dem Boden und die Bäume werden grün. Der Wald verändert sich. Die Tiere bekommen Junge. Vögel, Fische und die Waldtiere müssen im Sommer, wenn die Pflanzen zahlreich und üppig sind, viel Nahrung zu sich nehmen, wachsen, Kräfte sammeln und lernen, damit sie den Winter überstehen mit Kälte, Schnee und Eis und weniger Möglichkeiten, Futter zu finden. So hat es die Mutter der Erde und des Himmels gewollt. Den Menschen gewährt sie die größten Möglichkeiten. Der Mensch beherrscht das Feuer. Er kann sich Waffen machen, Tiere töten und essen. Er kann sogar im Frühjahr Samen in den gehackten Boden streuen, aus dem Getreide für Brot wächst. Er kann Tiere zähmen, Werkzeuge herstellen, Häuser bauen und Nahrungsmittel lagern. Die heilige Mutter hat den Menschen die Seele gegeben, die weiterlebt im Licht, dafür bestatten wir unsere Mitmenschen, wenn sie gestorben sind und geben ihnen Dinge mit, die hier im Leben für sie wichtig waren."

Der Schamane ging zum Feuer, legte noch einige Holzstücke hinein und streute Körner darauf. Ein angenehmer Duft breitete sich aus. Gerrit fühlte sich ganz leicht, als könnte er schweben.

Der Schamane stand ganz ruhig am Feuer, nach einer Weile sagte er: „Aber es gibt auch den Donnergott, der Sturm, Gewitter, Erdbeben, Feuersbrunst, Eis und Kälte bringen kann und auch den Krieg. Oft ist es schwer, ihn zu besänftigen, weil er mächtig ist. Oft wissen die Menschen nicht, wann er Unheil schickt."

Hier stockte der Schamane und sprach dann sehr langsam weiter. „Dabei ist noch zu bedenken, dass auch der Mensch trotz seines wunderbaren Geistes Unheil stiften und sinnlos Gewalt ausüben kann. Er ist aber nicht dazu gezwungen, die heilige Mutter gab ihm die Fähigkeit, auf Gewalt zu verzichten."

Nun schwieg der Schamane, ging zu seinem Platz und starrte ins Feuer. Sie saßen noch eine Weile ruhig und nachdenklich am Feuer, wurden aber nach und nach weniger, weil die meisten ihre Schlafplätze aufsuchten. Gerrit und Teo unterhielten sich noch.

„Von dem Schamanen würde ich gerne noch mehr erfahren und lernen", sagte Gerrit. „Besonders über die Heilkunde."

„Ich glaube die meisten Schamanen und weisen Frauen heilen mit Arzneien aus Pflanzen und mit Kräften aus der Natur, die sie auch von Tieren erhalten können", meinte Teo. „Um Wundbehandlungen und Versorgung von Verletzten kümmern sich oft die kundige Frauen, Einrenken von Knochenverstauchung und Schienen von Brüchen machen auch Bauern, die kranke Tiere behandelt und dadurch Erfahrungen gesammelt haben."

Gerrit erinnerte sich: „Ich habe als Kind einen Schamanen erlebt, bei dem Angriff auf unser Dorf, der kannte sich mit Wundbehandlung gut aus. Seine Frau half ihm dabei, manchmal sogar seine Tochter, ungefähr so alt wie ich, sie war sehr schön."

Wenn das Feuer nicht schon so schwach gewesen wäre, hätte Gerrit gesehen, wie Teo wohlwollend grinste als er meinte: „Was du immer so denkst, Gerrit, du sollst dich doch um die Ausbildung an den Waffen bemühen, für Jagd und Krieg!"

„Die Sache mit der Jagd sehe ich ja ein, wobei ich den Fischfang auch gut finde", sagte Gerrit leise. „Aber diese Kriegsspiele gefallen mir weniger."

„Wenn ich so eine Beule bekommen hätte, würde mir das auch nicht gefallen", stellte Teo fest.

„Es liegt nicht nur an meiner Beule," antwortete Gerrit. „Es gefällt mir einfach nicht, zu prügeln und dreinzuschlagen, lieber möchte ich abwarten und Ruhe haben."

„Das mag ja ganz schön sein", erwiderte Teo. „Aber wenn du nur lange genug abwartest, bekommst du mehr Ruhe als dir lieb ist, nämlich Grabesruhe."

„Du hast ja Recht", sagte Gerrit leise.

Dann schwiegen sie beide. Das Feuer war jetzt niedergebrannt und sie krochen als letzte in ihr Zelt.

In den nächsten Tagen wurden wieder Orientierung und Fortbewegung im Gelände geübt, wie man Himmelsrichtungen auch ohne Sonnenschein erkennt, wie man durch Dickicht und Dornengestrüpp gelangt, wie man einen Sumpf durchquert oder umgeht, wie man einen Bach oder kleinen Fluss überwindet und welche Bedeutung Wasserläufe für Wanderer und Reisende haben. Es wurde wieder und ausgiebig geprobt, auch unter erschwerten Bedingungen ein Feuer zu entfachen. Mit dem Stein Funken schlagen, sie in das trockene Schilfgras mit Buchenholzpuder hineinfallen lassen, dann pusten bis es brennt.

Der Schamane erklärte, welche Pflanzen wie genießbar waren, und erläuterte auch die Handhabung einiger Heilpflanzen. Er hatte auch Bilsenkraut, aus dem er Tee zur Linderung von Schmerzen und Atemnot kochte. Bei solchen Übungen und dieser Art von Unterricht war Gerrit sehr neugierig, fleißig und eifrig bei der Sache.

Doch dann musste er auch wieder zu den Übungen an der Waffe: Die Holzknüppel wurden beiseitegelegt, es gab scharfe Feuersteindolche, Speere, Kriegsbeile sowie Pfeil und Bogen. Besonders mit den Nahkampfwaffen wurde geübt bis zur Erschöpfung. Obwohl eigentlich nur Scheingefechte erlaubt waren, kam es doch zu einigen, allerdings nur leichteren Verletzungen, und diesmal wurde auch auf die Verteidigung großer Wert gelegt. Meistens übernahmen die Lehrer den Scheinangriff mit der scharfen Waffe.

Dabei war Gerrit aufmerksam und entwickelte einige Fähigkeiten sich zu wehren. Es gelang ihm auch, seine ohnehin schon gute Technik beim Bogenschießen weiter zu verbessern, zumal diese Fernkampfwaffe gut dazu dienen konnte, sich mit gezielten Pfeilen Gegner vom Leib zu halten.

Das Boot

Nachdem sie wieder zum Sitz des Großherrn zurückgekehrt waren, kam der Alltag doch etwas zur Ruhe und Gerrit und Teo konnten sich in einer kleinen Gruppe unter der Anleitung eines erfahrenen Handwerkers am Bau eines Einbaumbootes beteiligen.

Die Baumfäller hatten den geeigneten Teil eines Baumstammes geliefert, deutlich länger als ein erwachsener Mann und dicker als dessen Hüfte breit ist. Der Handwerker erklärte den Schülern, wie sie den Stamm mit Steinbeilen aushöhlen sollten und markierte die Grenze, über welche sie nicht hinaushacken durften, damit sich Wände und Boden des Bootes ergeben konnten. Er zeigte ihnen, wie man mit diesen scharfen Geräten umgehen und wie man wirksam und dennoch Werkzeug, Holz und Kräfte schonend arbeiten konnte.

„Die Beile sind sehr wertvoll, geht vorsichtig damit um!", ermahnte er die Jungen.

Zu zweit oder zu dritt hackten sie viele, viele Tage lang und gaben sich große Mühe, trotzdem ging öfter mal ein Beil zu Bruch. Meistens rutschte das eigentliche Steinbeil vom hölzernen Stiel ab, das war nicht so schlimm, es musste dann eben neu eingestielt werden.

Teo gelang es allerdings einmal, ein Beil völlig zu zersplittern, als er auf einen harten Astkern im Holz zu stark eingeschlagen hatte. Der Handwerker schimpfte und fluchte, die Jungen grinsten und hackten weiter, so gut sie konnten. Er überwachte ständig die Arbeit, wurde auch oft selbst tätig, und Gerrit war beeindruckt, wie der Fachmann die Geräte beherrschte, nicht nur das Beil, sondern auch Meißel und Schaber.

Als die flache Höhlung ausreichend erschien, drehten sie den Stamm herum. Die Wölbungen des Baumes wurden abgetragen, so dass Wände und Boden des kleinen Bootes ebenfalls flach wurden, denn es sollte ja insgesamt nicht allzu schwer sein, aber gut auf dem Wasser liegen. In der Mitte des Bootes wurde außen eine kleine Wölbung belassen, der innen eine Mulde entsprach für einen großen, sehr flachen Stein als Ballast, vielleicht sogar für ein kleines Feuer. Gerrit war begeistert.

Das Boot wurde zu Wasser gelassen, drei Jungen konnten gut darin Platz nehmen, für vier wurde es etwas knapp, und als der Bootsbauer selbst einstieg, ein großer und schwerer Mann, ragte der Rand des kleinen Fahrzeugs kaum handbreit aus dem Wasser. Alle lachten, auch der Handwerker selbst, und sie waren mit ihrem Werk zufrieden.

Eine ausgedehnte Probefahrt mit dem neuen Boot durften Gerrit, Teo und Udo, einer der jungen Mitschüler, am folgenden Tag unternehmen. Sie wollten sich ein gutes Stück flussabwärts treiben lassen und dann wieder hinaufpaddeln.

Die beiden Lehrer, und besonders der Bootsbauer, gaben ihnen noch wohlwollend Ratschläge: Vorne und in der Mitte des Bootes könne jeweils ein Paddler sitzen, die beiden sollten ihre breiten Paddel aus Leichtholz gleichmäßig betätigen und der dritte könne im Heck steuern. Sie sollten kein Feuer im Boot entfachen, aber mit den kleinen Speeren einen Fisch zu spießen, könnten sie ruhig versuchen.

Die drei schliefen vor Aufregung etwas kürzer und waren früh auf den Beinen. Sie suchten Proviant zusammen und nahmen die Feuersteindolche und kleine Speere mit, deren Spitzen aus Hirschhorn oder Knochen auch scharfe Widerhaken hatten. Gerrit hatte seinen Jagdbogen dabei sowie einen Köcher mit guten Pfeilen.

Sie schleppten den Einbaum zu dem Wasserlauf hinunter. Das Wetter war schön. Getragen von der sanften Strömung und unterstützt durch leichte Paddelschläge glitt das Boot den Fluss hinab. Die drei Jungen waren von der Unternehmung begeistert. Sie versuchten einige Male, einen Fisch mit dem kleinen Speer aufzuspießen, gaben es aber bald auf und waren froh, dass sie die Speere mit Weidenruten ins Boot zurückangeln konnten, wenn auch ohne Fische.

Dann wand sich der Fluss in Kurven und sie liefen auf eine Sandbank auf. Teo stieg aus, watete im Wasser und es gelang ihm, das Boot wieder flott zu machen. Im letzten Moment wälzte er sich noch hinein, wobei der kleine Einbaum fast gekentert wäre.

Als der Fluss sich in zwei Wasserläufe teilte, war die Fahrrinne schmäler, und sie rammten öfter Äste oder Bäume an den Seiten und Steine auf dem Grund. Als sie sahen, dass die langgezogene Insel zu Ende und der Fluss wieder zu einem einzigen Wasserlauf wurde, steuerten sie am Inselende an Land und beschlossen zu rasten. Sie hatten etwas Fladenbrot und ein paar getrocknete Pilze dabei.

„Ein Fisch wäre nicht schlecht“, brummte Teo, als er den spärlichen Proviant sah.

Gerrit grinste. „Bei unseren Speerwurfkünsten wird das schwierig, eine Angel haben wir auch nicht mitgenommen, aber ich sollte es mal mit einem Pfeil versuchen“, meinte er, holte den kleinen Jagdbogen aus dem Boot, wählte einen Pfeil mit besonders gutem Widerhaken und hockte sich im Schatten eines Weidenbusches am Uferrand der Insel in Lauerstellung.

Einige Fische zogen ruhig vorbei, aber der Abstand schien Gerrit noch zu weit, bis ein etwas größerer Fisch im flachen Wasser am Grund nach Beute suchte und dem Ufer näher kam. Gerrit spannte den Bogen, der Fisch wollte umkehren ins tiefere Wasser zurück und bot dem Schützen für einen Moment die Seite. Das nutzte Gerrit zum Schuss: Ein kurzes Aufspritzen an der Wasseroberfläche und der Pfeil saß mitten in dem Fisch, der noch einige Male hin- und herschnellte, dann rasch schwächer wurde und schließlich langsam an der Wasseroberfläche trieb.

Teo hüpfte beglückt ins Wasser, und kam mit Fisch und Pfeil in Siegerpose zurück. Gerrit wurde sehr gelobt für seinen Schuss, Teo für den mutigen Sprung und später Udo für seine Künste beim raschen Entfachen des Feuers, über welchem sie den Fisch, am Stock aufgespießt, recht schön braten konnten.

Nach der kurzen Mittagsrast mussten die drei Abenteurer allerdings den Rückweg bewältigen, was sich als schwierig und anstrengend erwies. Der Flussteil neben der Insel war schmal, die Strömung zwar nicht so stark, aber ausreichend, die beiden Paddler gut beschäftigt zu halten. Oft liefen sie auf Grund, dann bekam der Steuermann Vorwürfe; dieser verteidigte sich, dass er schlechte Sicht habe, der vordere Paddler müsse besser aufpassen. Ähnlich ging es, wenn ein überhängender Ast im Wege war.

Flussaufwärts von der Insel war zwar das Gewässer wieder breiter und etwas tiefer, aber dafür auch die Strömung stärker. Also versuchten sie so nahe wie möglich am Ufer zu bleiben, dort aber drohten wieder die Untiefen und herabhängende Baumäste.

Alles in allem kamen sie viel langsamer vorwärts, als sie gedacht hatten. Die Stimmung wurde schlechter. Geduld und damit auch die Sorgfalt im Umgang mit dem Boot ließen nach. Sie erreichten eine Stelle mit starker Strömung und einigen dicken Steinen im Wasser. Zwischen dem Ufer und einem knolligen kleinen Felsen hatten sie sich noch hindurchgeschlängelt und drängten das Boot wieder etwas weiter in die Flussmitte. Dabei hatten sie die Strömung unterschätzt, der hintere Teil des Bootes schlug zurück gegen den kleinen Felsen, der vordere wurde flussabwärts gedrückt. Der Paddler bekam einen Schrecken und rückte schnell im Boot zur Gegenseite hinüber, auf der schon die beiden anderen Jungen saßen. Das Boot kippte um, Gerrit und Teo konnten seitlich vom Bootskörper auftauchen, aber Udo war nicht mehr zu sehen.

Gerrit holte tief Luft und hechtete hinter dem Boot her. Er sah einen Arm von Udo unter dem Bootsrand herausragen, konnte diesen packen und Udo unter dem Boot hervorziehen. Udo schien völlig erschlafft und erst mit Teos Hilfe gelang es Gerrit, ihn ans Ufer zu ziehen.

Als Gerrit durchgeatmet hatte, bemerkte er, dass bei Udo irgendetwas nicht in Ordnung war. Er lag auf dem Bauch und Blut lief ihm ins Gesicht, das aus seinem dichten Haarschopf reichlich herausfloss. Gerrit nahm seinen Dolch aus dem Gürtel, schnitt einige Haarbüschel weg und fand die Wunde in der Kopfhaut, aus der das Blut in kleinen, hellroten Stößen herauslief.

„Teo, hol schnell von den Blättern da vorne eine Hand voll!", rief er seinem Freund zu, schnitt noch mehr Haare weg, bis er die Wundränder einigermaßen sehen und in die Wunde hineintasten konnte.

Der Schädelknochen schien glatt zu sein, also schob er mit beiden Händen die Ränder der Kopfhaut zusammen und drückte mit der rechten Hand eine Schicht der Blätter auf die Wunde. Udo lag jetzt auf der Seite, sein Kopf in Gerrits Schoß; dieser stützte den Kopf mit seinem Unterarm und der linken Hand und presste die rechte ohne sie zu bewegen auf die verletze Stelle.

„Das Boot ist weg", jammerte Teo.

„Lass doch das Boot!", schimpfte Gerrit. „Ich muss hier drücken, alles andere hat Zeit."

Udo jammerte etwas vor sich hin, bewegte ein wenig Arme und Beine, hielt aber den Kopf ruhig. Gerrit war überzeugt, er würde hier erst mal gar nichts anderes machen und den Druck seiner Hand auf dieser Wunde lassen, egal, wo das Boot war, egal, ob Teo das gut oder schlecht fand. Der begriff aber, dass sein Freund von dieser Wundbehandlung nicht abzubringen war und erkundete vorsichtig die Umgebung, zumal es schon dämmrig wurde.

Plötzlich hörte Gerrit den singenden Schrei über sich, der ihn im ersten Augenblick traurig stimmte, dann aber auch beruhigte. Er schaute nach oben. Wo die Sonne gleich untergehen würde und goldene Strahlen von der Ferne den Himmel noch sanft erhellten, sah er den Bussard seine Kreise ziehen. Er fühlte, dass alles gut würde, hielt den Kopf seines Kameraden und drückte mit der flachen Hand auf die Blätter, welche die Wunde bedeckten. Als die Sonne schließlich untergegangen war, spürte er eine Bewegung über sich auf dem Ast des dürren Baumes. Dort saß der Bussard, er hatte die Flügel noch gespreizt. Gerrit sah die gelben Greifer und den Hakenschnabel.

Das Auge des Vogels war auf ihn gerichtet, und er meinte eine leise Stimme zu hören: „Wenn ich wegfliege, kannst du die Hand von der Wunde nehmen, es wird nicht mehr bluten."

Es war fast dunkel, als Gerrit den Windhauch der Flügel seines Schutztieres spürte, dann vernahm er leichtes Rascheln, als dessen Gefieder einige Zweige streifte, und wenig später hörte er den singende Pfeifton aus der Ferne. Er nahm seine Hand von der Wunde, Udo schlief.

Teo kam herbeigestolpert und die Freunde krochen eng zusammen. Sie nahmen den verletzten Udo in ihre Mitte, weil sich schon die Kühle des Abends bemerkbar machte.

„Ich habe das Boot gesehen", murmelte Teo und schlief ein.

Gerrit konnte lange nicht schlafen, er hörte Udo regelmäßig schnaufen, bis auch ihn die Müdigkeit übermannte. Dennoch wurde er einige Male wach und tastete ganz vorsichtig auf Udos Kopf. Die Blätter hatten etwas Feuchtigkeit vom Tau der Nacht angenommen, aber die Wunde hatte nicht weiter geblutet.

In der Nacht war es kalt geworden, die Sonne ließ am folgenden Morgen auf sich warten, sie musste noch den Nebel durchdringen, ehe sie die drei frierenden Gestalten etwas aufwärmen, aber nur wenig ihre Stimmung verbessern konnte.

Sie tranken Wasser aus dem Fluss, kauten lustlos auf einigen Löwenzahnblättern und Sauerampfer herum und ein paar Schnecken bezahlten den Hunger der Ausflügler mit dem Leben. Ein Feuer konnten sie nicht entfachen, weil die gesamte Ausrüstung aus dem Boot gekippt war, ebenso wie die Speere und der Bogen mit den Pfeilen.

Den dreien war klar, dass sie sich zum Herrenhof durchschlagen mussten, um dann mit neuer Ausrüstung und Hilfe das Boot zurückzuholen.

Udo war noch wackelig auf den Beinen, konnte aber mit etwas Unterstützung gehen. Gerrit band seinen Dolch mit einer Hanfschnur, die er im Halsbeutel hatte, an einem kräftigen Stock fest, so dass er Gestrüpp oder Zweige wegschlagen konnte, um einen Weg frei zu machen, der sie am Fluss entlang zum Sitz des Großherrn führen musste.

Also zogen die drei Kameraden los, Gerrit vorne weg, dann Udo, zuletzt Teo, der bisweilen Udo stützte, wenn ein Bach zu durchwaten oder ein umgekippter Baum zu überwinden war.

Gegen Mittag kletterten sie gerade vorsichtig in sumpfigem Gelände, wo hohes Gras und Schilf wuchs, über einen schon halb vermoderten Baumstamm, als plötzlich ein lautes und quietschendes Grunzen ertönte und ein dunkler Schatten aus dem Schilf auf sie zuraste, der sich als wütende Wildsau erwies, die ihren schwarzen, harten Schädel gegen Gerrits Bein rammte. Der konnte seine Behelfswaffe nicht richtig in den Griff bekommen, weil er sich auf ihr abgestützt hatte, als er über den Baumstamm geklettert war. Da tauchten auch schon aus dem Schilf zwei Ferkel auf, quietschten und hatten offensichtlich nicht die geringste Lust, sich an einem Angriff auf übel riechende zweibeinige Wesen zu beteiligen, sondern rannten in die Wiesen und Schilfgründe des Flusses zurück. Wohl ihrem Mutterinstinkt folgend ließ die Wildsau von den Jungen ab und folgte ihren Kindern nach.

Die drei atmeten auf und Gerrit dachte, so können einem Ferkel Gesundheit, vielleicht sogar das Leben retten, denn wenn der Vater dieser lebhaften Jungtiere noch erschienen wäre, so hätten sie wohl Schwierigkeiten bekommen.

Schreck und Mittagsmüdigkeit saßen ihnen in den Gliedern, und sie ließen sich auf einer Wiese nieder, die im hohen Schilf und Gebüsch eine kleine Lichtung bildete.

Gerrit sah die Lage nun doch etwas zuversichtlicher, das Wetter war mild, der Fluss führte klares Trinkwasser, man musste mit Schnecken und einigen Kräutern auskommen und auf gebratenen Fisch mit Gewürzen und Fladenbrot verzichten. Bei solchen Gedanken lief ihm das Wasser im Mund zusammen.

Aber er wusste auch, welches Glück sie bei dem Bootsunfall gehabt hatten. Es hätte durchaus schlimmer kommen können, und es grauste ihm vor dem Donnerwetter, das sie von ihrem Lehrer, dem Bootsbauer und vielleicht auch noch vom Großherrn zu erwarten hatten.

Am späten Nachmittag war ihnen die Gegend wieder bekannt, sie erreichten das Gelände, wo sie ihre Waffenübungen gemacht hatten und sahen von Ferne den Palisadenring. Als sie sich diesem näherten, kam ihnen der ältere Lehrer entgegen, schaute sie ernst an, und sein Blick blieb an Udos, noch mit Blutresten verschmiertem Gesicht hängen. Er nahm den Arm seines Schülers und begleitete die drei zum großen Langhaus neben dem Hauptgebäude.

Der Schamane kam hinzu. Gerrit und Teo, berichteten, was geschehen war. Der Schamane tastete auf den Blättern herum, die immer noch fest an Udos Kopf klebten.

„Tut es weh?", fragte er ihn.

„Fast nicht", murmelte Udo und schüttelte kaum merklich den Kopf.

„Das hast du gut gemacht", sagte der Schamane zu Gerrit und dann zu Udo: „Lass die Blätter ruhig da kleben, die fallen von selbst herunter. Das Gesicht kannst du ein bisschen waschen, den Kopf aber nicht."

Er lächelte ein wenig, aber das Lächeln sah fast ernst aus.

Der ältere Lehrer sagte: „Da habt ihr Glück gehabt, aber Glück kann man ja nur haben, wenn man tapfer weiterkämpft."

Den drei Jungen fielen so große Steine vom Herzen, dass man es eigentlich hätte poltern hören müssen. Stattdessen hörte man das Gekicher von zwei jungen Mägden, die eine Bank herbeitrugen mit Getränken, Brot, Gemüse und geräuchertem Fisch.

Dann trafen auch die anderen Schüler wieder ein, sie waren mit Tasso flussaufwärts gezogen und jetzt von ihrem Ausflug zurückgekehrt.

Sogleich erzählte man sich gegenseitig die Erlebnisse, wobei natürlich das Spannendste der Unfall mit dem Boot und die Verletzung von Udo waren. Gerrit und Teo hatten zwar nochmals alles schildern müssen, aber sie fühlten sich nicht als Helden.

Am späteren Abend sagte der ältere Lehrer, er wolle am folgenden Tag mit Teo und Gerrit losziehen und das Boot bergen. Udo solle aber im Haus bleiben und der Schamane würde auf ihn achten. Alle waren schließlich so müde, dass Erzählungen und Fragen verebbten und die Jungen ihre Schlafplätze aufsuchten.

Gerrit dachte noch eine Weile nach und fragte sich, ob er für den Dienst als Krieger des Großherrn wohl geeignet sei. Er konnte zwar mit den Waffen umgehen, hatte aber oft ein mulmiges Gefühl bei den Übungen, manchmal sogar Angst. Vor allem aber konnte er sich schlecht vorstellen, wie er Gewalt anwenden, schlagen und stechen sollte, um schließlich den Gegner zu verletzen und zu töten.

Am nächsten Morgen zogen sie los, um das Boot zurückzuholen. Der ältere Lehrer hatte einen Sack mit Werkzeug dabei, aus dem zwei Paddel herausragten. Wie fast immer war er bewaffnet, diesmal mit Dolch, Speer, Pfeil und Bogen. Sie kamen gut voran und erreichten gegen Mittag die Stelle, wo Teo das Boot vermutete. Sie suchten nah am Wasser und waren sehr erleichtert, als sie das Einbaumboot fanden, das lediglich ein paar Schrammen aber keine wirkliche Beschädigung aufwies. Am Flussufer entdeckten sie noch ein Paddel und einen Tragesack mit Proviantresten sowie dem nassen Feuerzeug. Teo fand einen Speer und zwei Pfeile. Gerrit freute sich riesig, als er auf der Kiesbank der Insel seinen Bogen entdeckte. Nach einer kleinen Mittagsrast packten sie die mitgebrachten und die noch brauchbaren, wiedergefundenen Sachen ins Boot. Der Lehrer zeigte sich zufrieden, dass die Sache insgesamt doch recht glimpflich verlaufen war.

„Und jetzt muss ich dem Großherrn keine Unglücksnachricht überbringen“, meinte er abschließend.

Sie nahmen ihre Plätze im Boot ein: Der Lehrer saß vorne, Teo und Gerrit wechselten sich dahinter als Paddler und Steuermann ab. Die Jungen waren beeindruckt mit welcher Kraft, Ausdauer und Geschicklichkeit der Lehrer das Paddel eintauchte, weit durchzog, das gut beladene Boot gegen die Strömung trieb und auf Kurs hielt, natürlich unterstützt durch Teo und Gerrit, denen die Erleichterung über den letztlich guten Ausgang ihres Abenteuers zusätzlich Kräfte verlieh.

Am frühen Abend waren sie schon wieder zurück am Sitz des Großherrn und der Bootsbauer zeigte sich stolz, wie gut das kleine Einbaumboot all die Belastungen ausgehalten hatte, von denen ihm berichtet worden war.

Ende der Schulzeit

In den dritten Sommer seiner Ausbildung hinein waren die folgenden Monde angefüllt mit Waffenübungen bis zum Überdruss. Gerrits Begeisterung war gering, zumal er bei all diesen Zweikämpfen keinen wirklichen Sieg erreichte. Aber er erlangte weitere Fertigkeiten in der Selbstverteidigung.

Die Zeit des Sommers ging zu Ende, die Blätter färbten sich schon bunt, als der ältere Lehrer Gerrit und Teo zum Großherrn schickte, der etwas mit ihnen zu besprechen habe. Die beiden badeten und wuschen sich gründlich im Fluss, säuberten ihre Beinlinge, klopften Lendenschurz und Umhang aus, reinigten die Schuhe und gingen mit etwas flauem Gefühl zu dem festen Haus in der Mitte des Herrenhofes. Ein bewaffneter Wächter an der Tür bedeutete ihnen zu warten, der Großherr habe noch zu tun. Sie traten von einem Fuß auf den anderen und begannen schon sich zu langweilen, als der Großherr mit einem gut gekleideten Besucher aus dem Haus trat. Die beiden stattlichen Männer unterhielten sich angeregt. Der Großherr zeigte auf die beiden jungen Männer, der fremde Herr nickte, und sie verabschiedeten sich.

Der Großherr winkte die Jungen zu sich, sie sollten ihm folgen. Sie betraten das große Haus und gelangten in einen Raum, der durch kleine schmale Öffnungen nur wenig Licht von draußen erhielt. In der Mitte befand sich ein großer Tisch aus Eichenholz. An dessen beiden langen Seiten standen Bänke und an den kürzeren jeweils ein Sitz mit Rückenlehne und Seitenstützen zum Auflegen der Ellenbogen. Der Großherr nahm Platz, so dass er die Eingangstür sehen konnte, und wies die Jungen an, sich rechts und links von ihm auf die Bänke zu setzen. Auf dem Tisch stand ein kräftiges Tongefäß, in dem eine Fackel brannte, die mildes Licht und sogar ein wenig Wärme spendete. Vor dem hohen Herrn auf der Tischplatte lag ein etwa handflächengroßes helles Blatt, fein säuberlich zugeschnitten, auf dem man eine Zeichnung und einige Runen sehen konnte, wohl mit einem schwarzen Stift aufgetragen. Gerrit bestaunte dieses feine Blatt, offenbar aus Birkenrinde, das in der Mitte eine Falte aufwies.

Der Herr schaute die beiden Schüler ernst, aber einigermaßen wohlwollend an.

„Ihr habt jetzt schon viel gelernt, wie ich von den Ausbildern hörte“, sagte er. „Und obwohl ihr beiden zu den Jüngsten in der Schülergruppe gehört, habt ihr schon recht ordentliche Kenntnisse im Umgang mit den Waffen erlangt. Das ist auch wesentlich, denn die Menschen gehen nicht immer wohlwollend miteinander um, und man weiß nicht, wie lange die Zeiten so ruhig bleiben wie jetzt. Ich meine, dass eure Dienste an der Waffe jetzt erst mal beendet sind und habe eine andere Aufgabe für euch.

Der Herr, den ihr eben gesehen habt, hat ein großes Feuersteinbergwerk mit vielen Abbaulöchern und Schächten nahe dem großen Mutterfluss. Er sucht noch geschickte Arbeiter, um das wertvolle Gestein in der Tiefe zu brechen und zu den Plätzen zur Sortierung und vorläufigen Bearbeitung zu tragen. Ihr wisst, wie wichtig dieser Stein für Waffen ist und für alles Handwerksgerät, für Gegenstände, die scharf, spitz, sehr hart und feuerfest sein müssen.

Diese Birkenrinde zeigt auf der einen Seite unsere Landschaft; die Wasserläufe, einige höhere Berge sind eingezeichnet und gestrichelt der Weg, den ihr gehen sollt, der auch an dem Ort vorbeiführt, wo eure Eltern wohnen. Auf der anderen Seite seht ihr die Runen und Zeichen, die euren Namen, den Namen dieses Herrenhofes enthalten und das Kennzeichen für euer Reiseziel, das Feuersteinbergwerk am großen Mutterfluss. Gebt diese Rinde niemandem, außer dem Herrn, den ihr eben gesehen habt.

Meldet euch bei ihm, wenn der Winter vorbei ist. Sein Zeichen steht hier unter dem meinen. Je nach Leistung gibt es auch Lohn, Werkzeug, Geräte aus Feuerstein oder Kupferkugeln, mit denen man ja neuerdings viel eintauschen oder erwerben kann.“

Er beendete seine lange Rede, zeigte auf das Rindenblatt und schob es dann zu Gerrit hinüber.

Dann ging er mit ihnen hinaus ins Freie, wies mit einer großzügigen Gebärde flussabwärts und meinte: „Das werdet ihr schaffen, ihr habt jetzt fünfzehn Lenze gesehen und die nötige Erfahrung gesammelt."

Er gab beiden einen kleinen Schlag auf die Schulter und sie waren entlassen.

Gerrit schaute seinen Freund nachdenklich an: „Was hältst du davon?", fragte er ihn.

„Was ich davon halte, ist wohl nicht wichtig, wir müssen es machen", antwortete dieser.

Sie schlichen mit etwas gemischten Gefühlen in das Langhaus, wo sie Ausschau nach dem Lehrer hielten. Er wisse schon Bescheid, alle könnten nicht als Soldaten und Wächter in den Dienst des Großherrn übernommen werden, stellte er fest und bot an, dass er sie unterstützen wolle, insbesondere bei der Ausrüstung. Ihre Kleidung war verschlissen und zu klein geworden. Die Jungen waren überrascht und sehr erfreut, denn sie bekamen gute Fellumhänge und Sumpfgrasmäntel, mit denen man auch ein kleines Zelt errichten konnte, Proviant, Wasserbeutel, Feuerzeug und ihre Waffen sowie eine Rückentrage für den Fellsack.

Der Tag des Aufbruchs war gekommen. Teo schien etwas missmutig, aber Gerrit war froh, dass er jetzt aus dieser ewigen Kriegsspielerei entlassen war und bald seine Eltern und Raitina wiedersehen würde, was entgegen den damaligen Erwartungen lange nicht mehr geschehen war. In seinem Brustbeutel hatte er nur die Nadel und einige Fäden, in der Gürteltasche das scharfe kleine Feuersteinmesser, Pulver und einige getrocknete Blätter für Wundbehandlung, Tee sowie das Blatt mit den Runen und der Wegskizze. Der große Tragesack enthielt einen wasserdichten Lederbeutel mit Stein, Pulver und Gras zum Entfachen des Feuers und getrockneten Kräutern, mit denen Gerrit einen Sud herstellen oder Tee kochen konnte zur Linderung von Schmerzen, zur Beruhigung sowie zur allgemeinen Kräftigung.

Die beiden Freunde verabschiedeten sich von Mitschülern, Lehrern, von dem Schamanen und auch von den fröhlichen Mägden, denen sie doch ein wenig nachtrauerten. Dann zogen sie los, zunächst stromabwärts an dem kleinen Fluss entlang, durch die Gegend, die sie gut kannten. Mittags machten sie Rast bei der Insel, es war Herbst, vielleicht mit den letzten noch warmen Tagen, und die Jungen genossen die Freiheit. Sie waren guter Dinge, nahmen ein kleines Bad im kalten Flüsschen, lagen dann im Gras und ließen sich von der Sonne bescheinen.

„Das könnte eigentlich immer so weitergehen", meinte Teo.

„Ja, wie denn?", entgegnete sein Freund. „Allein lebt man schlecht, es ist eintönig und auch gefährlich. Einen Winter kann man kaum überleben. Man braucht seine Sippe, man braucht auch Gemeinschaft."

„Ach, du hast natürlich schon wieder Recht", meinte Teo, etwas dösig.

Gerrit stand auf und ging zu seinem Gepäck, er wollte sich wieder ankleiden. Da hörte er ein Rascheln und schaute in die Richtung, nahe bei Teo, aus der das Geräusch gekommen war. Er sah die Schlange, gut halb so lang wie er selbst und von der Art, die als giftig und gefährlich bekannt war. Das Biest war jetzt wie erstarrt, regungslos, hatte seinen Blick auf den da liegenden, dösenden Teo gerichtet, der seine Augen geschlossen hatte.

Gerrit konnte seinen Speer mit dem Fuß herbeiziehen und ergreifen, ohne sich zu viel zu bewegen. Er hob die Waffe nur wenig an, schob sie so weit vor, dass die Spitze mit den Widerhaken über dem Schlangenkopf schwebte. Dann drückte er den Speer mit aller Kraft herunter und stellte sich mit beiden Füßen auf dessen Schaft. Die Schlange war hinter ihrem Kopf zwischen Boden und den Widerhaken der Speerspitze eingeklemmt; sie wehrte sich und schlug beängstigend mit dem ganzen Körper, aber Gerrit blieb mit beiden Füßen auf dem Schaft seiner Waffe. Teo schreckte auf, begriff die Gefahr, sprang zu seinem Dolch, dann zu der Schlange und schnitt ihr gleich hinter der Speerspitze den Kopf ab. Das peitschte den Körper des

Tieres so sehr um Gerrits Beine, dass dieser stürzte, aber der Kopf des Tieres war schon ins Gras gerollt und er konnte sich rasch von dem erschlaffenden Schlangenkörper befreien.

Die beiden mussten erst mal durchatmen, der Schreck flaute allmählich ab und Gerrit spießte den Schlangenkopf auf die Spitze des Speers, aber nur bis zum ersten Widerhaken und schleuderte ihn in den Fluss. Er sah, wie sich ein Fisch damit beschäftigte.

„Ob der sich wohl vergiftet?", fragte er seinen Freund.

„Glaube ich nicht", meinte der. „Sonst würde er nicht daran herumbeißen." Gerrit schaute nachdenklich in das Wasser, Schlangenkopf und Fisch bewegten sich langsam flussabwärts.

„Dieser Schlangenkörper gibt gegrillten Braten vom Feinsten, den nehmen wir mit", sagte Teo, der schon wieder ans Essen dachte. Er schnitt fingerlange Stücke ab, hüllte sie in Blätter und verstaute sie in seinem Fellsack.

„Da haben wir schon wieder so viel Glück gehabt, hoffentlich hält das an", dachte Gerrit und schaute nochmal in das lockere Gebüsch, aus dem wohl die Schlange herausgekrochen war, sah dort einige sehr schöne Muscheln und nahm sie an sich. Nachdem sie schließlich alle Habseligkeiten eingepackt hatten, zogen sie weiter.

Abends fanden sie am Fluss eine wunderschöne kleine Sandbank, von Weidengebüsch umgeben.

„Das macht einen friedlichen Eindruck hier", stellte Teo fest.

„Dann machen wir Feuer und braten Schlangenstücke", antwortete Gerrit.

Er sammelte Holz, und Teo spießte das Fleisch auf angespitzte Weidenruten. Sie schlugen Feuer und geduldeten sich, bis dieses so weit heruntergebrannt war, dass sie ihre Fleischspießchen erwartungsvoll über der Glut drehen konnten. Als das Fleisch durchgeschmort war, sammelten sie noch einige Kräuter, Schlehen und Brombeeren, holten ein Fladenbrot hervor und verspeisten genüsslich ihre Leckerbissen. Gerrit betrachtete zufrieden die glänzenden Muscheln, die er weiter oben am Flussufer gefunden hatte, sah in einer der Schalen eine weiße Perle und war sogleich überzeugt, dass sie ihm Glück bringen würde.

Mit dem Einbruch der Dunkelheit wurde es kühler und ein leichter Regen setzte ein. Deshalb bauten sie mit Hilfe ihrer Grasmäntel ein Zelt auf, krochen hinein, und nach kurzer Zeit hörte Gerrit seinen Freund leise schnarchen. Ihm selbst drehten sich die Gedanken im Kopf.

„Ob die Schlange uns überhaupt angegriffen hätte", fragte er sich. „Ob wir sie überhaupt hätten töten müssen?"

Aber wenn sie Teo gebissen, verwundet, vielleicht vergiftet hätte? Nein, es war klar, er musste das Tier töten. Außerdem hatte das Fleisch so gut geschmeckt und er tötete ja sogar völlig harmlose Tiere wie Hasen, Enten und Fische, um sie zu essen.

Nur drei Tage waren sie gewandert, als sie ihren Heimatort erreichten. Sie begaben sich sogleich zu den Häusern ihrer Eltern. Gerrit begrüßte seine Mutter, den Vater und Raitina. Der Mutter rann eine Träne über die Wange, in der er einige Falten mehr sah. Aber dann musste er schon wieder gemaßregelt werden, sich sauber waschen, hier und da aufräumen und Arbeiten im Stall verrichten.

An den Abenden saßen sie um das Feuer und Gerrit berichtete ausführlich von seinen Erlebnissen und insbesondere auch, dass der Großherr sie aufgefordert hatte, sich im Feuersteinbergwerk zur Arbeit zu melden, es würde auch einen Lohn geben, Feuersteingeräte oder Kupferkugeln. Der Vater war, wie so oft, in keiner guten Stimmung und hatte an diesem Plan einiges zu auszusetzen. Aber er wusste auch, dass man den Wünschen des Großherrn Folge leisten sollte, und dass es schwierig war, sich dem zu widersetzen.

Ähnlich erging es Teo bei seinen Eltern. Im Winter halfen die Jungen in den Häusern. Die Tiere mussten versorgt werden, Gerrit lernte sogar das Melken der Kühe und er half dem Vater bei der Instandsetzung von Geräten. Es waren zwar Brennholzvorräte im Haus, aber immer, wenn das Wetter es zuließ, musste im Wald Holz gesammelt werden. Gerrit tat das gern, besonders, wenn Raitina mitkam, aber die ruhige Winterzeit ging vorüber.

Das Frühjahr kam, also brachen die beiden Freunde wieder auf. Sie gingen zum Fluss hinab, wateten an einer günstigen Stelle hindurch, wanderten wieder ein kleines Stück stromaufwärts, um das Tal alsbald zu verlassen. Sie mussten einige Höhenrücken überwinden bis sie den großen Mutterfluss erreichten, der das Wasser aller Bäche und Flüsse aufnahm. Nicht ganz so breit wie in Gerrits ursprünglicher Heimat war er auch hier ein beeindruckend großer Strom, der sogar manchmal mehrere Arme hatte und ganz unterschiedliche Ufer mit flachen Kies- und Sandbänken, Auwäldern und Sümpfen, aber auch steilen Ufern mit senkrecht aufragenden Felsen.

Nach kurzer Wegstrecke flussabwärts kamen sie an eine Kiesbank, auf die ein Fischer sein Boot hinaufgezogen und gesichert hatte. Sie fragten den Mann, wo es zum Feuersteinbergwerk ginge.

Der schaute sie nachdenklich an und sagte: „Das ist noch ein Stück flussabwärts, wenn ihr etwas warten wollt, nehme ich euch mit, dann müsst ihr nicht laufen, das ist nämlich schwierig, ihr müsstet wieder den Berg hinauf, durch Dickicht und über Felsen."

Teo und Gerrit waren erleichtert, legten ihre Rucksäcke auf den Kies und Teo machte es sich auch bequem. Gerrit betrachtete neugierig das Boot des Fischers. Es war gut doppelt so lang, wie das Boot, das sie gebaut hatten, deutlich breiter und die Bootswände waren höher. Es hatte drei flache Mulden im Boden, in der vorderen und der hinteren lagen flache Kieselsteine, offenbar Ballast zur Stabilisierung gegen das Kentern. Die mittlere Mulde enthielt eine große flache Schale aus Ton mit glimmender Holzkohle darin.

Der Mann freute sich, als er Gerrits Staunen bemerkte. Er packte sein Angelzeug in das Boot, auch zwei kleine Harpunen und Werkzeug wie Schaber und Messer. Auf die glühende Holzkohle legte er einen länglichen flachen Kieselstein und quer über diesen einen der drei großen Fische, die er gefangen hatte, und bestreute ihn noch mit würzigen Kräutern. Ein wenig Rauch stieg auf und es duftete wunderbar. Der Fischer schob das Boot von der Kiesbank ins flache Wasser.

„So, jetzt könnt ihr einsteigen", meinte er und wies ihnen vorne und in der Mitte des Bootes feste Bretter zu, auf die sie sich setzen konnten, nachdem sie ihre Säcke daruntergeschoben hatten.

Paddel bekamen sie nicht. Dann gab er dem Boot einen kleinen Schub, schwang sich auf den Sitz im Heck, nahm sein Paddel und lenkte das Boot in Richtung Flussmitte, wo es von der Strömung ergriffen und flussabwärts getrieben wurde. Er beschränkte sich auf das Steuern, lehnte sich locker zurück und fragte die Jungen, woher sie kämen. Sie erzählten, dass sie bei dem Großherrn im Umgang mit den Waffen geschult worden seien, einiges gelernt hätten und dass sie jetzt im Bergwerk arbeiten sollten, weil dort Kräfte gebraucht würden. Der Fischer nickte und sagte, er würde sie bis zu der befestigten Anlage bringen, wo sie sich vorstellen sollten. Ein Eingang sei nicht weit vom Ufer entfernt.

Dann rückte er langsam zur Bootsmitte und drehte den Fisch, damit er auch von der anderen Seite gegrillt wurde. Er gab den Jungen ein gutes Stück von diesem Fisch und er schmeckte ihnen einfach hervorragend.

Gerrit sagte, so guten Fisch habe er noch nicht gekostet. Der Fischer lächelte geschmeichelt und erklärte, er würde öfter solchen Fisch an die Herren in der Anlage dort oben verkaufen. Die würden auch gut bezahlen, sie seien nämlich ziemlich wohlhabend, weil sie an dem Gesteinsabbau gut verdienen würden.

„Wie werden sie wohlhabend vom Feuerstein, und warum wohnen sie in der Anlage?", fragte Gerrit.

„Von der befestigten Anlage aus, die am Fluss liegt, werden die Grabungsstellen überwacht, der Handel und der Transport des Gesteins verwaltet und gelenkt. Ihr werdet es wohl sehen und kennenlernen", meinte er und beschäftigte sich intensiv mit seinem Paddel sowie der Steuerung des Bootes.

Die Jungen dankten ihm und zogen los.

Das Bergwerk

Sie erreichten rasch die mit Wällen und Palisaden befestigte Anlage, ein großer Komplex verschiedener Gebäude, aus dicken Holzbohlen errichtet.

Langsam und etwas zaghaft passierten sie den Torbogen und wurden sofort von einem Wächter grob angefahren: „Was wollt ihr hier?“

Gerrit zog das kleine Birkenrindenstück aus seiner Gürteltasche hervor, zeigte es dem Wächter, gab es aber nicht aus der Hand. Der schaute eine Weile auf die Zeichnung mit den Runen und bedeutete ihnen mürrisch, sie sollten ihm folgen. Er führte sie zu einem der größeren Gebäude aus dicken Eichenholzbohlen und befahl ihnen, vor dem Eingang zu warten.

Es wurde schon dämmrig, als endlich der Mürrische wieder erschien; gleich darauf trat der Herr auf sie zu, den sie vor ihrem Aufbruch vom Sitz des Großherrn dort gesehen hatten.

„So, du hast eine Zeichnung vom Großherrn, dann zeig mal her!“, forderte er Gerrit auf.

Der zog wieder das weiße Rindenblatt hervor, welches der Herr so rasch an sich nahm, dass Gerrit es gar nicht festhalten konnte. Er hatte kein gutes Gefühl, der Mann war unfreundlich, herrisch und kalt.

„Ihr könnt hier arbeiten, wenn ihr fleißig seid, gibt es auch Entlohnung, der Malon da“, er zeigte auf den Mürrischen, „wird euch alles erklären. Er kümmert sich um die jungen Arbeiter.“

Gerrit fragte sich, was der Herr wohl darunter verstand. Es kamen ihm leise Zweifel, als der Herr ohne weitere Worte wegging und der mürrische Malon ihnen Plätze zum Übernachten zuwies, die ziemlich weit voneinander entfernt waren.
Er zeigte ihnen noch die Wasserstelle sowie die Latrine, sagte: „Morgen, gleich früh, geht’s los!“, und verschwand.

Als es dunkel wurde, kamen mehrere kleine ungepflegte, heruntergekommene Gestalten, einige fast noch Kinder, Jungen, aber auch drei Mädchen waren dabei. Nachdem sie an der Wasserstelle getrunken und ein wenig Hände und Gesicht gewaschen hatten, gingen sie an ihre Schlafplätze, kramten einige Essensreste hervor, kauten schweigend und schauten im Schein des kleinen Feuers auf die Neuankömmlinge.

Gerrit konnte in ihren leeren Gesichtern keine Gefühlsregung erkennen, aber vielleicht hing das auch mit der schlechten Beleuchtung zusammen.

Schließlich fragte Teo einen der Jungen, der ein wenig zugewandt erschien: „Wie ist es denn hier so?"

Der schaute zunächst abwägend auf Gerrit und Teo und sagte dann: „Arbeit in engen Löchern von früh bis spät, schlechtes Essen und gefährlich ist es auch noch."

„Gefährlich?", fragte Gerrit.

„Das wirst du schon noch sehen", antwortete der Junge und streckte auf seinem Schlafplatz die Beine aus.

Am folgenden Morgen wurde Gerrit durch Unruhe, lautes Reden und einige Kommandos des mürrischen Malon geweckt. Die jungen, zum Teil noch kindlichen Arbeiterinnen und Arbeiter, zogen rasch los und der Mürrische forderte Gerrit und Teo auf, mit ihm zu kommen. Er führte sie aus der Festung weit durch den Wald zu einem Platz, auf dem einige Hütten standen. Allerhand Gerät lag und stand herum. Das meiste war den Jungen fremd. Unterschiedliches Gestein war zu sehen in Tragekörben und Kisten, zum Teil grau, bläulich, zum Teil hell, gelblich und weiß: Feuerstein.

Malon klopfte mit einer Hacke aus Hirschhorn ein Stück von einem Gesteinsbrocken ab und sagte: „So könnt ihr den Feuerstein gewinnen."

Dann gab er beiden jeweils eine solche Hacke sowie einen Korb und führte sie zu einem beängstigend tiefen Loch, in dem schräg ein schlanker Mast stand, in den Querhölzer eingefügt waren.

„Da kletterst du runter, am Grund der Löcher verläuft eine ergiebige Schicht aus Feuerstein, da hackst du los, was du kriegen kannst. Von Zeit zu Zeit kommen die erfahrenen Arbeiter und ziehen die Ausbeute mit einem Seil hinauf", brummte er in Gerrits Richtung. Und zu Teo gewandt: „Das gilt auch für dich, dein Loch ist dahinten, komm mit!"

Das Loch war fast so tief, wie drei Männer lang sind. Gerrit kroch an der dicken Stange hinab. Er hatte Angst, das Loch war sehr eng, und in der Tiefe musste er sich zusammenrollen, wie eine Schlange. Am Grund des Loches sah er tatsächlich Feuerstein, aber auch eine große Wasserpfütze. Es gelang ihm, am Rand des Loches, wo kein hartes Gestein war, etwas Geröll herauszuhacken, so dass der größte Teil des Wassers aus der Pfütze abfloss. Dann klopfte er mit seiner Hacke auf dem Feuerstein herum, etwa so, wie Malon es erklärt hatte. Es tat sich nichts, und er hatte Angst, diese angeblich so wertvolle Hirschhornhacke zu beschädigen. Erst gegen Mittag gelang es ihm, einige Feuersteinsplitter abzuschlagen, indem er mit einem faustgroßen Stein auf das Ende des Hirschhorns hämmerte.

Als er dann vorsichtig nach oben gestiegen war, um Wasser zu lassen, wurde er von dem Vorarbeiter angeraunzt, er könne ja auch in seinem Loch pinkeln, manche Arbeiter hätten gar keinen Steigbaum, und er solle sich mal anstrengen, dass er am Abend genügend Feuerstein nach oben bringe.

Gerrit aß hastig seine kleine Proviantration, trank etwas aus seinem Wasserschlauch und krabbelte wieder in das Loch hinunter. Er hackte und hackte. Schließlich nahte der Abend, alle Knochen schmerzten, er stieg hinauf und zeigte seine Ausbeute vor.

Malon lachte unfreundlich: „Das ist nicht gerade überzeugend, vielleicht hast du zu viel gepinkelt", meinte er und wandte sich ab.

Teo war es ähnlich ergangen und die Jungen waren sehr bedrückt. Gerrit sah, wie in einige Gruben, die besonders eng waren, Kinder mit Seilen hinuntergelassen und ermahnt wurden, nur fleißig zu hacken. Mittags wurden sie heraufgezogen, sie konnten dann eine kleine Pause machen. Aber Gerrit hatte den Eindruck, das geschah hauptsächlich, um sogleich die gewonnenen Feuersteinstücke und andere Gesteinsarten zu sichten und für die unterschiedlichen Verwendungen zu verteilen, wie etwa zum weiteren Transport in andere Regionen, aus denen Händler gekommen waren, oder zur Vorbereitung für die Herstellung von Werkzeug.

Die abendlichen Gänge von den Arbeitsplätzen zurück in die Festung und dann zur Wasserstelle sowie zur Latrine weitete Gerrit langsam aus, um mehr und mehr zu sehen und zu erfahren von dieser riesigen Anlage.

Aus Feuerstein wurden Dolche, Messer, und verschiedene Spitzen hergestellt für Harpunen, Speere, Pfeile und Bohrer, aus anderem Gestein Beile, Äxte und Hacken. Oft wurden diese Teile auch nur vorgefertigt und dann zur weiteren Bearbeitung an Händler verkauft. Manche Geräte vollendete man in den Werkstätten vor Ort. Eine besondere Kunst war es, die Verbindung herzustellen zwischen dem scharfen oder spitzen steinernen Anteil und einem Stab, Handgriff oder Schaft aus Holz.

Beile wurden zum Teil mit einem Hirschhornbohrer am stumpfen Ende durchbohrt. Eine solche Bohrung dauerte einige Tage. Manchmal bekamen Beile eine Rille und ein Holzschaft, genau passend gesägt, geschnitten und geschabt, wurde in die Rille eingeleimt und zusätzlich mit Lederschnüren befestigt. Die Handwerker, die solche Vorgänge leiteten und die verschiedenen Verfahren beherrschten, waren sehr angesehen.

Die geheimnisvolle Zubereitung der Klebemittel war die Kunst eines einzigen Mannes, dem eine alte Frau half, die seltsame Bewegungen über dem kochenden Leim ausführte und dabei irgendwelche Sprüche murmelte.

Das Essen war knapp und äußerst langweilig, gerade noch ausreichend, um die Arbeitskraft zu erhalten, stellte Gerrit fest. Den hohen Herrn, der bei der Ankunft kurz mit ihnen gesprochen hatte, sahen sie bisweilen mit irgendwelchen unterschiedlich gekleideten Männern, offenbar Händlern aus anderen Ländern, die Knechte bei sich hatten mit Traggestellen auf dem Rücken für Säcke und Körbe. Oft wurde der wertvolle Stein mit Booten weiterbefördert, was aber wohl nur flussabwärts möglich war. Manchmal wurden auch Packpferde beladen.

Der Winter kam ins Land, stürmisch und kalt. Als einige Schneeschauer den Boden matschig machten, keine Händler mehr auftauchten, um Feuerstein zu kaufen und die Nachfrage ausblieb, wurden die Schürfarbeiten eingestellt. An manchen besonders ergiebigen Löchern stützte man die Seitenwände an brüchigen Stellen mit Holzstangen ab, damit im Winter nicht zu viel Erde und Geröll nachrutschte und das enge Grabungsloch verschüttete.

Dann wurden die jungen Arbeiterinnen und Arbeiter zu Tätigkeiten in den Nebengebäuden herangezogen: Steine sortieren, anbohren, durchbohren, schleifen, polieren, Tiere füttern, Ställe säubern, im Wald Holz und möglichst etwas Essbares für Mensch und Tier sammeln. Malon fiel immer etwas ein, aber diese Tätigkeiten waren nicht zu vergleichen mit der Schinderei beim Feuersteinabbau. Auch das Essen war etwas besser, so dass die jungen Arbeiter sich ein wenig erholen konnten.

Gerrit war froh, dass er für Arbeiten im Stall und für die Versorgung der Tiere eingeteilt war. Nicht nur die Kleintiere sondern auch Schweine, Ziegen und die allermeisten Rinder waren im Winter in den Stallungen, da es draußen zu kalt war, wenig Futter gab und insbesondere die Gefahren durch wilde Tiere zu groß waren.

Eines der Mädchen war Gerrit schon öfter aufgefallen. Sie wurde beim Feuersteinabbau immer in die engsten Löcher geschickt und oft mit einem Seil abgelassen. Sie hieß Eika und hatte rote Haare und grüne Augen. Obwohl sie schön aussah, lachte sie nie, aber Gerrit mochte sie und war froh, wenn er mit ihr zusammenarbeiten konnte.

Ihr Blick hatte einen Sog, der ihn mehr und mehr fesselte. Die geschmeidigen Bewegungen ihrer schlanken, kleinen Gestalt erweckten in ihm den Wunsch nach Zärtlichkeit. Sie war nicht abgeneigt und es gelang ihnen mehrmals, sich in den Heulagern der Tierställe zu treffen. Die Begegnungen waren kurz, sie mussten ihre Körper hastig erforschen, genossen aber die Liebesspiele und sehnten sich danach.

An einem Tag mitten im Winter half sie ihm beim Füttern der Tiere. Das Heu war über den Ställen unter dem Dach gelagert. Der Boden der Lagerräume, die man mit Steigbäumen erreichen konnte, bestand aus eng zusammengefügten, dünnen Baumstämmen. Der Ostwind zog in die Tierställe, besonders in die Dachgeschosse.

Eika schaufelte mit einer sperrigen Astgabel Heu und warf es von oben herunter in einen Futterkasten. Dabei rutschte sie ab, verrenkte sich an einer Leitersprosse das rechte Bein, stürzte und schlug mit dem Kopf auf die Kante des Futterkastens auf. Sie war benommen. Eine Kopfwunde an der rechten Scheitelseite blutete stark, und das Bein war im Knie verdreht. Gerrit sprang sofort zu ihr, hielt den Kopf und drückte auf die Wunde, um die Blutung aus der geplatzten Kopfschwarte zu verringern.

Er rief um Hilfe, es dauerte eine Weile bis ein Arbeiter herankam, ziemlich langsam und lustlos.

„Na ja, dann bringen wir sie mal zu den Leimkochern", meinte er. „Die sind für so was zuständig. Aber das wird ja doch nichts."

Immerhin half er Gerrit, das Mädchen in die Werkstatt zu bringen, wo der Leimkocher und seine Helferin gerade mit der Zubereitung von Suppe beschäftigt waren. Die alte Frau schaute sich die Kopfwunde an, reinigte sie notdürftig mit einem Lappen und stopfte getrocknete Spitzwegerichblätter hinein.

„Du kannst ja mal etwas drücken", sagte sie durch ihre Zahnlücken hindurch und grinste Gerrit an.

Der Leimkocher betrachtete die verletzte Eika. „Wir müssen das Knie einrenken", murmelte er, und zu der alten Frau gewandt: „Hol mal was von deinem Saft gegen die Schmerzen!"

Er kramte in einem Stapel mit Holzstöcken, suchte einige heraus, die nicht ganz so lang waren, wie das Bein des verletzten Mädchens, das am Boden lag und stöhnte. Die alte Frau flößte ihr Saft ein, den sie aus einem Tongefäß in einen kleinen Becher abgefüllt hatte. Dann holte sie noch einige kräftige Lederstreifen und Hanfschnüre.

Das ging alles ziemlich langsam, Gerrit drückte da, wo er die Ränder der Kopfschwarte vermutete, aber das Blut sickerte weiter.

„Lass da oben mal los!“, sagte der Leimer zu Gerrit. „Da kannst du sowieso nichts machen. Pack die Kleine unter den Achseln, ich muss an dem Bein ziehen.“

Gerrit spreizte die Beine, legte den Kopf des Mädchens in seinen Schoß, schob seine Unterarme unter ihren Achseln durch, winkelte die Ellenbogen an und der Leimer riss das Bein nach unten. Es knackte, aber das Bein war im Kniegelenk noch immer verdreht. Eika wimmerte laut, sie war unruhig, aber nicht wirklich wach. Die alte Frau und der Leimer wickelten vier kräftige Stöcke an das Bein, so dass es im Kniegelenk nicht bewegt werden konnte. Dann halfen sie Gerrit, das Mädchen zu ihrem Schlafplatz zu bringen.

„Du kannst ja mal nach ihr sehen, aber vergiss deine Arbeit nicht!“, sagte der Leimer und ging in seine Werkstatt zurück.

Gerrit hatte Angst, er wollte Eika etwas Wasser einflößen, aber sie spuckte es aus und wimmerte vor Schmerzen. Sie war sehr blass, die Kopfwunde blutete immer noch ein wenig. Gerrit verrichtete im Stall das Notwendigste der Arbeit, für die er zuständig war.

Am Abend ging er wieder zu Eika und hockte sich neben sie. Sie wirkte sehr schwach, gab keine klaren Antworten, murmelte unverständlich und stöhnte leise vor sich hin. Gerrit legte sich einfach neben sie und schlief dann doch ein, aber die Nacht war unruhig, Eika stöhnte und schrie bisweilen verängstigt. Gerrit versuchte, sie zu beruhigen, sprach leise auf sie ein, er konnte aber kaum etwas tun, zumal es in dem Raum einfach zu finster war.

Am darauf folgenden Tag änderte sich wenig. Einige Male gelang es Gerrit sogar, der Kranken einen Schluck Wasser einzuflößen, dem er einen Beruhigungssaft aus Kräutern beigemischt hatte, der auch Schmerzen lindern sollte. Da er seine Arbeit leisten musste, bei der er nur wenig Hilfe von einem Jungen bekam, der auf der anderen Seite des Stalles tätig war, blieb wenig Zeit für die Kranke, der er sich erst abends wieder mehr widmen konnte.

Sie war nicht wacher geworden, antwortete nicht auf Fragen, hatte die Augen geschlossen und zappelte bisweilen mit den Armen und dem gesunden Bein. Die Nacht war ruhiger, aber Eika wurde schwächer.

In den nächsten Tagen lief aus der Kopfwunde eine Flüssigkeit, wässrig, dann gelblich trübe. Die Kranke fühlte sich heiß an, bisweilen streckte sie den Kopf nach hinten und zuckte mit den Armen. Weder der Leimer, der versucht hatte, das Bein einzurenken, noch die alte Frau, die ihm geholfen hatte, schauten nach dem kranken Mädchen.

Als Gerrit die Frau um Rat fragte, zuckte sie die Achseln und sagte: „Da kann man nichts machen, da kommt eine neue Arbeiterin."

Er war verzweifelt, Eika wurde immer elender. Bald bewegte sie sich nicht mehr, die Atmung wurde röchelnd, unregelmäßig, hörte schließlich ganz auf, und am siebten Tag nach dem Sturz war das Mädchen tot.

Leer und kraftlos saß Gerrit neben ihr und weinte. Der junge Arbeiter, der ihm schon mal geholfen hatte, kam vorbei.

„Fütterst du die Rinder nicht?", fragte er, sah dann das tote Mädchen und meinte: „Ich hole mal die Alte."

Nach einer Weile kam er mit dieser und dem Leimer zurück. Der schaute doch etwas betreten drein.

„Schade, vor einiger Zeit war ein Schamane mit seiner Frau und Tochter hier in der Gegend, der konnte mit Kopfverletzungen gut umgehen, er ist aber bald wieder abgezogen. Er wollte zum Oberlauf des Flusses hatte er gesagt, dort seien Heiler, die sich besonders mit Kopfverletzungen beschäftigen würden. Na ja, wir können es halt nicht besser", stellte er fest.

„Wir sagen dem Herrn Bescheid", sagte die alte Frau, zuckte die Achseln und die beiden gingen weg.

Vor der befestigten Anlage gab es ein kleines Gräberfeld. Der Winter ging zwar bereits dem Ende zu, aber oberflächlich war der Boden noch gefroren und sie mussten zunächst hacken, bis sie tief genug waren, um eine Grube auszuheben, tief genug, bis der erstarrte Leichnam des Mädchens in Seitenlage genügend Platz für die Totenruhe hatte.

Gerrit gab Eika eine der Muscheln in die Hand, die er damals nach dem Kampf mit der Schlange gefunden hatte. Dann wurde die Grube zugeschaufelt. Gerrit setzte sich auf einen Stein, den er am Kopfende auf das Grab gelegt hatte und ließ es zu, dass alle Gedanken aus ihm herausströmten und sein Kopf ganz leer wurde.

Die Zeit schien stehengeblieben zu sein, als er einen sirrend pfeifenden Schrei hörte. Auf dem untersten Ast der großen Eiche gleich neben dem Gräberfeld saß der Bussard, und mit dem Auge, das ihm zugewandt war, schaute er Gerrit an, der das Gefühl hatte, als käme aus dem kleinen Auge des großen Vogels ein zarter silberner Lichtstrahl genau zu ihm. Dann erhob sich der Bussard, zog einige Kreise über dem Gräberfeld, wo er mit wenigen Flügelschlägen Höhe gewann. Er stieß noch einmal den pfeifenden klagenden Schrei aus, dessen Nachhall an Ferne denken ließ, schoss dann aus der Höhe mit angelegten Schwingen zum großen Mutterfluss hinab, breitete seine Flügel wieder aus und flog flussaufwärts davon.

Gerrit wusste, was er zu tun hatte.

Der Winter war noch nicht vorbei, es stürmte und ab und an gab es Schneeschauer, aber es war nicht mehr eiskalt. Gerrit versteckte seinen Fellsack hinter dem Schlaflager in einer dunklen Ecke und sammelte, soweit möglich, etwas haltbaren Proviant: Dörrfleisch, Fladenbrot, getrocknete Kräuter, Nüsse und Gemüseknollen.

Als das Wetter sich beruhigte und der Boden nicht mehr gefroren war, begannen die Vorbereitungen für den Feuersteinabbau. Die Löcher wurden freigelegt, da doch an einigen Stellen aus den Seitenwänden Gestein und Erdreich herausgerutscht war und in der Tiefe die Abbaufläche verdeckt hatte.

Gerrit musste natürlich mitarbeiten, er bemühte sich auch und achtete darauf, dass sein geringer Einsatz und seine trübe Stimmung nicht allzu sehr auffielen. Dabei konnte er feststellen, dass seine jungen, zum Teil sogar noch kindlichen Mitstreiter auch oft nicht wirklich bei der Sache waren. Es wurde über das verstorbene Mädchen gesprochen, über die Gefahren bei der Arbeit, und einige berichteten, dass sie auch schon Verletzungen erlitten hatten.

Gerrit fragte Malon, ob die Eltern von Eika irgendwie Nachricht bekommen würden, aber der zuckte nur mit den Achseln, das sei wohl Sache des Herrn, meinte er. Zu diesem vorzudringen traute Gerrit sich nicht, beobachtete aber sehr genau alle Vorgänge und Aktivitäten in der befestigten Anlage und im Abbaugebiet.

Er war entschlossen zu verschwinden und zuerst wollte er nach Hause zu seinen Eltern und der kleinen Schwester. Aber er würde seinen Plan, den großen Mutterfluss hinaufzuziehen, um die Heiler zu finden, die sich mit Kopfverletzungen auskannten, weiter verfolgen.

Er war sich nicht sicher, ob er den Herrn und Lenker des Steinabbaus, zu dem sie vom Großherrn geschickt worden waren, um seine Entlassung bitten sollte. Vor allem, wenn er an die Schwäche und geringe Anzahl der Bergarbeiter und -arbeiterinnen dachte und sich erinnerte, wie wenig sich der Herr um diese Menschen kümmerte. Er hatte nicht einmal nach der schwer kranken und sterbenden Eika geschaut, auch war er nicht zu deren Bestattung erschienen.

Es wurde zwar nicht gern gesehen, aber Gerrit ging zu dem Nebengebäude, wo sein Freund Teo arbeitete und er berichtete ihm von seinen Plänen.

„Ich hab mir schon so was gedacht“, meinte der. „Du kannst dir sicher gut vorstellen, dass ich auch verschwinden will. Den Sommer sollte ich noch durchhalten, dann will ich nach Hause. Sag meinen Eltern Bescheid, im Übrigen ist es besser, wenn die uns hier nicht allzu lange zusammen sehen. Ich glaube, sie haben Angst vor Meutereien.“

Er grinste ein wenig schief, legte Gerrit kurz die Hand auf die Schulter und wandte sich wieder seiner Arbeit zu.

Obwohl er diesen mit zwei Wällen befestigten Ort schon gut kannte, beobachtete Gerrit weiter möglichst unauffällig, einige Male sogar nachts, was vor sich ging. Er achtete auf die Gewohnheiten der Handwerker und ganz besonders der Wächter, die oft von Hunden begleitet wurden.

Die beiden großen Schiebetore hatten zusätzlich kleine Türen, die meistens offenstanden, und durch die eine Person hindurchgehen konnte. Man verließ sich offenbar auf die Wachen und auf die breiten Balken, die vor den Toren über den äußeren Graben führten, welche man im Falle der Gefahr hinaufziehen konnte.

Den doppelten Wall zu überwinden, dessen äußerer Ring mit Palisaden bestückt war, hielt Gerrit für unmöglich. Das Tor zur Flussseite hin war nachts geschlossen. Zur Landseite dagegen blieb offensichtlich die kleine Tür geöffnet, aber es war stets ein Wächter in der Nähe. Menschen gingen auch spätabends noch hin und her, die kannte der Wächter in der Regel, oft redeten sie auch kurz miteinander. Eine Wachablösung erfolgte etwa um Mitternacht, der ermüdete Wachmann sprach dann noch mit seiner Ablösung, die den Dienst bis zum Morgen versah.

Wenn nun Gerrit mit seinem Tragesack und mit Waffen – den Dolch konnte er verstecken, mit Pfeil und Bogen war es schon schwieriger – durch die Tür nach draußen gehen würde, wäre er auffällig, würde angehalten und gefragt, was er vorhabe, gleichgültig ob am Tag oder in der Nacht. Dann würde sich auch der Herr der gesamten Anlage plötzlich für ihn interessieren, da war Gerrit sich ziemlich sicher.

Also wartete er eine Nacht mit spätem Aufgang des Mondes ab, in der es noch dazu kühl und windig war. Die Ausrüstung hatte er gut vorbereitet, im Gürtelbeutel befanden sich sein Messer, drei Angelhaken, zwei Bohrer, einige Kräuter und Blätter sowie ein kleiner Krug. An der Schnur um seinen Hals hing das winzige Täschchen, das nur Nadel und Faden sowie die Perlenmuschel enthielt. Im großen Sack waren Proviant, ein

Wasserschlauch, weitere Hanfschnüre sowie drei Speer- und einige Pfeilspitzen. Das Feuerzeug war wasserdicht verpackt. Den Dolch, auch einen Köcher mit Pfeilen, hatte er am Gürtel befestigt, unter dem ledernen Umhang nicht sichtbar. Am Bogen hatte er die Sehne entspannt, in der Hoffnung, dass dieser so wie ein längerer Wanderstab aussah.

Als es fast völlig dunkel war, ging er langsam zu dem landseitigen Ausgang des Lagers. Eine Fackel rechts am Tor gab mit kleiner unruhiger Flamme ein wenig Licht, so dass er gerade eben den Wächter sehen konnte, der, die Hände auf dem Rücken, vor dem Tor langsam auf und ab schlenderte.

Gerrit ging an der linken Seite des Weges so nah wie möglich an das Tor heran, drückte sich an die Wand des Hauses und wartete. Nach einer langen Weile ging der Mann ein kleines Stück von der Fackel weg ortseinwärts, wo ein Baum stand, nahm die Hände vom Rücken, öffnete vorne seinen Umhang und schob den Lendenschurz beiseite. Obwohl Gerrit sein Herz klopfen hörte, musste er grinsen und ging langsam durch die kleine Tür hinaus.

Zwar kannte er hier den Weg und das Gelände, aber die Dunkelheit erschwerte sein Fortkommen. Er gelangte an einigen Feldern und Weiden vorbei zum Wald, hockte sich auf einen Baumstamm und atmete durch. Er fühlte große Erleichterung, dass es ihm für's erste einfach so gelungen war, zu entwischen. Die nächtlichen Geräusche des Waldes beruhigten ihn, besonders der nahe Ruf der Waldeule. Er döste vor sich hin, bemerkte aber, dass offenbar der Wind die Regenwolken vertrieben hatte. So bekam der inzwischen aufgegangene Mond Gelegenheit, gerade so viel Licht zwischen den Baumwipfeln hindurchzuschicken, dass ein Wanderer langsam gehen konnte.

Gerrit raffte sich auf und marschierte landeinwärts, weg vom befestigten Lager und schließlich weg vom Steinabbaugebiet.

Abschied von der Sippe

Als der Morgen graute, stellte er erleichtert fest, dass es ein guter Tag werden würde. Der Himmel war fast wolkenlos, die Kälte der Nacht wich der Milde des Morgens und die Vögel machten einen fast ohrenbetäubenden Lärm. Obwohl Gerrit mit einer Verfolgung nicht rechnete und ihm die Beine schwer wurden nach der nächtlichen Wanderung, ging er noch ein gutes Stück durch ein Bachbett, barfuß im kalten Wasser.

Gegen Mittag hielt er die Strecke, auf der er weder sichtbare noch mit Geruch wahrnehmbare Spuren hinterlassen hatte, für lang genug, spannte die Sehne seines Bogens wieder und rastete auf einer kleinen Kiesbank unter den Zweigen eines Weidenbaumes, streckte die Füße aus dem Schatten heraus in die Sonne und döste vor sich hin.

Obwohl er oft traurig war und an das verstorbene Mädchen Eika und den zurückgelassenen Teo dachte, war er froh, dass er diesem Bergwerk entronnen war.

Eine Zeit lang würde er wohl bei seinen Eltern bleiben und auch Teos Eltern besuchen und berichten. Den Eltern aber und seiner Schwester würde er erklären, dass er nicht bleiben könne, sondern in die Ferne ziehen müsse.

Nach der erholsamen Mittagspause kam er gut voran und bewältigte die Strecke nach Hause in wenigen Tagen. Die Eltern waren glücklich und schlossen ihren Sohn in die Arme.

Die kleine Schwester, inzwischen genauso groß wie Gerrit, entwickelte sich zu einer hübschen jungen Frau. Sie hatte weißblonde Haare, helle graugrüne Augen, und wohl die langen Beine des Vaters geerbt.

Nun hüpfte sie vor Freude und sang: „Oh, du schöner Tag! Oh, du lieber Tag! Nun gibst du mir den Bruder wieder, den ich so gerne mag!“

Als Gerrit berichtete, sah und fühlte er, dass die Zeit an den Eltern Spuren hinterlassen hatte, wie auch an ihm selbst. Bevor der Tag zu Ende ging, besuchte er Teos Eltern, richtete die

Grüße ihres Sohnes aus und erzählte auch ihnen von der Arbeit und den Zuständen im Bergwerk, die er nicht mehr hatte ertragen können. Er verschwieg auch hier zunächst den Unfall und das Sterben von Eika, aber er teilte ihnen mit, dass auch ihr Sohn die Absicht habe, nach dem Sommer das Bergwerk zu verlassen.

„Gut, dass ich das weiß", sagte Teos Vater. „Wenn das nicht klappt, gehe ich los und hole ihn."

Sie unterhielten sich noch etwas über vergangene Zeiten. Als Gerrit sich verabschiedete und aufbrach, war es schon ganz dunkel geworden, aber er kannte den Weg auswendig.

Während der folgenden Monde half er, den Boden zu hacken und Steine herauszunehmen, die am Rande des Ackers dann eine Begrenzung des Feldes bildeten. Das Einbringen der Saat ließ der Vater sich nicht nehmen, er musste das immer selbst machen, wie auch die Betreuung der Rinder und des Ochsen, auf den er besonders stolz war.

Gerrit erzählte den Eltern eines Abends ausführlich von Eikas Unfall und den Folgen. Da erklärte der Vater, er würde die Eltern flüchtig kennen, sie würden in einer Ortschaft am großen Strom flussabwärts vom Bergwerk leben, hätten nur eine kleine Hütte und keinerlei Wohlstand. Am Ende des Sommers wolle er im Bergwerk eine Hacke und ein scharfes Beil erstehen, er würde sich bei dieser Gelegenheit erkundigen, ob und wie Eikas Eltern über den Tod ihrer Tochter Bescheid bekommen hätten.

Ein schöner Sommer zog ins Land. Die Mischung aus Sonne, Wärme und Regen wirkte sich günstig aus auf Wachstum und Ernte sowie auf das Gedeihen und Vermehren der Tiere.

Im Spätherbst beschlossen die Väter von Gerrit und Teo, zum Bergwerk zu gehen und zu versuchen, mit dem verantwortlichen Herrn dort zu sprechen. Die Familien waren voller Spannung, und es dauerte eine halbe Mondzeit bis sie zurückkamen.

Aber der Besuch hatte sich gelohnt: Teo war bei ihnen. Gerrit war so gerührt, dass er sich ein paar Tränen nicht verkneifen konnte. Die Väter berichteten, dass sie dem Herrn des Bergwerks doch etwas zugesetzt hätten und er habe geschworen, Eikas Eltern rechtzeitig und gebührend über den Tod ihrer Tochter informiert zu haben. Gerrits Verschwinden hatte der Herr mit leichtem Bedauern erwähnt und gab sich dann sogar erleichtert, als er hörte, dass dieser heil und gesund zu Hause angekommen war.

Bei den Vätern von Gerrit und Teo war ein Rest von Misstrauen zurückgeblieben, aber insgesamt waren sie mit dem Ergebnis ihrer Unternehmung zufrieden, zumal sie auch einige gute Werkzeuge in der Anlage erstanden hatten, zu sehr günstigen Bedingungen, weil sie auf die Arbeit ihrer Söhne hingewiesen hatten, wie Gerrits Vater mit einem angedeutet verschmitzten Lächeln erklärte.

Teo und Gerrit saßen an den langen Winterabenden gern zusammen, unterhielten sich über die vergangenen Zeiten und träumten von der Zukunft.

Gerrit war seiner Idee treu geblieben und bestätigte den Eltern, was er zuvor schon einige Male bekräftigt hatte: „Ich will den großen Mutterfluss hinaufziehen, es gibt dort Heiler und Schamanen, ich möchte sehen und lernen, wie sie die Wunden versorgen, Krankheiten und auch Schädelverletzungen behandeln."

Er half noch mit beim Fällen einiger Bäume und dem Bestellen des Ackers, aber etwa zur Zeit der Sommersonnenwende packte Gerrit seine bewährte Ausrüstung zusammen, die er genau überprüfte und noch ein wenig verbesserte. Der Grasmantel war noch gut zum Schutz gegen Regen und zusammen mit einem Fell groß genug für einen nächtlichen Unterschlupf. Von der Mutter bekam er kleine Fläschchen mit wirksamen Tropfen gegen Schmerzen und Unruhe, von seinem Vater einige Pfeilspitzen mit scharfen Widerhaken, und Teos Vater suchte zwei feine Angelhaken heraus.

Die Eltern schauten sehr nachdenklich, winkten ihm lange nach und Raitina weinte, als er loszog.

Der Abschied war sehr schwer gefallen. Die kleine Schwester war eine junge Frau geworden, sie würde sich einen Mann nehmen, das Leben im großen Langhaus der Eltern würde weitergehen. Die Eltern würden ihre Arbeit haben, Mägde und Knechte waren ja auch noch da, und der Vater könnte säen und ernten, hatte Rinder, einen Ochsen und andere Tiere, beruhigte Gerrit sein Gewissen. Aber er festigte seinen Entschluss, den Schamanen zu suchen und dessen Kunst zu erlernen.

Gerrit hatte jetzt achtzehn Sommer erlebt, fühlte sich als junger Mann, träumte oft von Eika und war traurig, dass ihre Liebe nur von so kurzer Dauer gewesen war. Er war nicht so groß wie der Vater und viele junge Männer seines Alters. Seine Augen waren blaugrün, die weichen Haare lang, hellbraun; er hatte sie fast immer mit einem Bändchen oder Grashalm am Hinterkopf zusammengebunden. Seine Barthaare waren nur ein zarter Flaum, kaum sichtbar. Er war schlank aber kräftig, ausdauernd und muskulös. Er besaß Geschick, hatte viel gelernt und war auch bereit, Entbehrungen zu ertragen, um ein Ziel zu erreichen. Besonders verstand er es, im freien Gelände zu leben und zu überleben, die Welt und alle ihre Geschöpfe, Pflanzen und Tiere in der Luft, auf der Erde und im Wasser zu beobachten und aus der stets sich wandelnden Natur zu lernen.

Er hatte auch erfahren wie schön es ist, Eltern, Geschwister, Freunde und Bekannte zu haben, mit Menschen zusammen zu sein, Freude gemeinsam zu genießen, aber auch sich in Leid und Elend gegenseitig zu helfen.

Um diese Hilfe leisten zu können, gerade bei Krankheiten, Verletzungen, Ängsten und Verzweiflung, brauchte man Kenntnisse. Das hatte er gesehen und durch die guten Behandlungen erfahren, die vor langer Zeit der Schamane und die Angehörigen nach dem Angriff auf seinen Heimatort geleistet hatten. Wie schlecht sich fehlendes Wissen auswirkt, hatte er erlebt bei den unglücklichen Maßnahmen des Leimers und seiner Helferin an der verletzten Eika.

Er wollte den großen Mutterfluss oberhalb seines Durchbruchs durch die Felsen und entfernt vom Bergwerk erreichen. Zunächst ging er wieder zu seinem kleinen Heimatfluss hinab und an diesem entlang aufwärts. Er watete hindurch und bevor er den Sitz des Großherrn erreichte, wandte er sich vom Wasserlauf ab und ging durch hügeliges Waldgebiet etwa in die Richtung des Sonnenstandes am Nachmittag.

Begünstigt durch ruhiges Sommerwetter erreichte er schon nach wenigen Tagen einen Fluss, etwa so groß wie sein heimatliches Gewässer. Er wusste, dass dieser in der Richtung fließend, aus der die Sonne niemals schien, auch den großen Mutterfluss erreichen würde. Also ging er ein kleines Stück an diesem Fluss entlang bis es Abend wurde. Die Sonne verschwand hinter einigen Wolken, welche aus der Richtung herbeizogen, in die er endgültig gehen musste. Obwohl ein leichter Nieselregen einsetzte, war er guter Dinge, baute sein kleines Zelt für die Nacht auf, kroch hinein und träumte von einer großen Wanderung.

Bei Tagesanbruch wachte er auf, krabbelte aus dem Zelt, rieb sich den Schlaf aus den Augen und ging zu seinem Proviantbeutel, den er in einem Baum vom Schlafplatz entfernt, aufgehängt hatte. Der Sack war völlig unberührt und er verzehrte etwas Fladenbrot, einige Nüsse und Kräuter zum Frühstück. Dann baute er das Zelt ab, packte seine Habseligkeiten in den großen Fellsack, der zusammen mit der Rückentrage nicht gerade leicht war und marschierte entschlossen in die Richtung, die auch der Fluss nahm.

Das Gelände war weiterhin hügelig, der Wald nicht mehr so dicht, wie in den Bergen zwischen den Flüssen, und bisweilen stieß er auf Pfade, wo scheinbar auch Menschen gegangen waren, so dass er gut vorwärts kam, wie er erleichtert feststellte. Die Flusslandschaft wurde jetzt offener, es gab Auen mit lockerem Nadelwald und zarten Bäumen, mit kleinen Blättern und hellen Stämmen. In der Nähe des Wassers fanden sich Sand- und Kiesbänke mit Weidengebüsch.

Gegen Mittag sah er plötzlich einige Hasen. Zwischen zwei Büschen blieb er stehen, nahm den Bogen zur Hand, legte einen Pfeil auf die Sehne und wartete. Die Hasen bemerkten ihn nicht und hoppelten umher. Als einer sitzen blieb, um eine gelbe Blume zu naschen und ihm somit seine Seite bot, spannte er den Bogen, zielte sorgfältig und ließ den Pfeil schwirren. Der Hase machte noch einen kleinen Satz und blieb dann reglos liegen. Gerrit ging zu dem toten Tier, strich ihm über den Kopf, schnitt ihm mit dem kleinem sehr scharfen Feuersteinmesser die Brust auf, zog den Pfeil in Schussrichtung hinaus, schlürfte etwas von dem Blut, schnitt das durchbohrte Herz aus dem Brustkorb heraus und aß es auf. Es schmeckte gut. Er wickelte den Hasen in ein Stück weiches, glattes Leder, verstaute ihn in seinem großen Beutel, trank reichlich Wasser und marschierte weiter.

Gegen Mittag hatte er die Sonne im Rücken, wenn er flussabwärts ging, also lief er richtig. Die zahlreichen Schleifen und Bögen des kleinen Flusses versuchte er abzukürzen, indem er einige Male an flachen Stellen den Wasserlauf durchquerte.

Am späten Nachmittag näherte er sich einer Siedlung: Schon aus der Ferne sah er einige Langhäuser, umgeben von Wiesen und Äckern. Drei Frauen bearbeiteten den Boden mit ihren Hacken. Zwei Hunde rannten ihm wild kläffend entgegen und sprangen an seiner Rückentrage hoch, sie rochen offenbar den Hasen im Beutel. Die Frauen riefen die Hunde zurück, diese zerrten nicht mehr ganz so grob, aber gehorchten nicht wirklich. Gerrit ging auf die Frauen zu.

„Ich grüße euch", sagte er. „Ich bin Wanderer, möchte am großen Mutterfluss hinaufziehen und jetzt eine Rast machen."

Die Älteste der drei Frauen schaute ihn ernst und prüfend an. „Warte hier eine Weile!", sagte sie. „Gleich gehen wir zum Haus, dann kannst du mitkommen."

Die Hunde benahmen sich jetzt etwas besser. Die beiden jungen Frauen, eigentlich fast noch Mädchen, grinsten, lachten dann und lockerten weiter den Boden. Als sie an das Ende des Feldes gelangt waren, streckte sich die ältere Frau.

„Das reicht für heute“, meinte sie und massierte mit den Fingern ihren Rücken. Dann schulterten die drei Frauen ihre Hacken und winkten Gerrit, er solle mit ihnen gehen. Der nahm sein Gepäck auf den Rücken, den Bogen über die linke Schulter, und benutzte den Speer als Wanderstock. Man konnte sehen, dass er ganz ordentlich bewaffnet war. Das schien die Mädchen nicht übermäßig zu beeindrucken, sie grinsten wieder und alle gingen auf das Langhaus zu, dessen Tor weit offen war. Die Frauen brachten ihre Hacken im Eingangsbereich unter, wo Gerrit auch sein Gepäck und die Waffen niederlegte.

Drei Kinder schauten ihn neugierig an, zwei Frauen unterbrachen ihre Arbeit am Backofen, als die ältere Frau vom Feld ihn vorstellte: „Ein Wanderer, der am großen Mutterfluss hinaufziehen will, er braucht eine Rast“, sagte sie.

Er wurde wieder genau, aber wohlwollend betrachtet.

„Später gibt es Abendessen, die Männer kommen dann auch“, sagte die Bäuerin zu Gerrit. „Du kannst dich dort gerne setzen.“

Sie wies auf eine Bank, die neben dem Backofen stand und reichte ihm einen Becher mit kühlem Wasser. Er machte eine kleine Verbeugung, dankte, hockte sich erleichtert hin und stützte die Ellenbogen auf seine Knie. Das Wasser war frisch und es schmeckte einen Hauch bitter.

„Eben habe ich einen Hasen erlegt und wäre froh, wenn ihr den verwerten und mir dafür vielleicht ein wenig haltbaren Proviant geben könntet“, meinte er und schielte dabei verstohlen auf die duftenden Fladenbrote, welche die Hausfrau soeben aus dem Backofen hervorzog.

„Das ist in Ordnung“, sagte sie und Gerrit holte den Hasen, den sie kurz begutachtete.

Sie gab ihn der etwas jüngeren Frau, offenbar einer Magd, die sich damit in den hinteren Teil des Raumes zurückzog und sogleich mit dem Abziehen des Fells begann. Sie erweiterte den Schnitt am Brustkorb zum Unterbauch, gab der Bäuerin Leber und Lunge und trug die restlichen Innereien hinaus. Dort pfiff sie nach den Hunden, die sofort zu fressen begannen.

„Wie zu Hause“, dachte Gerrit, verspürte aber kein Heimweh.

Zwei Männer erschienen im Torbogen, der etwas ältere trug eine Axt über der Schulter, der jüngere ein Beil und eine Hacke. Sie hängten die Geräte im Eingangsbereich an Stifte, die aus einem Holzbalken herausragten.

Die Bäuerin stellte Gerrit vor und erklärte diesem, dass der etwas ältere der beiden ihr Mann, der Hausherr, sei und der jüngere zu der Frau gehöre, die sich gerade mit dem Hasen beschäftigte. Sie hängte den abgehäuteten und ausgeweideten Tierkörper gerade im Abzugsbereich des Backofens und des Herdfeuers auf, wo schon Fleisch zum Räuchern untergebracht war. Die Männer gingen nochmals hinaus zur Wasserstelle, um Arme und Gesicht zu waschen. Gerrit tat es ihnen nach und sie schlenderten noch ein wenig in der Siedlung umher.

„Wir haben reichlich Getreide gesät“, erzählte der Hausherr. „Wir backen viel Brot, für den eigenen Bedarf, aber auch zum Tauschen und Handeln.“

Als sie wieder in das Haus kamen, stand eine große Schüssel mit Suppe auf einem etwas höheren sehr stabilen Hocker, knusprige Brotfladen lagen bereit sowie Kräuter, Gemüseknollen und einige Felsenbirnen.

Alle, auch die Kinder, setzten sich auf die zwei Bänke um den Hocker herum, hielten ihre Hände über die Speisen, und die Herrin des Hauses sagte: „Wir danken der heiligen Mutter Erde für diese Gaben.“

Dann schwiegen sie einen Augenblick bis die Hausfrau für jeden einen Napf mit der nahrhaften Suppe füllte, die Fleisch, Kräuter und Getreidekörner enthielt. Alle bekamen genügend zu essen, es waren gute Speisen und Gerrit sah, dass diese Leute sich wohl fühlten.

Sie fragten ihn noch einmal nach seinen Reiseplänen, wobei die Männer offenbar genauso neugierig waren, wie die Frauen und die Kinder, dies aber anscheinend durch ruhige Sachlichkeit ausgleichen wollten.

Gerrit wollte nicht all seine Vorstellungen, Hoffnungen und Pläne preisgeben und sagte: „Ich habe gehört, dass es gerade am Oberlauf des großen Flusses hervorragende Handwerker gibt, die feine Geräte herstellen und bearbeiten, für verschiedene Zwecke, sogar zum Versorgen von Verletzungen und Wunden. Ich hoffe, dass ich dort etwas lernen kann."

„Weiter oben am Hauptstrom gibt es Frauen", antwortete die Bäuerin, „die kleine Geräte für Handarbeiten herstellen, wobei das aber auch hier in der Gegend und besonders viel weiter unten am großen Mutterfluss getan wird."

Es wurde noch etwas geplaudert. Die Magd erzählte den Kindern eine Geschichte, nach der sie ihre Schlafstätten aufsuchten. Gerrit bekam von der Hausfrau seinen Platz zum Übernachten gezeigt, er bedankte sich, ging noch ein wenig im Ort umher und begab sich dann zur Ruhe.

Am nächsten Morgen bekam er von den Frauen einen schönen Reiseproviant mit geräuchertem Fleisch, Nüssen, Kräutern und Fladenbrot. Der Hase war mehr als aufgewogen.

Der Hausherr erklärte ihm den Weg: „Halte dich am Wasserlauf! Etwa eine halbe Tagesreise weiter kommst du an eine große Flussschleife, wate hindurch auf die linke Seite. Dann kannst du über einen flachen Bergrücken abkürzen. Du kommst noch an zwei kleineren Ortschaften vorbei, unser Fluss wendet sich dann kurz zum Sonnenuntergang und nimmt den Bruderfluss auf, den du durchqueren musst. Sie bilden ein Gewässer, geh an ihm entlang, es mündet in den Mutterfluss. Du bist dann oberhalb der Felsenenge."

Gerrit packte den Sack mit der Rückentrage. „Es war sehr schön bei euch, vielen Dank!", sagte er und zog los, zunächst noch gemeinsam mit den Männern, die mit ihren Geräten zum Waldrand marschierten.

Dann wandte er sich flussabwärts, die Hunde rannten ein Stück mit in seine Richtung, kehrten schließlich um und liefen zur Siedlung zurück. Jetzt war er allein, vermisste aber nichts, sondern hing seinen Gedanken und Erinnerungen nach.

Er dachte an Eika und glaubte, man hätte sie retten können, wenn man ihre Kopfwunde besser versorgt hätte. So, wie der Schamane nach dem furchtbaren Angriff auf seinen Heimatort es gemacht hatte, als er am nächsten Morgen bei Helligkeit die Kopfwunde des Knechtes noch einmal geöffnet, genau angeschaut und gereinigt hatte.

Gerrit wusste, dass Verletzungen, Wunden und Krankheiten ihm immer wieder begegnen würden, und er war überzeugt, dass er über deren Beurteilung und Behandlung noch viele wichtige Kenntnisse erwerben konnte.

Bootsfahrt mit Bodo

Wenige Tage nach seinem Abschied von den Gastgebern oben am kleinen Fluss erreichte Gerrit das Ufer des großen Mutterstromes, der in hügeliger Landschaft dahinfloss, bis er ihn schließlich zwischen hohen Felsen in geheimnisvoller Ferne glaubte verschwinden zu sehen.

Er wusste, dass diese Ferne nicht unendlich war, sondern dass hinter den Felsen die befestigte Anlage und die Feuersteinbergwerke lagen, die er gar nicht mehr sehen wollte. Er wandte sich um und ging an der Duna stromaufwärts.

Gegen Abend sah er einen Mann in seinem Einbaum kräftig flussaufwärts paddeln, er kam aber langsamer vorwärts als Gerrit, der ihn eingeholt hatte und ihm zuwinkte.

Der Mann lachte und rief: „Du kannst mir helfen, es geht nämlich wirklich schwer."

Er ließ das Boot mit einigen zügigen Paddelschlägen auf eine Kiesbank laufen, sprang heraus, dehnte und streckte sich.

„Die alten Knochen knacken schon", sagte er zu Gerrit, der neugierig herangekommen war und fragte: „Wie weit kann man denn überhaupt stromaufwärts paddeln?"

„Ziemlich weit, junger Mann", antwortete er. „Aber es ist schwierig, man muss es eben können. Wo willst du denn hin mit deiner schönen Ausrüstung, gib nur Acht, dass man dir nichts wegnimmt!"

Gerrit schaute den Mann ernst an, zeigte auf dessen Boot und meinte: „Deine Ausrüstung ist auch nicht schlecht, die erregt bestimmt so viel Neid, wie mein Bogen und der Sack in der Rückentrage."

„Gute Antwort, junger Mann", sagte der Bootsfahrer und räumte allerlei Gepäck aus dem Einbaum heraus, wobei er wiederholt vor sich hin murmelte: „Gute Antwort."

Gerrit musste grinsen, stieß seinen Speer in den Boden und setzte die Rückentrage ab, an der Bogen und Pfeile befestigt waren.

Er schaute auf den Strom und sagte: „Ich will flussaufwärts."

„Ich auch", sagte der Mann. „Du kannst mitkommen und mir beim Paddeln helfen. Du würdest zu Fuß auch nicht schneller sein, weil du über die Flüsse und Bäche musst, die in den großen Mutterstrom einmünden."

Gerrit nickte nachdenklich, schaute den Mann an und sagte: „Ich heiße Gerrit."

Der Bootsfahrer blickte ihm in die Augen und sagte: „Ich heiße Bodo."

Gerrit betrachtete Bodos Fahrzeug. Es hatte zwei Ballaststeine, einen im Bug, einen im Heck. In der Mitte des Bootes befand sich eine Vertiefung für eine kleine Feuerstelle. Insgesamt war es schlanker und schnittiger, vielleicht nicht ganz so geräumig, wie das Boot des Fischers, der Teo und ihn damals zu der befestigten Anlage in der Nähe des Feuersteinbergwerkes gebracht hatte. Zwei Mann konnten aber gut paddeln und noch reichlich Gepäck mitnehmen.

„Ich bringe Feuerstein und Getreidekörner flussaufwärts und fahre dann Geräte, Handwerkszeug, auch gewebten Stoff und manchmal Nahrungsmittel herunter flussabwärts", erklärte Bodo.

„Ja", meinte Gerrit, „den Fluss hinab, das kann ich mir vorstellen, sogar durch die Stromenge oberhalb des Bergwerkes, da geht es dann wahrscheinlich ganz schnell. Aber flussaufwärts?"

Er schüttelte den Kopf und schaute Bodo zweifelnd an.

„Morgen siehst du es", sagte der und lachte.

Er lud noch einige Ausrüstungsgegenstände und etwas Proviant aus dem Boot. Sie entfachten ein kleines Feuer, und Bodo grillte zwei Fische, in die er einige Kräuter hineingesteckt hatte. Gerrit steuerte seine letzten Brotfladen und einige Nüsse bei. Das Mahl schmeckte wunderbar, sie unterhielten sich noch eine Weile am Feuer, und Gerrit fragte Bodo nochmals nach dem Ziel seiner Reise.

„Es ist eine große Siedlung", erklärte er. „Sie heißt Dowü, die Leute da sind sehr fleißig, Bauern, Fischer und auch Handwerker, die hervorragende Geräte herstellen, nicht nur Äxte, Beile, Messer, sondern auch Bohrer, Angelhaken und Nadeln. In einer Werkstatt gibt es sogar ein Gestell, mit dem man Stoff weben kann. Sie machen auch zweckmäßige und schön verzierte Gefäße aus Ton. Die Werkstatt ist dort so groß, weil Wanderer und Fremde vorbeikommen, Bootsfahrer, wie wir und sogar Leute aus den warmen Ländern jenseits der hohen Berge. Ich kenne die Einwohner und ich finde, sie machen es besonders gut. Auch Schmuck stellen sie her. Es gibt ja jetzt dieses neue Metall, das Kupfer; das zwar nicht annähernd so wertvoll ist wie Gold, dunkler, nicht so schwer, aber dafür etwas härter. Man tauscht damit ebenso wie mit Gold auch Waren ein, Nahrungsmittel, Tiere und alles mögliche. Ich habe sogar schon mal ein Beil aus Kupfer gesehen."

Gerrit erzählte zwar von der Arbeit bei dem Feuersteinabbau, aber er war noch recht zurückhaltend. Es war ihm angenehm, wenn Bodo berichtete. Da sie doch länger geplaudert hatten, waren sie müde und legten sich am Feuer zur Ruhe. Es war jetzt heruntergebrannt, gab aber noch etwas Wärme ab.

Gerrit sprach zu der heiligen Mutter Erde, dankte ihr für die schönen Tage und dafür, dass sie ihn geschützt und geleitet hatte. Und sie ließ ihm eine Warnung vor dem Donnergott zukommen, der auch ein Kriegsgott war, ein unruhiger wirrer Geist, der viel auf der Erde umherschweifte und die Menschen auf schlechte Gedanken brachte. Also dürfe er nicht jedem vertrauen. Die heilige Mutter ließ ihn aber auch spüren, dass der Bootsfahrer ein ehrlicher Mann sei, auf den er sich verlassen könne.

Als es wieder hell geworden war, entfachten Bodo und Gerrit das Feuer erneut für eine warme Suppe. Dann packten sie Ausrüstung und Proviant in das Boot, vor allem vorne und hinten unter die Sitzbretter. Die Waren, von denen Bodo gesprochen hatte, waren in zwei Säcken verstaut, vor und hinter der Feuerstelle. Gerrit nahm vorne im Boot Platz Bodo hinten.

„Ich bin froh, wenn du einfach kräftig paddelst", sagte er. „Steuern und auch Paddeln mache ich von hier hinten."

Er lachte gut gelaunt, schob das Boot von der Kiesbank ins Wasser, stieg gerade noch rechtzeitig ein, stakte mit dem Paddel im Kies und drückte das Boot gegen die Flussrichtung. Das Wasser war hier am Ufer flach und der Druck der Gegenströmung gering, so dass die beiden Männer ihr Gefährt langsam aber stetig stromaufwärts bewegen konnten.

Wieder einmal konnte sich Gerrit für den großen Mutterfluss begeistern, diesen Lebensquell, der die Menschen schwimmen, Boot fahren, Wasser trinken und Fische fangen ließ. Zudem war er einfach schön, strahlte und glitzerte in vielen Farben, mal leuchtend hell, mal dunkel und geheimnisvoll. Hier floss er stetig und ohne Wellen, aber oft strömte er schnell, bisweilen sogar wild mit Wogen und Strudeln. Manchmal drehten solche Strudel die Richtung der Strömung so, dass das Wasser in der Nähe eines Ufers ein Stück weit aufwärts floss.

Bodo kannte den Fluss sehr genau, und Gerrit hörte staunend zu, wie er mit ihm sprach: „So, mein Wässerchen, jetzt muss ich mal über dich paddeln, schau nicht so dunkel, ist ja schon gut, schön bist du und wir sind ja so glücklich, dass wir dich haben."

Gerrit musste grinsen, aber er fühlte, dass Bodo Recht hatte. Sie waren jetzt auf der anderen Seite des Stromes angelangt und das liebe- und respektvoll genannte „Wässerchen" schob sie sanft flussaufwärts.

„Schön machst du das, meine Alte", murmelte Bodo, machte eine Paddelpause und streckte die Beine aus, bis die Alte ihnen ihr Wässerchen wieder entgegenströmen ließ.

Gerrit war beeindruckt, kein Augenblick war langweilig und er bestaunte die Vielfalt der Natur. Er achtete auch genau auf Flüsse und Bäche, die in den großen Mutterfluss hineinströmten. Indem sie flussaufwärts paddelten, konnte er feststellen, dass die rechter Hand einfließenden Gewässer kleiner und flacher waren, als die von der anderen Seite, welche auch deutlich mehr Wasser führten. Er teilte Bodo seine Beobachtung mit.

„Die größeren Wassermengen kommen aus den fernen hohen Bergen mit viel Schnee und Eis, man kann sie nur an wenigen Stellen und nur im Sommer überwinden. Hinter ihnen liegen warme Landschaften mit viel Sonne und wenig Regen, wunderbare Früchte gibt es dort und einen unendlichen See mit salzigem Wasser“, erklärte Bodo. „Nach Dowü kommen im Sommer manchmal Wanderer und Händler aus diesen fernen Landen. Es gibt nämlich einen Weg über das riesige Gebirge, ein breiter Fluss kommt von dort und mündet bei Dowü in die Duna.“

„Womit handeln denn diese Reisenden“, fragte Gerrit.

„Sie bringen wegen der langen Wegstrecke nur wenige aber dafür wertvolle Sachen, Gewürze, Kräuter und Samen, manchmal sogar Gold und edle Steine. Das Handeln ist umständlich, weil sie andere Sprachen sprechen.“

„Als kleiner Junge habe ich vor langer Zeit die Berge gesehen, als wir auf dem Heiligen Berg weiter unten am großen Mutterfluss ein Fest feierten. Es war Abend, als die Berge wie Feuer leuchteten, mein Vater hat mir aber erklärt, sie seien aus Felsengestein, aus Eis und aus Schnee“, erzählte Gerrit.

„Ich würde die Berge auch gerne mal sehen, aus der Nähe und am liebsten das Gebirge überqueren. Vielleicht gelingt mir das ja noch in meinem Leben, wäre schön“, meinte Bodo.

„Jedenfalls bin ich froh, dass ich mit dir im Boot fahren kann“, antwortete Gerrit, der sah, dass er zu Fuß sicher nicht schneller sein würde, und an zwei Flüssen, die linker Hand einströmten, glaubte er zu erkennen, dass deren Überwindung eigentlich nur mit dem Boot möglich war.

Bisweilen kamen ihnen Boote entgegen, meist zwei oder drei zusammen, und einmal sahen sie ein Gefährt aus mehreren zusammengebundenen Baumstämmen, auf denen ein großes Ruder befestigt war. Eine Frau winkte ihnen zu und ein Mann hielt das Ruder fest.

Nachdem die Sonne mehr als zehn Mal auf- und untergegangen war und sie fleißig gepaddelt hatten, erreichten sie nachmittags die Anlegestelle von Dowü, einem großen Ort am rechten Ufer, mit Wällen umgeben, auf denen Palisaden eingesetzt waren.

Sie zogen das Boot gut zwei Längen weit am flachen Kiesufer hinauf, nahmen ihre Säcke mit den wichtigen Sachen heraus und gingen in den Ort. Wie Bodo schon erzählt hatte, verfügte die Siedlung über zahlreiche Häuser unterschiedlicher Bauart und Größe, die offensichtlich verschiedenen Zwecken dienten. Ein besonders geräumiges Langhaus stand in der Mitte der Ortschaft auf einem freien Platz.

„Hier wohnt der Ortsälteste. Wanderer und Durchreisende sollen sich bei ihm melden, und wenn jemand etwas tauschen oder verkaufen will, braucht er seine Erlaubnis", erklärte Bodo. „Ich will aber nur mit meinen Bekannten handeln, zu denen gehen wir jetzt."

Bodo wurde sogleich von der großen Familie begrüßt. Er stellte Gerrit vor, und die beiden Ankömmlinge wurden neugierig beäugt, wobei sich besonders die Kinder hervortaten.

Die Leute besaßen ein großes Langhaus mit Stall, sie bestellten Äcker, und die Tiere waren jetzt draußen auf den Weiden, an den Flüssen und am Waldrand. Außerdem hatten sie eine Werkstatt mit großem Innenraum, dessen weite Tür auf einen überdachten Außenbereich hinausführte. Hier stellten sie Werkzeuge zur Holzbearbeitung her, Äxte, Beile, Sägen und Bohrer. Zudem wurden Schnüre und Seile gedreht und geflochten, meist aus Hanf, aber auch aus Lederstreifen.

Der Bauer, der auch Handwerker war, ging mit Gerrit und Bodo zu dessen Boot, betrachtete die Feuersteinfragmente, die zum Teil schon vorbereitet waren für die Anfertigung verschiedener Geräte, und sagte, dass er alles gebrauchen könne.

„Das ist wirklich gutes Material", sagte er.

„Ja", bestätigte Bodo. „Es ist nur leider immer schwieriger zu bekommen, und weil der Abbau so aufwendig ist, wollen sie sogar dort den Betrieb einstellen, wo es diese blaugrauen, wirklich festen Feuersteine gibt."

Gerrit wusste einiges von dem, worüber Bodo sprach, hatte er doch Mühsal und Gefahren beim Abbau dieses so wertvollen Gesteins hautnah erlebt. Traurig dachte er an Eika, an ihre Qual und ihr Ende. Nun packten die drei Männer das Material in kleine Säcke und trugen es zu dem Langhaus mit der Werkstatt.

Abends saßen die Familie und die Gäste, Knechte, Mägde und Kinder um das Herdfeuer, aßen, tranken und unterhielten sich. Die Kinder rannten herum und machten Unsinn. Zwei kleine Jungen piekten den Hausherrn mit einem Stöckchen in den Nacken. Gerrit war erstaunt, wie viel der sich gefallen ließ.

Aber schließlich packte er sich doch den Älteren der beiden, setzte ihn auf sein rechtes Knie und sagte: „Schluss, jetzt bleibst du hier in Gefangenschaft!"

Der Junge lachte, die Gefangenschaft schien ihm nicht das Geringste auszumachen, zumal er sich nach einer Weile schon wieder frei machte, um mit dem Kleinen, offenbar seinem Bruder, wieder umherzutollen.

Später fragte Gerrit den Hausherrn, ob es im Ort eine Heilerin oder einen Schamanen gäbe, jemanden der Kranke und Verletzte behandeln würde.

„Ja, mehrere sogar", sagte der. „Besonders fähig ist eine Heilerin, die auch als Hebamme tätig ist, und ihr Mann hilft besonders bei Knochenbrüchen, Verrenkungen und Wunden durch Verletzung. Sie arbeitet in dem großen Haus in der Mitte des Ortes, sie weiß viel, du kannst ruhig mal zu ihr gehen. Sag ihr, ich hätte dich geschickt."

Am nächsten Morgen machte sich Gerrit auf den Weg zu der Heilerin. Vor ihm betrat ein Mann das große Langhaus, auf zwei Stöcke gestützt, weil er sein rechtes Bein, das mit Leinenstreifen umwickelt war, nicht belasten konnte. Gerrit ging hinter dem humpelnden Mann in das Langhaus, blieb gleich nahe der Eingangstür an der Innenwand stehen und sah, wie der Humpelnde hinten seitlich in einem Raum verschwand, der vom Eingangsbereich, in dem eine Ziege herumlief, durch eine Wand abgetrennt war.

Es dauerte eine Weile, Gerrit trat von einem Fuß auf den anderen. Aber schließlich kam der Mann wieder herausgehumpelt. Er sah etwas blass aus, sein Verband war offenbar erneuert, und er humpelte mindestens so stark wie zuvor. Gerrit wollte ihn freundlich anschauen, aber das war nicht möglich, weil der Kranke zu Boden blickte und das Haus verließ.

Gerrit ging zu dem Raum, aus dem der Mann gekommen war, und durch den offenen Eingang sah er schon eine Frau an einer schmalen, aber langen, kräftig gebauten Bank stehen, auf der sie Gegenstände ordnete.

Er klopfte an die Wand des Raumes und fragte: „Darf ich hereinkommen?"

Sie wandte sich zu ihm und sah ihn aufmerksam an. „Junger Mann", sagte sie, „du suchst mich nicht auf, weil du krank bist, aber komm herein, setz dich!"

Sie wies auf einen Hocker.

„Ich heiße Gerrit und bin jetzt zu Gast bei dem Bauern mit der großen Werkstatt", erklärte er. „Als Kind wohnte ich am großen Mutterfluss, weit unterhalb von hier. Nach dem fünften Lenz meines Lebens, wurde unser Ort angegriffen und zerstört. Wir sind geflohen in eine andere Gegend, dann war ich bei unserem Großherrn in der Schule und später im Feuersteinbergbau. Ich habe Verletzte und Kranke gesehen und versucht, bei deren Behandlung zu helfen. Darüber möchte ich viel lernen, besonders auch über Kopfverletzungen."

„Du hast dir viel vorgenommen", sagte die Heilerin.

„Ja, aber es muss sein!", antwortete Gerrit.

Beide schwiegen.

Schließlich sagte die Frau: „Ich behandele auch Verletzte, mein Mann hilft mir dabei, wir versorgen auch Kopfwunden. Ziemlich weit flussaufwärts gibt es wohl ein oder zwei Schamanen, Heiler, die Kopfkrankheiten behandeln und auch Schädelöffnungen vornehmen, vielleicht sind sie unterhalb der Gegend, wo der große Mutterfluss manchmal versickert." Sie schwieg eine Weile und sagte: „Vielleicht kannst du dem Handwerker sagen, dass mir die Gewebestreifen für Verbände ausgegangen sind, er weiß dann schon Bescheid."

Gerrit war erleichtert und froh, dass er doch wahrscheinlich auf einer richtigen Fährte war. Er bedankte sich bei der Frau und ging zum Langhaus seines Gastgebers zurück.

Er gab dem Handwerker den Bescheid der Heilerin und fragte, ob er das Gerät sehen könne, mit dem Stoff hergestellt wird.

„Ja, natürlich komm mit!", forderte er Gerrit auf. „Das ist ein Webrahmen an dessen oberer Querstange Fäden, meist aus Hanf, dicht nebeneinander angeknüpft werden, nach unten hängend mit einem kleinen Gewicht beschwert, damit man die Querfäden zwischen ihnen hindurchziehen kann."

Die beiden gingen zur Werkstatt und der Handwerker erklärte ihm, wie man Stoffe herstellen kann. Die Frau, die daran gearbeitet habe, sei hochschwanger, das Kind würde wohl bald kommen. Leider sei gerade so viel Arbeit, dass niemand hier weben könne.

„Ob ich das mal versuchen darf?", fragte Gerrit.

„Ja, sehr gerne", freute sich der Handwerker. „Meine Frau zeigt dir, wie das geht."

Also wurde die Frau herbeigeholt.

„Hier sind reichlich Fäden aus Hanf", erklärte sie, nahm einen, glättete seine Spitze mit etwas hartem Fett und führte ihn zwischen den hängenden Fäden hindurch. Mit einem Kamm wurde er an die über ihm verlaufenden Fäden gedrückt.

„Es wäre gut, wenn du Stoff herstellen könntest zum Einwickeln für Werkzeug, und die Heilerin hat ja auch schon nachgefragt. Sehr fein gewebt muss er gar nicht sein."

Gerrit webte fleißig, Bodo kam und lobte ihn, er brauche auch dringend solchen Stoff, sagte er. Als Gerrit sah, wie gut ihm die eintönige Arbeit gelang, war er zufrieden. Da nun der Stoff reichlich Absatz fand, bat ihn der Hausherr, er möge doch noch etwas bleiben und weben.

„Es wird dein Schaden nicht sein", meinte er wohlwollend.

So webte Gerrit beinahe einen halben Mond, und ähnlich wie Bodo half er auch bisweilen in der Werkstatt mit, wenn sich das ergab. Es war alles sehr lehrreich, aber Gerrit wurde allmählich unruhig und erklärte schließlich dem Hausherrn und seiner Frau, er müsse weiterreisen, um sein Ziel am Oberlauf des Flusses zu erreichen.

„Bleib auf dieser Seite des großen Mutterflusses“, erklärte die Hausherrin. „Kurz hinter Dowü musst du noch einen Nebenfluss überwinden. Dann gehst du noch einige Tagesreisen im flachen Gelände des Flusstales voran, aber nicht zu nahe am Hauptstrom, wegen der Sümpfe. Nachher kommt dann wieder hügeliges Gelände mit viel Wald.“

Sie gab ihm noch etwas Proviant mit auf die Reise und wünschte ihm viel Glück. Der Hausherr drückte ihm mehrere Kupferkugeln in die Hand. Gerrit verabschiedete sich dankend, ging zur Anlegestelle am Fluss und berichtete Bodo über seine weiteren Reisepläne.

Dieser meinte: „Wenn du noch ein wenig Geduld hast, bringe ich dich noch das Stück stromaufwärts und setze dich über den Nebenfluss, der ist nämlich für einen Schwimmer mit deinem Gepäck nicht gerade günstig. Danach darfst du dann gehen, bis ans Ende der Welt.“

Gerrit half Bodo noch, Saatgut bei dem großen Langhaus in der Ortsmitte zu holen sowie einige Beile und Äxte aus der Werkstatt. Sie verstauten alles in dem bewährten Boot, und Gerrit konnte noch einmal seinen Platz im Bug einnehmen. Sie paddelten so nahe wie möglich am Ufer, ließen die große Ortschaft hinter sich und erreichten rasch die Einmündung des Nebenflusses, der von rechts kam, aber doch so viel Wasser führte, dass Gerrit sehr froh war, dass er übergesetzt wurde. Bodo lächelte vor sich hin.

„Ich möchte einen Besuch machen, auf der anderen Seite dieses Flüsschens, wir dürfen uns noch etwas ins Zeug legen.“

Tatsächlich verlangte dieses „Flüsschen“ eine anspruchsvolle Paddelarbeit, bis sie ein Anwesen mit kleiner Anlegestelle am Ufer erreichten, wo sie das Boot auflaufen ließen. Gerrit sprang heraus, zog das Boot noch ein wenig höher, auch Bodo stieg aus und gemeinsam zogen sie den Einbaum auf die Kiesbank.

Dann ging Bodo mit einem sorgfältig gearbeiteten Beil, die Schneide aus hartem Gestein fein geschliffen, den glatten Stiel aus Buchenholz haargenau eingepasst, hinauf zu dem kleinen Langhaus. Er schwang dieses bedrohlich aussehende Werkzeug in der linken Hand, als eine junge Frau aus dem Haus kam und ihn freundlich begrüßte. Sie winkte die beiden Männer herein, gab ihnen zu trinken, betrachtete und befühlte das Beil und hängte es im hinteren Teil des Hauses an einen Balken. Dann packte sie einiges in einen ledernen Sack, den sie Bodo überreichte. Der freute sich und schnüffelte in dem geräumigen Beutel herum.

„Vorsicht!", lachte die junge Frau. „Es ist noch ein Krug mit Zaubertrank unten drin."

„Das beste Räucherfleisch weit und breit!", rief Bodo, nahm ein Stück heraus und reichte es Gerrit. „Ein Abschiedsgeschenk", sagte er leise.

„Danke", sagte Gerrit. „Ich habe kein Abschiedsgeschenk für dich, außer, dass ich an dich denken werde."

Bodo schaute nach oben, als wollte er das Wetter erkunden. Alle drei gingen zum Boot. Gerrit schwang seine Trage auf den Rücken und den Bogen auf die linke Schulter. Die junge Frau schaute ihn neugierig an. Bodo zeigte ihm die Richtung, in die er gehen musste. Er nahm den Speer als Wanderstock und zog los, eine kleine Anhöhe hinauf. Er wandte sich noch einmal um. Bodo saß schon im Heck seines Bootes, die junge Frau schob ihn von der Kiesbank weg. Sie drehte sich um, sah Gerrit, und alle drei winkten sich zu.

Der weite Weg im Tal

Nun war Gerrit allein, er hatte rasch die Höhe des kleinen Hügels erreicht, der nur mit Gebüsch bewachsen war, so dass er einen recht guten Überblick hatte. Fern aus der Richtung des Sonnenuntergangs kommend, sah er den Mutterstrom, der nur noch etwa halb so breit erschien wie unterhalb von Dowü. Neben dem Fluss sah er eine große Ebene, die sich weit, bis zur nächsten Hügelkette ausbreitete.

Er ging auf der Kuppe des Hügels umher, offensichtlich waren hier schon vor ihm Wanderer gelaufen, und entdeckte einen Pfad, der hinab in die Richtung führte, aus welcher der Mutterfluss kam. Das war ihm insofern angenehm, als er sich nicht durch das Gebüsch schlagen musste, aber andererseits wusste man nicht, was für Leute hier unterwegs sein würden. Er nahm sich vor, auf der Hut zu sein und machte sich auf den Weg. Der Pfad war nicht sumpfig, aber manchmal lag ein umgestürzter Baum oder ein herabgefallener Ast im Weg.

Gegen Mittag musste er einen kleinen Bach durchqueren, beschloss, eine Pause zu machen und ging ein kleines Stück bachaufwärts. Er gelangte an eine Stelle, wo der Bach eine Mulde gebildet hatte, auf deren Grund kleine Kieselsteine zu sehen waren. Er legte alles Gepäck, Waffen und Kleidung am Ufer ab und tauchte in das kalte Wasser hinein. Die Mulde war groß genug, dass er ein paar Züge hin und her schwimmen konnte, und beim Tauchen bewunderte er die gelb, weiß und zartblau schimmernden Steine.

Als er sein Bad beendet hatte, legte er sich an einer sonnigen Stelle auf die warmen Kieselsteine. Sein Körper wurde trocken und warm, sein Geist träumerisch, er fühlte sich als Mann und dachte an die junge Frau, die ihm zugewinkt hatte, als er den Hügel hinaufgegangen war.

Aus sanften Träumen wurde er geweckt durch Brüllen und Geschrei, dann Hundegebell und schließlich lautes Winseln des Tiers, das dann verstummte. Unverständliches Schimpfen entfernte sich in die Richtung, aus der er gekommen war. Hier waren wohl unfreundliche Gestalten unterwegs, er zog sich an, nahm eine kleine Mahlzeit zu sich und trank aus seiner schönen Bademulde. Dann ging er das kleine Stück am Bach abwärts, bis er wieder den Weg erreichte, auf dem er aufmerksam umherspähend in Richtung des Sonnenunterganges weiterwanderte.

Nach kurzer Wegstrecke gelangte er an einen dicken, quer liegenden, schon halb vermoderten Baum, hinter dem er das leise Winseln eines Tieres vernahm. Er kletterte über den Baum hinüber und mitten auf dem Weg lag ein gelblich brauner, mittelgroßer Hund. Aus einer Wunde an seiner linken Seite sickerte Blut. Gerrit spähte umher, es war kein Mensch zu sehen, nur der verletzte Hund, der ihn voller Angst anschaute.

Vorsichtig legte er sein Gepäck ab, hockte sich neben dem Hund auf den Boden, redete ihm gut zu und nahm sich Zeit, bis er dem Tier seine Hand ganz leicht auf den Kopf legte. Dann bildete er mit seinem Lederbeutel eine flache Mulde, goss Wasser hinein und hielt es dem Hund unter die Nase. Der schlabberte in Windeseile das Wasser in sich hinein, als hätte er Angst, es würde ihm wieder weggenommen. Schließlich kramte Gerrit noch ein Stück Trockenfleisch hervor, das der Hund eifrig kaute und verschlang, ebenso wie ein Stück Fladenbrot. Er musste lächeln, der Hund beobachtete ihn sehr genau.

„Jetzt werde ich deine Wunde sauber machen, damit du mit mir gehen kannst“, sagte er, goss Wasser über die verletzte Stelle, wischte mit einem kleinen weichen Lederlappen den Schmutz heraus und legte drei Taubnesselblätter darauf.

Die Wunde war nicht allzu tief, und die Blätter klebten gut an. Dann legte er das Tier auf sein Zeltfell, nahm dessen Enden so, dass der Hund in einer Art Tragebeutel lag und mit dem Kopf herausschaute, als Gerrit ihn probeweise anhob.

„Also, ich mache dir einen Vorschlag: Bis heute Abend trage ich dich, dann suchen wir einen guten Übernachtungsplatz, essen, stellen das Zelt auf und schlafen, und wenn du etwas Seltsames hörst, wirst du nur leise knurren, hast du verstanden?“

Der Hund schaute Gerrit hellwach an. Angst war nicht mehr in seinem Blick.

„Gut“, meinte Gerrit, „ich sehe schon, du hast alles verstanden“, nahm die Trage, an der seitlich der Bogen befestigt war, auf den Rücken, den Beutel mit dem verletzten Tier in die eine, den Speer in die andere Hand und marschierte los.

Sogleich hatte er das Gefühl, dass er am Abend schön müde sein würde. Dies bestätigte sich und bevor die Dämmerung eintrat, schaute er schon sehnsüchtig nach einem Ruheplatz. Sie kamen wieder an einen kleinen Bach, der quer zum Weg verlief, gingen im Wasser ein Stück aufwärts und fanden eine Lichtung im Wald.

„Hier ist es gut“, fand Gerrit. „Spuren haben wir hoffentlich auch nicht hinterlassen, und hier können wir es bis morgen früh aushalten.“

Er setzte den Beutel auf den Boden und stellte zufrieden fest, dass der Hund aus eigener Kraft herauskrabbelte. Dann stellte er drei kräftige Stöcke auf, oben zusammengebunden, unten auseinandergehend, bedeckte das Gerüst mit dem Grasmantel und schaute dann nach dem Proviant. Sein Schützling beobachtete wieder alles sehr genau, und beim Duft des geräucherten Fleisches lief ihm gleich der Speichel aus dem Maul. Nach dem Abendessen musste Gerrit einsehen, dass der Verbrauch an Vorräten ungefähr doppelt so hoch war, als wenn er allein gewesen wäre.

„Ach, so ist das mit uns beiden“, sagte er zu dem Hund. „Da müssen wir morgen aber sehen, dass wir etwas fangen.“

Herr und Hund saßen an dem kleinen Bach, als es dunkel wurde. Ein Feuer entfachte Gerrit nicht, er dachte an dieses Gebrüll und an die Gewalt, die man ganz offensichtlich dem Tier angetan hatte. Dann kroch er in sein Zelt, der Hund legte sich davor und war ganz ruhig. Nachts rief eine Eule. Der Wanderer und auch das Tier hatten beide einen leichten Schlaf.

Einmal hörte Gerrit den Hund leise knurren und fragte flüsternd: „Ist da etwas Gefährliches?“

Der Hund hörte auf zu knurren.

Am Morgen entfachte Gerrit doch ein kleines Feuer, bereitete eine gute Suppe, von welcher der Hund die Hälfte mit Genuss wegschlabberte. Gerrit war sehr zufrieden, als er sah, dass sein neuer Begleiter recht gut laufen und sich bewegen konnte und wunderte sich, dass er die Taubnesselblätter nicht von der Verletzungsstelle abgeleckt hatte.

„Du bist ja ein kluges Tier", sagte er und strich ihm über den Kopf.

Der Hund schaute ihn an und schnupperte an ihm herum.

„Du bist ein männlicher Hund", stellte Gerrit fest. „Ich nenne dich Wudi und du bleibst jetzt bei mir." Er streichelte die Stirn seines Hundes und wiederholte: „Wudi, Wudi."

Wudi winselte leise. Gerrit packte alles zusammen, schulterte seine Rückentrage und sagte: „Wir gehen das kleine Stück am Bach entlang, dann wandern wir auf dem Weg weiter in die Richtung, aus der du gekommen bist."

Als sie den Bereich des Baches verlassen hatten und auf dem Weg liefen, schnüffelte Wudi am Boden herum, winselte leise und hielt die Rute gesenkt, blieb aber stetig hinter Gerrit.

„Pass nur gut auf", mahnte dieser. „Wenn dir etwas auffällt, dann knurren, nicht bellen!"

Wudi lief brav beständig hinter oder neben seinem neuen Herrn. Gegen Mittag wandte sich der Pfad ein wenig zum Fluss hin, das Gelände wurde offener. Plötzlich knurrte der Hund und schnüffelte in Richtung des Wassers. Er war unruhig, zitterte und wollte losrennen. Gerrit beruhigte ihn und sah jetzt auch, was Wudi gerochen hatte: Zwei graue Enten hockten unter einem Weidengebüsch neben einem kleinen Teich.

Gerrit sagte: „Da hast du gut geschnüffelt, bleib ruhig sitzen, ganz ruhig!"

Er ließ seine Trage von den Schultern gleiten, nahm den Bogen, legte das Pfeilende auf die Sehne, die er langsam spannte, ganz langsam, so weit wie möglich. Er zielte sorgfältig, bedachte Wind und Entfernung und gab den Pfeil frei. Das getroffene Tier machte zwei Flügelschläge, brach zusammen, die andere Ente stieß einen Schrei aus und flog davon.

Gerrit rief: „Los!"

Und Wudi rannte zur Ente, offenbar noch nicht im Vollbesitz seiner Spurtkraft, aber Gerrit war zufrieden, hängte die Trage über eine Schulter und stapfte hinter ihm her. Der Pfeil steckte mitten in der toten Ente, Gerrit strich ihr über den Kopf, verharrte einen Augenblick, zog den Pfeil heraus und reinigte ihn mit Gras und Blättern. Blätter legte er auch auf die Wunden der Ente, wickelte sie in einen Lederlappen und verstaute sie im Rucksack.

„Entenbraten gibt es heute Abend, jetzt gibt es noch ein Stückchen Fladenbrot und etwas Dörrfleisch mit Kräutern und Nüssen", sagte er zu Wudi, der offensichtlich enttäuscht war.

Sein Dörrfleischanteil war sogleich verschlungen, an der Nuss schnüffelte er herum, fraß sie aber nicht, das Stückchen Fladenbrot ignorierte er und vor den Kräutern schüttelte er sich.

Gerrit lachte: „Dann marschieren wir mal weiter."

Es blieb gutes Wetter. Der Weg war weiterhin erkennbar, wenn auch bisweilen mit Hindernissen, sumpfigen Stellen, Bachläufen und herumliegenden Ästen. Bis zum Abend hatten sie eine Gegend mit einigen Hügeln erreicht und fanden wieder einen Bach, an dem sie auch einen Rastplatz entdeckten.

„Jetzt haben wir doch den ganzen Tag keinen Menschen getroffen, also sollten wir ein Feuer machen und die Ente braten", meinte Gerrit.

Er entfachte ein Feuer, rupfte die Ente und nahm sie aus. Einen Teil der Eingeweide gab er Wudi und den Rest vergrub er abseits im Wald, ebenso wie den Kopf. Dann stopfte er Kräuter in das Tier, spitzte einen Haselnussstock an und stach ihn durch die Ente. Als das Feuer etwas heruntergebrannt war, besorgte er noch eine passende Holzgabel, die er neben dem Feuer in den weichen Waldboden steckte. Dann legte er den Stock mit der Ente so in die Gabel, dass er den Braten über der Glut drehen konnte. Das dauerte alles recht lange, aber allmählich stiegen wunderbare Düfte auf, die mit zarten Winden in viele Richtungen zogen.

Als es schon dämmrig wurde, ertönte plötzlich Gelächter und aus dem Gebüsch tauchte ein kräftiger Mann auf, älter als Gerrit, aber ähnlich ausgerüstet mit Rückentrage, Waffen und ebenfalls begleitet von einem Hund.

„Na, euren Entenbraten riecht man ja Tagesmärsche weit, und weil uns schon das Wasser im Mund zusammengelaufen ist, wollten wir doch mal nachsehen", rief der Waldläufer. Seinem Hund lief nicht nur das Wasser im Mund zusammen, es tropfte heraus. Wudi war von dem fremden Hund offenbar recht angetan, er wedelte mit dem Schwanz.

„Ja, dies ist eine Hundefrau, sie heißt Ema, ab und zu mag sie schon nette junge Hundemänner; und ihr habt ja offenbar einen guten Riecher, wann und wo man mitten im Wald Enten braten darf, wir sind nämlich wirklich völlig harmlos und übrigens allein", erklärte der Mann, nahm seine Rückentrage herunter, an der auch ein Bogen befestigt war, lehnte sie an einen Baum und stellte den Speer daneben.

Gerrit war etwas verlegen, spürte aber keine Bedenken gegenüber dem einsamen Jäger und seinem Hund.

„Ich heiße Gerrit", sagte er „und gleich ist der Entenbraten fertig."

„Ich heiße Uli", sagte der Mann und musste schon wieder lachen. „Da haben wir ja ein riesiges Glück gehabt, dass wir euch gerochen haben, besonders, wenn wir auch noch Entenbraten bekommen."

Er öffnete den schweren Tragebeutel, nahm ein großes Fell heraus, hängte es an einen Ast und entnahm dem Sack noch zwei knusprige Fladenbrote, die er an das Feuer legte. Gerrit schnitt die Schenkel der gut durchgebratenen Ente ab, reichte einen seinem Gast, und die Fittiche gab er den Hunden. Alle schmatzten vor Genuss.

„Eigentlich müsste mein Hund ja platzen, weil er schon reichlich von den Innereien gefressen hat", sagte Gerrit.

„Dann hat er wohl zuvor mächtig Hunger gelitten", vermutete Uli und Gerrit erzählte ihm sogleich, wie er an den Hund gekommen war.

Uli schüttelte nachdenklich den Kopf und meinte: „Das gibt es oft, dabei ist der Hund ein guter Begleiter für die Menschen, gerade, wenn sie im Wald unterwegs sind. Ich hatte jetzt Jagdglück, aber der Hund hat bei dem Jagdglück mitgeholfen, sonst wäre der Fellsack nicht so voll."

Gerrit schnitt das Entenfleisch mit der gebräunten Haut in Streifen, die er an Menschen und Tiere verteilte, die langsam gesättigt, schweigsam und müde wurden. Uli hängte seinen Proviantsack vom Lagerplatz einen Steinwurf entfernt in einen Baum. Dann nahm er das große Fell von dem Ast und baute sich mit Hilfe einiger Stöcke ein kleines Zelt, ähnlich wie Gerrit in der Nähe des noch schwach glimmenden Feuers.

Sie redeten noch eine Weile, Uli sagte, dass er morgen nach Hause gehen wolle und Gerrit erklärte, er werde noch weiter flussaufwärts gehen müssen. Uli bot ihm an, er solle mit ihm kommen, es sei nicht weit vom Hauptstrom entfernt.

Am Nachmittag des nächsten Tages erreichten sie Ulis Wohnort, einen Weiler mit drei soliden Langhäusern, an einem Bach gelegen und von einigen Feldern und Wiesen umgeben, die bis zum Waldrand reichten.

„Du siehst schon, hier lässt sich gut leben", erklärte Uli. „Wir sind etwas abseits vom großen Fluss. Durchziehende Horden haben uns bislang verschont, wir hoffen, es bleibt so. Unsere Hunde sind auf der Hut, sie werden uns rechtzeitig warnen."

Kaum hatte er das gesagt, als drei kräftige Hunde angerannt kamen, die zunächst nicht bellten. Als sie erkannten, wer da kam, kläfften sie freudig, sprangen an Uli hoch und begrüßten ihn und die Hündin Ema schwanzwedelnd. Den fremden Hund und seinen Herrn beschnupperten sie vorsichtig. Wudi senkte Kopf und Schwanz nach unten, also wurde er erst mal in Ruhe gelassen. Wie so oft, lachte Uli und bat Gerrit, eine Weile zu bleiben. Gerrit war dankbar, begrüßte Ulis Frau und wurde von zwei hübschen Kindern neugierig beäugt, ein Junge, wohl sieben, und ein blondes Mädchen, etwa fünf Sommer jung.

Die Frau nahm Ulis großen Proviantsack an sich, sortierte alles sorgfältig und hängte Fleischstücke in den Rauchabzug.

Die Männer gingen noch etwas hinaus und Uli erklärte Gerrit die Anlage des kleinen Weilers. Man habe ihn gebeten, die Rolle des Ortsältesten zu übernehmen, obwohl sein Nachbar einige Sommer älter sei als er selbst. Er lachte wieder und sagte, sie würden gut leben mit Tierhaltung, Ackerbau, Gartenerträgen, und noch zwei andere Männer aus dem Ort, wie auch er selbst, würden auf die Jagd gehen, im Herbst sogar zu dritt.

„Willst du morgen schon wieder weiter?", fragte er dann, schaute nach oben und zog Luft durch die Nase ein. „Ich glaube, es gibt Regen. Der Sommer war bisher ziemlich trocken, sonst hättet ihr die Bootsfahrt, von der du mir gestern Abend erzählt hast, nicht so leicht machen können. Das geht nur bei Niedrigwasser, und das schaffen auch nur erfahrene und kräftige Bootsleute. Dein Bodo kann froh sein, dass er dich gefunden hat, einen leichten und doch starken zweiten Paddler." Er lachte wieder.

„Morgen möchte ich weitergehen", sagte Gerrit leise.

„Du solltest weiter auf dieser Seite des Mutterstromes bleiben", erklärte Uli. „Nach zwei bis drei Tagesmärschen erreichst du einen Fluss, der in den großen Strom mündet. Geh an seinem Ufer hinauf bis zu einer flachen Insel im Wasserlauf, dort kann man recht gut hindurchwaten. Wenn der Wasserstand hoch ist, versuch es am oberen Ende der Insel."

Als sie in das Haus zurückkamen, hatte die Frau schon einen großen Topf mit Suppe zubereitet, es duftete sehr gut. Jeder bekam einen Becher und durfte schöpfen. Gerrit bewunderte die Gefäße und erzählte, dass seine Großmutter oft noch die Suppe in der Ledermulde neben dem Feuer zubereitet hatte, weil ihr Töpfe und Schüsseln zu zerbrechlich und zu wertvoll erschienen.

„Wir haben gute Beziehungen zu einer Töpferwerkstatt flussaufwärts in Ulum, ein großer Ort, wo manche Bauern auch Werkstätten verschiedener Art haben. Meine Frau hat da viel gelernt, sie stammt nämlich von dort", sagte Uli und lachte seine Frau an. „Aber sie kann nicht nur wunderbare Suppe kochen. Ach Frau, hol doch mal Sirup!"

Die Frau lächelte vor sich hin, wie man im Schein des Herdfeuers sehen konnte, ging zu einer Bank an der Seitenwand des Hauses, auf der einige Gefäße standen und kam mit zwei kleinen Krügen zurück.

„Haben alle genug Suppe gehabt? Dann Becher gut ausschlürfen!“, sagte sie.

Nachdem alle geschlürft hatten, gab sie den Kindern einen Schuss Sirup aus dem hellen und den Erwachsenen aus dem dunklen Krug. Darauf wurde Wasser gegossen bis die Becher fast voll waren. Gerrit roch an seinem Getränk, das nach Früchten duftete, es schmeckte süßlich-säuerlich nach dunklen Beeren.

Beim Geschichten-Erzählen lachten sie noch viel, aber die Kinder schlummerten schon. Gerrit hatte den Eindruck, dass dieses Getränk nicht nur gut schmeckte, sondern auch die Stimmung aufhellte. Schließlich waren aber doch alle müde und krochen in die Schlafecken.

Am Morgen regnete es. Uli bot Gerrit an, noch einige Tage bei ihnen zu bleiben, aber der wollte weiter und bedankte sich bei der netten Familie, von der er noch einige Fladenbrote, Räucherfleisch, Kräuter, Erbsen, getrocknete Beeren und Hagebutten geschenkt bekam. So ausgerüstet und versorgt, wollte er dem Regen trotzen. Anfangs ging das auch ganz gut, aber es wurde immer beschwerlicher. Der Grasmantel und das Gepäck wurden schwerer, der Weg immer sumpfiger, so dass er manchmal bis über die Knöchel einsank.

Am Nachmittag war er erschöpft, auch der Hund war offensichtlich völlig erschlagen, und Gerrit sagte: „So geht es nicht weiter, wir müssen rasten.“

Sie fanden einen riesigen Baum, der tiefhängende kahle Äste hatte, an denen Gerrit den Grasumhang und das Schutzfell so aufhängen konnte, dass ein gutes Zelt entstand. Das große Laubdach des Baumes nahm so viel Regenwasser auf, dass unten tatsächlich nicht mehr allzu viel ankam. Das half den geplagten Wanderern, die dann nicht weiter klatschnass wurden, sondern nur feucht blieben. Gerrit beschloss, an diesem Ort zu übernachten. Ein Feuer konnte er nicht entfachen.

Der folgende Tag verlief ähnlich: Dauerregen, morastiger Weg und schlechte Stimmung. Auch an diesem Abend rasteten sie wieder unter einem großen alten Baum, aber in der Nacht tropfte doch reichlich Regen hindurch. Am dritten Tag erreichten sie den Fluss. Der war zwar nicht über die Ufer getreten, aber Gerrit sah schon, dass er mehr Wasser führte, als es der Größe des Flussbettes entsprach. Den Rest des Tages gingen sie in der Nähe des Flusses stromaufwärts. Eine Insel konnte Gerrit nicht erkennen. Da es dämmrig wurde, suchte er wieder einen großen Baum, an dessen Stamm es nicht zu nass war, und wo er an den unteren Ästen sein Zelt errichten konnte. Die Nacht verbrachten Herr und Hund wieder mehr schlecht als recht.

Am nächsten Morgen war der Regen nicht mehr ganz so ergiebig wie an den Tagen zuvor und es war etwas heller. Die beiden näherten sich dem Fluss, gingen noch ein Stück stromaufwärts und tatsächlich: Der Wasserlauf war breiter und in seiner Mitte konnte man eine flache Kiesbank erkennen.

Gerrit dachte an Ulis Rat und sagte: „Am oberen Ende der Insel müssen wir es versuchen."

Als Wudi merkte, was Gerrit vorhatte, fing er an zu winseln und blieb zitternd sitzen. Gerrit zog sich ganz aus, packte die Sachen in den Fellsack, nahm den Speer in die linke und fasste Wudi am Nackenfell mit der rechten Hand. Er stieg in das kalte Wasser, die Strömung war stark, das Wasser reichte Gerrit bis zur Brust. Wudi schwamm tapfer und sie konnten die Insel erreichen.

Der nächste Flussarm schien etwas breiter und Gerrit sagte zu Wudi: „Den schaffen wir auch noch."

Er hielt den Hund wieder am Nackenfell und sie wateten los. In der Mitte des Flussarmes verlor Gerrit den Grund, musste Wudi ebenso wie den Speer loslassen und rief: „Tapfer schwimmen!"

Gerrit bekam wieder Grund unter die Füße und konnte zum Ufer waten. Aber Wudi trieb in der Mitte des Flussarmes, konnte sich zwar über Wasser halten, aber die Strömung war so stark, dass er das Ufer nicht erreichte. Gerrit sprang an Land, warf die Rückentrage mit Fellsack und Bogen hin, rannte ein Stück flussabwärts und sprang wieder ins Wasser. Gerade noch rechtzeitig konnte er Wudi am Nackenfell erwischen. Als der merkte, dass Hilfe da war, schwamm er mit allen Kräften. Sie erreichten das Ufer, schleppten sich an Land und ließen sich erst einmal fallen.

„Da haben wir mal wieder Glück gehabt, hoffentlich bleibt das so", sagte Gerrit und griff nach dem winzigen Beutel mit der Muschelperle an seinem Hals.

Wudi hatte den Kopf auf die Pfoten gelegt, er hechelte und sah aus, als wolle er an das Glück nicht recht glauben, obwohl der Regen aufhörte.

Gerrit zog seine nassen Beinkleider, den Lendenschurz mit Gürtel, die Schuhe und den Fellmantel an, nahm die Rückentrage und sie stapften weiter. Statt des Speers nahm er einen Weidenstock, das musste erst mal genügen, später würde er sich einen neuen Speer herrichten, er hatte ja noch zwei Spitzen in Reserve. Als sie ein Stück marschiert waren, stellten sie fest, dass sie wieder auf einer Insel liefen, da sie auf einen dritten Flussarm stießen, der aber nicht so breit und tief war, wie die beiden, die sie schon durchquert hatten. Dieser hier war klein und flach, das Wasser reichte Gerrit bis an die Oberschenkel. Er konnte trotz Strömung hindurchwaten und Wudi immer am Nackenfell halten.

„Jetzt können wir erst mal ein gutes Stück weitergehen, ohne Flüsse zu durchqueren", sagte er zu Wudi und hoffte, dass sich das auch bewahrheitete.

Durch starken Regen konnte ein Bach zum Fluss werden, und es wurde ihm klar, welches Glück es gewesen war, dass er mit Bodo die lange Strecke auf dem großen Mutterfluss im Boot hatte mitfahren können.

An diesem Tag kamen sie nicht mehr weit, der Weg war sumpfig und oft als Trampelpfad kaum zu erkennen. Der Regen hatte bis auf einige leichte Schauer aufgehört, so dass sich auch die Übernachtung etwas bequemer gestalten ließ.

Am nächsten Tag wurde Gerrit endlich wieder von Sonnenstrahlen geweckt, die Luft war klar und trocken, eine Wohltat. Er packte seinen Fellsack aus und legte alle Gegenstände in die Sonne zum Trocknen. Wudi schnupperte neugierig herum und besondere Aufmerksamkeit widmete er dem restlichen Proviant, wie Gerrit zufrieden feststellte. Er gab ihm ein Stück Dörrfleisch mit Knochen. Jetzt war der gute Hund erst mal beschäftigt und offensichtlich auch wieder im Besitz seiner Kräfte.

Nach einigen Tagen erreichten sie Ulum, ein schöner Ort, auch mit Palisadenring umgeben, etwas kleiner als Dowü und ruhiger. Auf dem Hauptplatz erstand Gerrit mit Hilfe einiger seiner Kupferkugeln ein paar feste Schuhe, die das Wasser viel besser abhielten als seine alten Treter. Kurz hinter Ulum wurden Herr und Hund von einem freundlichen Fischer über den Nebenfluss gefahren, der hier in den Mutterstrom einmündete. Gerrit ließ sich Zeit zur Erholung und konnte auch Fische fangen dank seiner guten Angelhaken.

Sie wanderten langsam aber stetig bei gutem Sommerwetter. Wudi erwies sich als folgsamer, lernwilliger Begleiter seines Herrn. Der Strom wurde schmäler und einmündende Wasserläufe, Flüsse und Bäche kleiner und leichter zu durchqueren.

Schließlich wurde es schon etwas herbstlich. Die Blätter begannen sich zu verfärben, Winde kamen auf, manchmal Nebel und leider auch wieder Regen. Das Land war bergig, oft gab es am Fluss Steilufer mit Felsen, auch Felsüberhängen und Höhlen. Einige Male kamen sie an Siedlungen vorbei, die Leute waren freundlich und tauschten mit Gerrit Teile erlegten Wildes, auch Fische, gegen Fladenbrote, Kräuter, Beeren, Nüsse, Pilze und geräuchertes Fleisch. Er hatte sich einen kräftigen Haselnussstock geschnitten, etwas verziert und in das gekerbte Ende eine der beiden Speerspitzen aus seiner Reserve eingebunden.

An einem regnerischen kalten Tag suchten sie gegen Abend einen Platz zum Übernachten. Die Gegend schien einsam. Gerrit sah im Flusstal nicht weit entfernt einen Felshang, vor dem flaches Gelände mit Kies und Weidengebüsch sich sanft zum Mutterfluss absenkte.

„Wir schauen uns mal diese Felsen an, vielleicht finden wir da einen geschützten Platz zum Übernachten", sagte er zu Wudi.

Der schien aber von dieser Idee gar nicht begeistert, er schnupperte unruhig in die Richtung der Felsen, knurrte, sträubte die Nackenhaare und drückte den Schwanz zwischen die Hinterbeine.

Gerrit hörte ein eigenartiges Kratzen, Reiben und Knacken. Zwei Männer kamen ihnen entgegen, die einen grob gebauten Schlitten durch das Gelände zogen, auf dem Waffen gestapelt und festgebunden waren, Lanzen, Bögen, Pfeile und sogar einige Streitäxte.

Der Größere und Dickere von beiden begrüßte Gerrit mit lautem Lachen: „Na, schöner junger Mann, wo willst du denn hin mit deinem Köter?"

„Ich will in die Gegend, wo der Mutterstrom bisweilen versickert, Bekannte besuchen", antwortete Gerrit.

„Ach, das ist ja schön", lachte der dicke Mann. „Dann seid ihr ja bald am Ziel, dann brauchst du den Bogen und die Pfeile gar nicht mehr, die kannst du uns geben."

Er hatte eine dieser widerlichen Keulen im Gürtel stecken, deren Kopf mit Feuersteinspitzen gespickt war, ging langsam auf Gerrit zu und griff nach dem Bogen, den dieser an seiner Rückentrage befestigt hatte.

„Nein, ich brauche den Bogen noch, ich weiß nicht, wann ich bei meinen Bekannten bin", sagte er und drückte die Hand des dicken Mannes von sich weg.

Der trat einen Schritt zurück, riss die Keule von seinem Gürtel, schwang sie hoch in die Luft und Gerrit hörte ein rasendes Knurren, wie von einem Wolf. Dann hörte und sah er gar nichts mehr und stürzte in tiefe Dunkelheit.

Das neue Leben

„Für welchen grauenvollen Schmerz bin ich wach geworden, wäre ich doch weggeblieben", dachte er.

Die linke Hälfte seines Brustkorbs brannte wie Feuer, das sich bei jedem Atemzug noch verstärkte, und er spürte, dass er nicht genügend Luft einatmen konnte. Er lag auf der Seite, es war ein regnerischer, diesiger Tag. Eine Gestalt hockte neben ihm, in einen dunklen Umhang gehüllt, mit einer Kapuze, die das Gesicht freiließ, das von schwarzem Haar umrahmt war und aus dem dunkle Augen leuchteten.

„Ich kenne sie doch", dachte er und schloss seine Augen.

„Hast du Schmerzen?", fragte die junge Frau.

Er nickte; sie nahm eine kleine verzierte Tonflasche aus ihrem Lederbeutel und ließ ihn etwas von einer süßlichen Flüssigkeit schlürfen mit einem Nachgeschmack wie von Nüssen, die schon etwas länger gelegen hatten.

„Die haben dich ganz schön zugerichtet", sagte sie. „Wir haben dir schon Verbände gemacht. Mein Vater hat gemeint, dass du es überlebst, aber mit dem Schnaufen wird es noch eine Weile dauern. Du musst tief einatmen und ganz langsam durch den Mund bei fast geschlossenen Lippen wieder ausatmen!"

„Das tut aber scheußlich weh", sagte er.

„Es wird gleich besser, aber du musst noch eine ganze Weile Schmerzen aushalten, wahrscheinlich sind Rippen angeknackst."

„Was ich alles muss", brummte er.

„Sei froh, dass du noch am Leben bist!", gab sie zurück.

„Warum soll ich da froh sein?", fragte er.

„Weil ich dich gefunden habe", sagte sie und schaute ihn an.

„Ich kenne die Augen", murmelte er dann unverständlich. „Es sind die Augen, die trotz ihrer Dunkelheit aus unendlicher Tiefe leuchten, ich habe die Augen doch schon gesehen, vor langer Zeit."

„Was sagst du da“?, fragte sie.

Er hörte es aber nicht, weil er zu schläfrig geworden war. Sie stellte zufrieden fest, dass ihr Schmerzmittel geholfen hatte.

Gerrit wurde wieder wach, als man an ihm herumzerrte und ihn auf eine Trage aus Holzstangen legte. Die Schmerzen kamen wieder, so dass er manchmal stöhnte und dann die Luft anhielt.

Die junge Frau sagte: „Geht langsamer!“

Sie gab ihm noch einen kleinen Schluck aus dem verzierten Tonfläschchen. Gerrit sah einen großen gelben Hund neben ihr gehen.

„Wo ist mein Hund?“, fragte er.

„Der ist gestorben“, sagte sie. „Aber zuvor hat er dein Leben gerettet.“

„Wie das?“, fragte Gerrit und er erinnerte sich dunkel an wütendes Wolfsknurren, als die Keule des dicken Mannes über ihm war.

„Dein Hund hat in den Wald hineingeheult: „Mein Herr ist krank!“ Das haben wir gehört und sind gekommen. Der Hund lag neben dir, schwer verletzt, er ist dann gestorben.“

Gerrit hielt die Augen geschlossen und hoffte, dass niemand sah, wie ihm Tränen über die Wangen liefen.

Schließlich kamen sie in einen Ort mit mehreren Langhäusern und in eines der mittleren wurde er hineingetragen. Es gelang ihm, von der Trage herunter auf einen Liegeplatz zu kriechen, den man ihm zuwies. Er rollte sich auf die Seite und versuchte herauszufinden, welche Art des Atmens den Schmerz nicht allzu stark auslöste. Er fühlte sich schlapp und zerschlagen. Die Tropfen gegen Schmerzen halfen wohl etwas und er verschlief einen großen Teil des Tages.

Es wurde Abend, er hörte und sah mehrere Personen beim Schein des Feuers; die junge Frau kam zu ihm und gab ihm wieder ein Mittel mit blumigem Nachgeschmack. Ein etwas älterer Mann war bei ihr, dessen Stimme Gerrit bekannt vorkam, aber er konnte seine Gesichtszüge nicht erkennen, weil er einen struppigen Bart trug und es nicht hell genug war. Die Leute aßen zu Abend; die junge Frau brachte ihm einen Becher Suppe.

„Du musst etwas essen!“ sagte sie. „Es ist wichtig.“

„Warum?“, fragte er.

Sie lachte ein wenig: „Ich glaube, das wirst du noch sehen.“ Und sie ging wieder zum Feuer, wo noch leise geredet wurde.

Gerrit verstand nichts davon, döste vor sich hin, konnte nicht schlafen, grübelte nach in der Schwärze der Nacht und spürte, dass er das Ziel seiner großen Wanderung erreicht hatte.

Am nächsten Morgen fühlte er sich etwas kräftiger, der Schmerz war noch da, aber nicht mehr ganz so brennend und er konnte seine Bewegungen, auch die Atemzüge, so gestalten, dass sie nicht zusätzliche Schmerzkrämpfe auslösten.

Die junge Frau kam, brachte ihm Fladenbrot, Kuhmilchkäse und Kräutersuppe. Er aß mit Appetit.

Dann sagte er: „Ich glaube, du bist ...“

Sie lachte ihn an: „Ja, und du bist Gerrit!“

„Woher weißt du das?“, fragte er überrascht.

„Ich habe es gefühlt“, sagte sie leise. „Und deine winzige Narbe an der Oberlippe hat es bestätigt.“

Er strich mit der Zunge an der Oberlippe entlang. Er wusste, dass dort eine kleine Erhebung war, etwas härter als die normale Haut, aber wie die aussah, wusste er nicht.

„Dass du dich erinnern kannst, wir hatten damals doch erst fünf Sommer erlebt.“

„Mit fünf Sommern sieht man viel“, antwortete sie, nahm sein Handgelenk dort, wo die Blutader klopft, schaute ihn aufmerksam an und sagte: „Klopft vielleicht ein wenig schnell, aber kräftig und schön regelmäßig.“

Ihr Vater kam hinzu. „Guten Morgen, Gerrit“, sagte er und hockte sich neben seiner Liege hin.

Gerrit stutzte einen Moment, aber es leuchtete ihm sofort ein: Wenn das Mädchen Bescheid wusste, war auch der Vater im Bilde, der zudem gesehen hatte, dass sie seinen Puls gefühlt und ihm offenbar gute Auskunft gegeben hatte.

„Wir müssen deine Wunden anschauen“, sagte der Schamane. „Zieh deine Sachen aus!“

Gerrit gehorchte etwas verlegen. Vater und Tochter stellten zufrieden fest, dass die Wunden trocken waren; auf einer größeren Verletzung an der linken Brustseite klebten noch Beinwellblätter. Der Schamane legte sein Ohr auf beide Brustseiten. Er war, wie Gerrit ihn aus der Kindheit kannte, schlank, klein mit eckigen Schultern und besonnenen Bewegungen. Nur sein Bart hatte einige graue Strähnen bekommen.

„Links kommt keine Luft hinein, rechts schnauft er gut“, sagte er zu seiner Tochter, dann zu Gerrit: „Bald kannst du aufstehen, dann zeigen wir dir Übungen, damit die Luft sich wieder langsam auf beide Seiten verteilt. Aber es wird einige Zeit dauern und auch noch weh tun. Ein Unterschied wird wohl bleiben und links hast du ja auch eine Delle.“

„Aber er ist trotzdem schön“, sagte Ula.

Gerrit wurde es ganz heiß und er war sprachlos, wusste aber, dass er mit seiner Antwort nicht lange warten würde. Der Schamane lachte und ging am Feuer vorbei zum Eingangsbereich des Hauses.

Gerrit murmelte: „Ich muss mal raus.“

Er griff zu dem alten, nicht verzierten Napf, den man ihm gegeben hatte. Er wollte sich hinstellen und Wasser lassen, schwankte aber so sehr, dass Ula hinzusprang, um ihn zu stützen. Da kam er wieder in Verlegenheit und konnte nicht Wasser lassen, sie half ihm, einige Schritte zu gehen und zog sich zurück, als er sich an einen Balken lehnen konnte. So gelang es ihm, sein Wässerchen in den Napf zu bringen. Das war der Durchbruch: Er fühlte sich gleich viel besser, stellte den Napf hinter den Balken, lehnte sich selbst mit dem Rücken daran und machte Streckübungen mit den Armen bis zur Schmerzgrenze, um den verklemmten linken Brustkorb besser frei zu bekommen.

Er wurde sehr gut versorgt, bekam zu trinken und zu essen, und gegen Abend kam der Schamane und bat ihn, er solle ihm erneut so genau wie möglich den Überfall schildern. Also berichtete Gerrit, soweit er sich erinnern konnte, wie der dicke Mann die Keule geschwungen hatte. Und er erzählte auch von dem wütenden Wolfsknurren, das er noch wahrgenommen hatte, bevor er in die Umnachtung getaucht war.

Der Schamane saß auf dem kleinen Hocker neben Gerrits Liegeplatz, das Kinn in die Hand gestützt, dachte nach und meinte: „Dein Hund hat dich gerettet, er hat den dicken Mann in den Hals gebissen, der hat dich wohl noch mit der Keule am Kopf erwischt, aber der Schlag reichte gerade für ein paar Beulen und Schrammen. Die Gewalt am Kopf sorgte zwar für eine kurze Umnachtung, aber weitere Schäden am Kopf sind nicht aufgetreten. Dann haben sie dir wahrscheinlich noch in die Rippen getreten und dich und besonders den Hund verdroschen. Wären die nicht zu zweit gewesen, hätte die Sache vielleicht anders ausgehen können. Der Dicke war nämlich noch am Abend des Tages hier, an dem sie dich überfallen haben. War das gegen Abend?“

Gerrit nickte.

„Ich habe seine Halswunde gereinigt und verbunden. Mir war die Sache nicht so ganz geheuer. Und du hast wohl die ganze Nacht da gelegen und dabei ein riesiges Glück gehabt.“

„Ula hat mich gefunden“, sagte Gerrit.

„Ja, natürlich, Ula“, der Schamane lächelte. „Bist du diesen langen Weg, den großen Mutterfluss entlanggezogen? Warum hast du das getan?“

„Weil ich hoffe, dass ich von euch etwas lernen kann“, antwortete Gerrit.

„Es ist gut“, murmelte der Schamane vor sich hin.

Er schaute Gerrit sehr ernst an und sagte: „In den nächsten Tagen zeige ich dir die Räume im Haus des Ortsältesten hier in Seta.“

Gerrit trauerte seinem Hund nach, träumte von Ula, döste vor sich hin, machte nach dem Abendessen wieder seine Übungen und er war froh, dass er jetzt schon hinaus ins Freie gehen konnte. Der Nachtschlaf war noch schlecht, aber langsam besserte sich alles und er war mehr als zufrieden, dass er hier angekommen war.

Einige Tage später kam mittags ein kleiner Junge angelaufen, als Gerrit gerade vor dem Haus seine Atemübungen machte, die der Schamane ihm noch einmal genau erklärt hatte.

„Du sollst in das Haus des Dorfältesten kommen, der Schamane will dir etwas zeigen", sagte der Kleine.

Gerrit ging sofort mit dem Jungen los und der führte ihn in den hinteren Teil des hohen Langhauses am Dorfplatz in einen geschlossenen Raum, der aber nicht dunkel war: Eine große quadratische Öffnung in der Außenwand war ausgefüllt durch ein Holzgestell, ebenfalls quadratisch, das in mehrere Rechtecke unterteilt war, in die genau passend lichtdurchlässige Häute mit dünnen Schnüren eingebunden waren. Ein sanftes, gelblich weißes Licht schimmerte hindurch, die Beleuchtungsöffnung war zum Mittagsstand der Sonne hin ausgerichtet.

In der Mitte des Raumes stand eine lange, kräftig gebaute hohe Holzbank. Darauf lag ein junger Mann, mit dem Kopf zum Fenster gewandt. An der gegenüberliegenden Wand stand ein langer schmaler Tisch mit verschiedenen Werkzeugen und Gefäßen.

Der Schamane stand dort und winkte Gerrit herbei. Seine Frau, die Heilerin und Hebamme, die sich nach Gerrits Eindruck kaum verändert hatte, schabte mit einem sehr scharfen Messer am Kopf des Kranken Haare ab, während die Tochter Ula immer wieder kleine Mengen Wasser auf den Kopf des liegenden Mannes goss, der im Scheitelbereich eine handtellergroße, sehr schmutzige Wunde hatte, aus der etwas Blut mit Eiter und Dreck ablief. In einer Schüssel mit Wasser wusch der Schamane seine Hände, stellte dann ein Brett mit einigen kleinen Werkzeugen neben den Kopf des Kranken und berichtete.

„Er hatte vor drei Tagen einen Unfall beim Bäumefällen, ein gebrochener Ast war mit der Spitze auf seinen Kopf geschlagen. Man hatte schnell Blätter gegen die blutende Stelle am Kopf gedrückt. Der Schmerz ließ langsam nach und die Blutung wurde weniger; seit gestern hatten sich aber wieder die

Schmerzen verstärkt. Es war ihm heiß, trotz des kalten Wetters, er fühlte sich schwach, war dennoch unruhig. Eben haben sie ihn gebracht, ein ganzes Stück von flussabwärts herauf zu uns, manchmal mussten sie ihn sogar tragen."

Der Schamane nickte den Frauen zu, spreizte mit zwei Steinstiften die Kopfschwarte und klemmte einen Stift quer an deren Ränder, so dass die Wunde geöffnet blieb. Ula goss kleine Portionen Wasser hinein, während ihr Vater mit einem Schaber Dreck und Eiter herauskratzte. An einer Stelle in der Mitte der Verletzung wurde der Schädelknochen sichtbar, der einen kleinen Riss aufwies, aus dem dunkles Blut heraussickerte.

„Das müsste eigentlich gehen", sagte der Schamane, drehte seinen Kopf hin und her, damit er in alle Ecken der Wunde hineinsehen konnte, die er nochmals mit Schaber und Stift reinigte.

„Da sitzt noch ein kleines braunes Stückchen, vielleicht Holz", sagte Ula zu ihrem Vater, nachdem sie erneut gespült hatte.

„Tatsächlich Luchsauge! Baumrinde! Die darf nicht drin bleiben, sonst heilt die Wunde nicht", murmelte er, legte Beinwellblätter in die Wunde, nahm den spreizenden Stift heraus und drückte die fetzigen, aber jetzt gereinigten Wundränder an den Schädel.

Die Verletzung war nicht ganz geschlossen, er nahm ein weiteres Blatt, legte es in den etwas klaffenden Schlitz zwischen den Wundrändern, packte dann zwei große Breitwegerichblätter auf den gesamten Verletzungsbereich und drückte sie mit der flachen Hand an, so lange, bis kein Blut mehr zwischen seinen Fingern hindurchsickerte.

Ulas Mutter hatte während der Wundbehandlung fast immer mit ihrer linken Hand den Unterarm des Verletzten gehalten.

„Ich gebe ihm noch etwas", sagte sie leise und Gerrit begriff, dass sie den Kranken stets beobachtet hatte und dass die Flüssigkeit, die sie ihm bisweilen einflößte, wohl gegen die Schmerzen half.

„Jetzt hast du eine Wundversorgung gesehen. Man kann hoffen, dass die Verletzungsstelle nicht mehr blutet und eitert, sondern heilt und schließlich vernarbt", erklärte der Schamane. „Wir haben hier öfter Kopfverletzungen. Die Leute wissen, dass wir sie gut behandeln und die bösen Geister nicht heranlassen, auch wenn das nicht immer gelingt."

Gerrit dachte zurück, wie er vor einigen Sommern bei dem Unfall mit dem Boot die Kopfverletzung von Udo notdürftig gereinigt und mit Taubnesselblättern zugedrückt hatte.

Der Verletzte hier, der noch recht dösig war, wurde in den gegenüberliegenden Raum gebracht. Dort waren einige Liegeplätze für Kranke eingerichtet, einen so nützlichen Durchlass für das Licht wie in dem Behandlungsraum gab es hier nicht, aber doch eine rechteckige Öffnung, die man mit einer Klappe verschließen konnte.

Am nächsten Tag wurde der Verletzte wach, seine Frau betreute ihn, und nach drei Tagen nahmen die Angehörigen ihn mit nach Hause. Gerrit hatte ein gutes Gefühl, er war zuversichtlich, dass der Mann gesund werden würde, und er spürte, dass er hier viel lernen konnte.

Oft war er im Behandlungsraum, half mit, wo es möglich war, und er sah, dass er geduldet, respektiert und schließlich sogar anerkannt wurde. Er konnte dem Schamanen helfen, was auch für dessen Frau angenehm war, die dadurch mehr Zeit für häusliche Arbeiten und insbesondere auch für die Geburtshilfe gewann. Sie war weithin bekannt und als Hebamme sehr geschätzt. Auch Ula war ihr zunehmend öfter behilflich.

Beide Frauen beschäftigten sich überdies mit der Herstellung von kleinen Geräten und Schmuck, aber auch von Heilmitteln, wozu sie gerade jetzt im Herbst im Wald, in Tälern und Auen, an Flüssen und Bächen, Kräuter, Samen, Beeren und Pilze sammelten.

Wieder kam der Winter, die Feldarbeit ruhte, und solange es noch nicht zu kalt war, wurden Bäume gefällt. Bei dieser Arbeit kam es immer wieder zu Unfällen. Knochenbrüche,

Verstauchungen und Wunden waren zu versorgen, bisweilen ging Gerrit auch mit dem Schamanen in andere Häuser, sogar andere Ortschaften, um Kranke zu betreuen. Sie wurden nicht nur zu Verletzten gerufen, sondern bei allen Krankheiten von Männern, Frauen und Kindern um Rat gefragt.

Als der Winter fast vorbei war, brachten Eltern aus einem entfernten Ort ihr Kind, das fünf Sommer erlebt hatte, mit einer Geschwulst im Nacken, die sich geöffnet hatte. Die Geschwulst habe das Kind schon als Neugeborenes gehabt und man habe überlegt, erzählte die Mutter bedrückt, ob man das Kind überhaupt aufziehen solle. Aber abgesehen von dieser weichen Geschwulst im Nacken, höchstens so groß, wie die eigene kleine Faust des Kindes, habe ihm überhaupt nichts gefehlt, es habe gut die Arme bewegt und mit den Beinen gestrampelt.

„Ich konnte die Kleine doch nicht einfach am Waldrand ablegen", sagte sie leise weinend.

„Es ist eine Fehlbildung, auf der die Schwellung mit dem Geschwür entstanden ist", erklärte der Schamane. „Dieser wässrige Eiter, ich fürchte, da ist Gehirnwasser dabei, das Kind wird sterben."

Die Mutter schluchzte. „Ach bitte", sagte sie zu dem Schamanen, der sich nach einigem Zögern an Ula wandte und sie bat, Kamillenextrakt mit Beinwellblättern auf die Wunde aufzutragen.

Die Eltern sollten über Nacht bei dem Kind bleiben und mehrmals Kamillentee auf das Geschwür tröpfeln.

„Morgen früh wollen wir sehen", meinte er und rieb sich nachdenklich das Kinn.

Als es am nächsten Tag hell war, legten sie das Kind auf die Bank in der Mitte des Raumes, Ulas Mutter flößte ihm Saft ein, der beruhigende und stark wirksame Mittel gegen Schmerzen enthielt. Der Schamane sagte zu Gerrit, er solle helfen. Sie wuschen das Geschwür und dessen nahe Umgebung nochmal mit Kamillenentee.

„Es muss heraus“, murmelte der Schamane vor sich hin, ließ sich von Gerrit das schärfste der kleinen Feuersteinmesser geben und umschnitt das Geschwür.

Gerrit hatte die Aufgabe, die Wundränder etwas anzudrücken, damit die Blutungen nicht zu stark waren. Es gelang, das Geschwür zu entfernen, aber aus der Mitte der Wunde sickerte noch Flüssigkeit heraus. Sie legten die Wundränder zusammen und klebten Beinwellblätter darauf, die wiederum durch einen Verband aus gewebten Streifen um den Kopf des Kindes herum angedrückt wurden.

Zunächst sah das alles recht gut aus, das Kind weinte etwas und bewegte sich; aber am nächsten Tag wurde es unruhig, sehr weinerlich und fühlte sich heiß an. Schließlich wurde das kleine Mädchen bewusstlos, bekam Krämpfe, bei denen sich der Kopf nach hinten streckte. Die Atmung wurde unregelmäßig, setzte schließlich aus und das Kind starb. Die Eltern waren verzweifelt; der Schamane sprach lange mit ihnen.

Gerrit wandte sich ab und ging hinaus zum Waldrand, Ängste beschlichen ihn. Ob er wohl für eine solche Arbeit an den kranken Menschen geeignet sei, fragte er sich, und ob er vielleicht nicht doch den großen Mutterfluss wieder hinabwandern und bei seinen Eltern bleiben sollte. Aber trotz seiner Unsicherheit verwarf er diesen Gedanken.

Er half weiter mit, und einfachere Aufgaben, die Versorgung kleiner Wunden und leichter Verletzungen, übernahm er jetzt mehr und mehr selbst. Er konnte aber auch stets den Rat des Schamanen einholen.

Ula

Der Schnee schmolz, die Tage wurden wieder länger und wärmer. Die Knospen gingen auf und die Bäume wurden grün. Ula zeigte Gerrit einen kleinen Garten nahe am Haus.

„Schau nur, diese kleinen Sprösslinge lugen schon hervor", erklärte sie. „Aus der Pflanze kann man dann ein stark wirksames Schmerzmittel zubereiten. Mein Vater hat den Samen aus den fernen Ländern vom Aufgang der Sonne mitgebracht. Die Pflanze gedeiht auch hier, stammt aber nicht aus unserer Gegend wie etwa das Bilsenkraut, das auch gegen Schmerzen hilft. Die Kamillenblüten gegen Entzündung und die vielen Blätter kennst du ja schon und aus den Wurzeln vom Beinwell machen wir Salben, die man auf entzündete Wunden auftragen kann."

An einem besonders ruhigen sonnigen Tag sagte sie zu Gerrit: „Ich möchte dir noch etwas ganz anderes zeigen, aber dann musst du mitkommen!"

Sie ging mit ihm zum großen Mutterfluss und die beiden wanderten ein Stück stromabwärts, bis sie in die Gegend kamen, wo Gerrit den Überfall von dem dicken Mann und seinem Helfer nur knapp überstanden hatte.

„Mein Vater hat dem Großherrn Bescheid gegeben, dass diese beiden Schurken die Gegend unsicher machen und Waffen stehlen. Aber er fürchtet, dass sie schon wieder anderswo ihr Unwesen treiben", meinte Ula.

„Hätte dein Vater die Halswunde des Dicken auch versorgt, wenn er gewusst hätte, dass der ein Schurke ist?" fragte Gerrit.

„Ich glaube schon", sagte sie. „Was sollte er denn sonst machen? Aber hast du mich nicht irgendwann vor langer Zeit schon einmal etwas Ähnliches gefragt?"

Sie lächelte ihn an und ihre dunklen Augen strahlten: „Wir haben jetzt etwas anderes vor. Ich zeige dir eine Höhle mit wunderbaren Malereien, ein Heiligtum, das man nur durch den großen Mutterfluss erreicht."

Am Steilufer des großen Mutterflusses ragten die Felswände senkrecht aus dem Wasser empor.

„Hier kann man nicht mehr weiter wandern", stellte Gerrit fest.

„Aber schwimmen kann man", antwortete Ula. „Halte dich in kurzem Abstand hinter mir, wir schwimmen bis zu der Flussbiegung da unten!"

Gerrit sah dort die hell schimmernde, glatte Felswand, hinter deren Biegung der Fluss in der Ferne verschwand.

„Wenn ich dann winke, machen wir ein paar tiefe Atemzüge, weil wir ein Stück tauchen müssen", meinte Ula, zog sich aus und steckte ihre Kleider unter einen Busch am Ufer.

Mit den Händen schöpfte sie Wasser aus dem Fluss und bespritzte damit ihren Körper. Gerrit bewunderte sie und stellte fest, dass ihm trotz der Kühle des leichten Windes heiß wurde. Ula tat einen lockeren Hechtsprung und ließ sich flussabwärts gleiten. Seine Männlichkeit beruhigte sich, als er in dem kalten Wasser seiner Gefährtin nachschwamm.

Sie erreichten rasch die geheimnisvolle Felswand. Ula drehte sich zu ihm um und zeigte mit der Hand in die Tiefe des Wassers. Er sah sie zügig ein- und ausatmen, ehe sie mit einer geschmeidigen Biegung ihres Körpers in der Tiefe verschwand. Gerrit hatte die Atemübungen sogleich nachgemacht und tauchte ebenfalls unter Wasser.

Ula schien ihm ein Wesen wie aus einem Traum: Sie hatte den Kopf vorgestreckt, ihre schwarzen Haare begleiteten und umschwebten ein Stück weit die schlanke Gestalt. Sie bewegte Arme und Beine in eigenartigem Schwimmstil, etwa wie ein Fisch Flossen und Schwanz. An der Felswand glitt sie hinab und verschwand in einem dunklen Loch. Gerrit verspürte Schmerzen in der linken Brusthälfte und im Arm. Aber Luft und Kraft reichten doch, dass auch er dieses schwarze Loch erreichen und hineinschwimmen konnte.

Er sah sie wieder, es war kein Traum, sie schwebte langsam nach oben und aus ihrem Mund entwichen ein paar Luftblasen. Sie planschte mit den Armen an der Wasseroberfläche, die Gerrit kurz nach ihr erreichte. Er war in einer Felsenhalle neben Ula aufgetaucht, die mit wenigen Zügen an den Rand dieses ruhigen Wasserbeckens schwamm und ihm zuwinkte. Sie kletterte an einer schrägen Rampe empor, eine nach diesem Tauchmanöver auch für ihn vergleichsweise leichte Übung.

Dann stand er staunend, umflutet von gedämpftem Licht, in einer Halle auf einer Felsenplatte, die sogar mit etwas Moos bewachsen war. An den Wänden sah er Zeichnungen, Bilder von Tieren, die von schlanken Menschen mit Pfeil und Bogen gejagt wurden.

„Es ist ein Heiligtum, die Bilder sind wohl sehr alt. Wir vermuten, dass die Menschen hier früher gefeiert und um Glück bei den Jagden gebetet haben. Aber das Jagdglück ist heutzutage nicht mehr so wichtig wie der Ackerbau und die Zucht der Tiere. Nur sehr wenige kennen noch diese Höhle und kaum jemand gelangt hinein. Das Licht kommt durch den Kamin da oben, der aber nicht ins Freie führt", sagte Ula.

„Danke, dass du mich hierher gebracht hast", antwortete er. „Wunderbare Bilder in dieser lichten Felsenhalle, schön wie ein Traum. Aber das Schönste bist du!"

Er nahm sie in den Arm, umschlang ihren Körper, und seine Männlichkeit legte sich gegen ihren Bauch.

„Du bist beweglich und wärmst mich, ich kann mit dir sprechen, du bist wundervoll, die Bilder verblassen hinter dir, so schön sie auch sein mögen."

Sie ließ ihre Hände auf seinem Rücken gleiten, und ihre Brüste streichelten seine Brust, glitten an ihm herab. Ihr Gesicht erreichte seine Männlichkeit und umfasste sie mit den Lippen. Wärme und Glücksgefühl durchströmten seinen Körper, an dem Ula sich vollends hinabgleiten ließ und sich auf dem Moosteppich zusammenrollte. Er kuschelte sich neben sie, kraulte durch die dichten nassen Haare hindurch ihren Nacken und aus der Tiefe ihrer dunklen Augen ging ein Licht durch ihn hindurch in die Unendlichkeit. Er legte sich auf das Moosbett, zog die Frau auf sich, sie rutschte auf seinem Bauch hinab, ließ seine aufragende Männlichkeit in sich hineingleiten und ritt auf ihm. Sie rieben sich aneinander bis ein siedend heißer Strom ihre Körper erschauern ließ und sie schließlich wohlig erschlafften.

„Ein wunderbarer Traum“, seufzte Gerrit.

„Es ist kein Traum“, antwortete Ula.

„Ein Traum“, murmelte er schläfrig.

„Wunderbare Wirklichkeit“, sagte sie. „Ich werde es dir beweisen.“

Und sie kniff ihn kräftig in das Hinterteil.

„Ich träume gerade, jemand hat mich in den Hintern gekniffen.“

Er rieb sein Gesäß, dort war eine kleine, heiße und etwas schmerzhafte Stelle.

„Tatsächlich“, sagte er, „kneifende Beweise.“

Sie lachten beide und schmusten wieder miteinander, es war Wirklichkeit und so herrlich wie die schönsten Träume.

„Meinst du, dass wir heil hier herauskommen?“, fragte Gerrit schließlich, etwas kleinlaut.

„Wir sind doch wohlbehalten hineingekommen“, antwortete Ula.

„Nun, ja“, meinte er, „stromaufwärts müssen wir auch noch schwimmen, wenn wir das Tauchen geschafft haben.“

„Wenn man nah an der Felswand bleibt, geht es, und ich weiß eine Stelle, wo man kurz rasten kann.“

Gerrit bestaunte noch einmal die Felswandgemälde. Die Tiere waren formvollendet gemalt und die zarte Tönung weniger Farben dämpfte geheimnisvoll die Dramatik der Jagdszene.

Ula kletterte wieder leichtfüßig den kleinen Felsabhang hinunter; ihre Bewegungen strahlten trotz der Schnelligkeit Ruhe und Sicherheit aus. Er krabbelte hinter ihr her. Das Tauchen ging gut, auch das Auftauchen, sie gelangten in den großen Mutterstrom, holten wieder tief Luft, hielten sich kurz an einer Felskante fest und schwammen dann aufwärts bis zum Ende der Steilwand.

Gerrit spürte wieder das Ziehen, als ob die linke Brusthälfte zu eng sei, aber er stellte beruhigt fest, dass die Kräfte doch allmählich zurückkehrten. Als sie bei ihren Kleidern angelangt waren, hörte Gerrit ein tiefes Knurren, das aber nicht beunruhigend wirkte. Aus dem Gebüsch sprang ein großer gelber Hund und begrüßte schwanzwedelnd seine Herrin.

Ula lachte. „Mein Vater hat ihm gesagt, dass er mich immer beschützen soll, wenn ich aus dem Ort hinausgehe, das nimmt er sehr genau. Er ist noch jung, ich nenne ihn gern Wolf und er wird dich auch beschützen", erklärte sie und klopfte dem Hund den Rücken.

Sie liefen im Tal des Mutterflusses, als Gerrit aus der Ferne den lang gezogenen, pfeifenden Schrei des Bussards hörte. In der Höhe zog der Vogel große Kreise und da es schon dämmerte, war sein Gefieder durch die tief stehende Sonne von unten beleuchtet und schimmerte in braun, gelb und silbrigweißem Muster, wie er es früher auch schon gesehen hatte. Vielleicht ist er doch ein wenig eitel, dachte Gerrit. Die Kreise wurden enger, dann ließ der Bussard sich in die Tiefe gleiten und umkreiste langsam die beiden Wanderer mit ihrem Hund.

„Was für ein wunderschöner Vogel", sagte Ula.

„Es ist mein Bussard, er hat mir schon oft Kraft geschenkt", antwortete Gerrit nachdenklich.

Der große Vogel segelte noch einmal über den Kopf seines Schützlings hinweg, stieß einen leisen Schrei aus und entschwand mit langsamen Flügelschlägen in die Richtung des Waldrandes.

„Ich weiß, was er mir sagen wollte", meinte Gerrit.
Ula schaute ihn fragend an.

„Ich soll dich bei mir behalten, eine so schöne und kluge Frau würde ich in den Gebieten, die er überfliegt, nicht mehr finden, hat er mir zugeflötet", sagte er und umarmte sie. Er fühlte sich schon wieder recht männlich.

„Wir sollten jetzt nach Hause gehen", meinte Ula, „der Hund hat schon Hunger." Und dann fügte sie hinzu: „Wenn du willst, bleibe ich gerne bei dir." Sie drückte ihn eng an sich, was seine Männlichkeit eher noch verstärkte. Aber der Hund bellte und schnüffelte in Richtung Heimat.

Als sie dort ankamen, sagte die Mutter: „Das Abendessen ist bereit, ihr habt doch sicher Hunger."

„Jetzt, wo es so gut duftet, merke ich erst, wie groß mein Hunger ist", sagte Gerrit. Ula nickte bestätigend, und sie setzten sich auf die Bank am Feuer. Nach der wohlschmeckenden Mahlzeit gingen die beiden noch ein wenig umher und als sie den Waldrand erreicht hatten, nahm Gerrit aus seiner winzigen Brusttasche die Muschelschale mit der Perle darin.

„Das ist mein Glücksbringer", flüsterte er Ula ins Ohr und gab ihr die Muschel. „Sie ist für dich, weil du mein Glück bist."

Ula und Gerrit waren nun viel zusammen. Die Eltern fühlten, dass die beiden sich liebten und verhielten sich sehr wohlwollend. Gerrit war viel beschäftigt, gern betreute er die Kranken und seine Erfahrung in diesem Bereich nahm merklich zu. Bisweilen arbeitete er auch im und am Haus, half den Handwerkern bei Reparaturen und Holzarbeiten und war sogar schon einige Male mit jungen Männern aus dem Ort auf der Jagd gewesen, wo er trotz der Verletzungsfolgen an der linken Brustkorbseite Pfeil und Bogen schon wieder gut einsetzen konnte, was ihm große Achtung einbrachte.

Ula half der Mutter bei ihrer Arbeit als Hebamme und arbeitete auch oft an der Herstellung kleiner Werkzeuge, geraden Nadeln, Haken und Bohrern sowie Schmuckstücken aus Knochen, Geweih, Tierzähnen, Ton und Stein.

So ging ein schöner Sommer vorbei, und als die wenigen Tage nahten, welche gleich lang waren wie die Nächte, wartete man auf einen sonnigen Abend. Als ein solcher sich ankündigte, weil das Wetter gut war, versammelten sich die Menschen im Heiligtum der Ortsmitte von Seta. Über dem Eingangstor des Hauses gab es eine runde Öffnung, ihr gegenüber war auf einem hohem Tisch ein großer flach geschliffener Kristallstein, einer Schale ähnlich, aufgestellt. Dem hohen Tisch ebenfalls gegenüber, neben dem Eingangstor auf einem kleinen steinernen Altar, stand die aus Ton geformte Figur einer Frau, welche die Fruchtbarkeit der heiligen Mutter Erde darstellte. Neben ihr waren kleinere Figuren aufgereiht zur Abwehr der bösen Geister und zur Beruhigung des Donnergottes.

Als die Abendsonne einen tiefen Stand erreicht hatte, fiel ihr Licht durch die Öffnung über der Tür des Hauses auf den Leuchtstein, und der schickte ein Strahlenbündel auf die Fruchtbarkeitsgöttin, die in geheimnisvoll goldenem Licht erstrahlte, während es im gesamten Raum schon dunkel wurde.

Der Schamane sprach Gebete zur heiligen Mutter Erde, während die Menschen andächtig das goldene Bild der Göttin bestaunten. Vor dem Haus wurde ein Feuer entfacht, Fleisch und Fische gegrillt, dazu gab es Erbsen- und Linsensuppe mit Kräutern und Pilzen. Dem klaren Brunnenwasser fügte Ulas Mutter etwas Sirup bei, aber sie schaute immer, wer ihr seinen Becher hinstreckte. Kräftigen Männern gab sie etwas mehr als den Frauen und den Kindern gönnte sie nur wenige Tropfen dieses Trankes, der die Stimmung aufhellte.

Zum Klang der Flöten und der Trommeln, der die bösen Geister vertreiben sollte, tanzten die Menschen bis in die Nacht hinein. Sie waren glücklich, manche sogar berauscht, die Ernte war eingebracht, Getreide gelagert und Fleisch hing im Rauch über den Feuern.

Inzwischen war es Winter geworden und die Dorfbewohner verbrachten mehr Zeit in ihren Häusern. An einem Nachmittag kamen zwei Männer, die einen dritten beim Gehen unterstützen mussten, weil er ein Bein nachzog.

„Er hat eine Kopfverletzung“, sagte einer der Männer zu Gerrit.

Der ging mit den drei Männern zum Langhaus in der Ortsmitte und bedeutete dem Verletzten, er solle sich auf die Bank in dem großen Raum des Schamanen legen.

Wirklich steckte im Scheitelknochen, etwas links von der Mitte des Schädels entfernt, die Spitze einer kleinen Steinhacke. Der junge Mann war wach, aber mürrisch und wortkarg. Gerrit fragte ihn, was geschehen sei.

„Ja, der Schwiegervater hat mir die alte Hacke in den Kopf geschlagen, mit der wir auch das Feuer schüren, die Hacke ist abgebrochen, aber die Spitze steckt noch in meinem Kopf, es tut weh, und ich kann das Bein nicht richtig bewegen“, erklärte er.

Der Schamane stand hinter Gerrit und sagte: „Wenn du die Wunde versorgst, helfe ich dir, und Ula soll auch kommen.“

Eine Magd hörte das, rannte weg und kam mit Ula zurück. Die staunte über die Steinspitze im Kopf des Mannes.

„Gerrit und ich wollen die Wunde versorgen, es wäre gut, wenn du dem Mann etwas gegen die Schmerzen gibst und ihn an der Hand hältst.“

Ula nickte, ging zu der hohen Bank an der fensterlosen Seite des Raumes, goss aus einem kleinen Krug Flüssigkeit in einen mit Wasser gefüllten Becher und ließ den Verletzten einige Schlucke trinken.

„Lasst ihn ruhig so hier liegen, mit dem Kopf zur Bank hin“, sagte der Schamane. „Ich hole den Spiegelstein.“

Er ging in das Nachbarhaus, holte den Leuchtstein aus dem heiligen Raum und stellte ihn auf die hohe Bank, so dass er das Licht vom Fenster, gebündelt als Strahl, auf die Kopfwunde des Verletzten warf. Gerrit schabte die Haare um die Steinspitze herum mit dem kleinen scharfen Messer weg.

„Mach nur ganz langsam, mein Schmerzmittel wirkt noch nicht genügend“, sagte Ula.

Sie hatte ihre Finger auf das Handgelenk des Verletzten gelegt und redete beruhigend auf ihn ein. Der Schamane stellte ein Brett mit kleinen Werkzeugen neben den Kopf des Verwundeten und die beiden Männer wuschen ihre Hände in gewärmtem Wasser.

Gerrit reinigte dann die Verletzungsstelle mit verdünntem Kamillentee und obwohl er ruhig dastand, zitterte seine Hand, als er den Stein berührte, der aus dem Kopf herausragte. Er zog an dem Stein, der saß zwar recht fest, aber er spürte doch ein wenig Spielraum, den er langsam verstärkte. Blut quoll zwischen Wundrand und Stein heraus, den er behutsam hin und her bewegte, es kam mehr Blut, aber der Stein ließ sich heraushebeln. Der Schamane ließ Flüssigkeit aus dem Krug auf die Wunde laufen, zwischen deren Ränder Gerrit zwei kleine Stäbe einschob, um sie zu spreizen. Man sah jetzt verschiedene kleine Blutströme, hellrote mit pochenden Schüben und dunkle, die gleichmäßig flossen. Gerrit legte seine Handkanten mit mäßigem Druck ringförmig um die Wunde des Verletzten herum, dem Ula noch einige Schlucke des Beruhigungstrankes einflößte.

Gerrit wartete bewegungslos und der Schamane ließ einen stetigen dünnen Wasserstrahl in die Wunde laufen. Langsam wurde die Blutung geringer, so dass Gerrit kleine Knochenstückchen und Schmutz aus dem Loch im Schädeldach herausnehmen konnte. Er sah jetzt die fetzig begrenzte Öffnung in der hellen kräftigen Hirnumhüllung. Aus den Rändern dieser Haut blutete es kaum, aber in dem Gehirn steckte noch ein kleiner Knochensplitter, neben dem Blut austrat.

„Muss raus", murmelte der Schamane. „Langsam."
Gerrit nahm das hervorlugende Ende des Splitters zwischen Daumen und Zeigefinger, und mit einer zarten Wackelbewegung zog er das Knochenstückchen heraus. Im Gehirn war ein kleiner Trichter zu sehen, aus dessen Rändern es mehr blutete als in der Tiefe, die fast soweit herunterreichte, wie Gerrits letztes Zeigefingerglied lang war.

„Jetzt müssen wir einfach warten und spülen", murmelte der Schamane wie im Selbstgespräch. „Es könnte gehen, das wäre wunderbar", und er ließ weiter gleichmäßig Wasser in die Wunde hineintröpfeln.

Nur sehr langsam wurde die Blutung geringer und es war möglich, auch dank der guten Beleuchtung durch den spiegelnden Kristallstein, die Wunde von restlichen winzigen Knochenstückchen, Schmutzteilchen und zwei Haaren des Verletzten, die sogar in die Hirnverletzungsstelle hineingeraten waren, zu befreien. Die Männer waren zufrieden.

„Es müsste gehen", murmelte der Schamane wieder.

Gerrit legte die Fetzen der Hirnumhüllungshaut auf den kleinen Krater der Hirnwunde und fügte zwei Beinwellblätter in das Loch des Schädels ein; darüber legte er die Kopfschwartenfetzen, auf die er getrocknete Breitwegerichblätter aufdrückte. Wässriges Blut sickerte zwischen seinen Fingern hindurch.

Inzwischen war es dämmrig geworden. Der Schamane holte eine gute Fackel, die kaum rauchte, befestigte sie in einem Ständer und schickte deren Licht mit Hilfe des Spiegelsteins auf Gerrits Hände, der diese nun vom Kopf des Verletzten wegnahm. Sie erneuerten noch einmal die feuchten, blutigen durch trockene Blätter, die mit einer Mütze aus locker gewebten Stoffstreifen angedrückt wurden.

Während des Eingriffs hatte der Kranke sich einige Male leicht bewegt und etwas gemurrt, aber insgesamt war er schön ruhig geblieben.

„Das Pochen an seinem Handgelenk war immer gleichmäßig und kräftig", sagte Ula und lächelte zufrieden.

Sie legten den Verletzten im Raum gegenüber auf einen der Plätze für die Kranken, die noch nicht nach Hause gehen konnten. Drei Kranke waren jetzt zu betreuen und die Helferin war stets in der Nähe. Der Schamane, Ula und Gerrit standen noch am Behandlungstisch, sortierten und reinigten Werkzeuge.

Der Schamane sagte: „Es ist eine offene Verletzung des Gehirns, ich bin gespannt, was aus der Beinschwäche wird, wenn der Mann die ganze Sache übersteht, und wenn die Wunde heilt. Es darf sich nichts entzünden. Vor längerer Zeit habe ich eine Frau gesehen, die eine offene Verletzung über dem linken Ohr hatte. Sie war wach, konnte aber sehr schlecht sprechen. Wir haben die Verletzung versorgt, das Gehirn war auch beschädigt. Nach dem Eingriff war sie wach. Aber einige Tage später kam Eiter aus der Wunde, die wir dann noch einmal aufgemacht und gespült haben. Es wurde zuerst besser, dann eiterte die Wunde wieder, und wässrige Flüssigkeit trat aus. Die Frau bekam Fieber und Krämpfe mit Zucken des rechten Armes, sie wurde bewusstlos. Ich glaube, alles wegen dieses

Schadens am Gehirn. Das ist ein wichtiger Teil des Körpers, vielleicht sogar der wichtigste überhaupt."

Sie schauten noch einmal zu dem Verletzten, er schlief, war ruhig und atmete regelmäßig; die Helferin, die in der Nacht bei den Kranken blieb, wusste, dass sie sich melden konnte. Ula und Gerrit verweilten zu Hause noch vor dem Eingang, während die Mutter mit einer Magd das Abendessen vorbereitete.

Ula sagte nachdenklich lächelnd: „Ich bin beeindruckt, Vater schätzt dich offenbar sehr. Er hat dich geduldig den ganzen Eingriff machen lassen, und ich kann mich nicht erinnern, dass er jemals so viel erklärt hat."

Gerrit schwieg, legte seinen Arm um sie und raunte ihr ins Ohr: „Ich will dich haben."

„Du hast mich ja schon!", sie lachte.

„Dann will ich deinen Eltern sagen, dass du meine Frau bist, was meinst du dazu?"

„Ja!", antwortete sie und blinzelte in die Richtung, wo noch ein zartes Abendrot leuchtete.

Die beiden wurden von der Magd ins Haus gebeten, es gab eine würzige Suppe mit Fleischstückchen, dazu Fladenbrote und später Brunnenwasser mit einem Schuss von Sirup aus den gegorenen Früchten. Die Stimmung wurde locker und gut.

Der Schamane sprach über sein Lieblingsthema, über das Gehirn.

„Ein Kranker ist bei mir gewesen", erzählte er, „der an Gesichtsschmerzen leidet, im Kopf beginnend, in die Wange und die Zähne ausstrahlend, sogar in den Nasenflügel. Die Schmerzen sind angeblich so schlimm, dass er nichts essen kann, sich auf die linke Seite legen muss und seinen Kopf festhalten, bis der Anfall vorbei ist. Tropfen gegen Schmerzen würden nichts helfen und äußerliche Anwendung von Wärme oder Kälte die Sache noch verschlimmern."

Er schürte im Feuer herum, obwohl das eigentlich überflüssig war und berichtete dann weiter.

„Man kann vielleicht eine Besserung bei solchen Beschwerden erreichen, wenn man eine Schädelöffnung auf der kranken

Seite über dem Ohr macht. Das Gehirn pocht nämlich auch wie die Blutgefäße, die mit dem hellen Blut. Wenn bei einem solchen Kranken nach einer Öffnung im Schädelknochen das Gehirn im Schmerzbereich nicht mehr so hart gegen die Schädelinnenwand pocht, kann das helfen. Der vom Schmerz geplagte war schon zwei Mal hier und ich glaube, wenn er wiederkommt, werde ich ihm den Eingriff anbieten. In einem ähnlichen Fall habe ich es früher schon mal gemacht, so wie ich es in den weit entfernten Gegenden des Sonnenaufganges gesehen hatte. Der Schmerz war damals nicht völlig vergangen, aber die Anfälle waren seltener und nicht mehr so stark. Der Kranke konnte wieder essen und trinken, und wenn er auf der linken Seite lag, war er sogar fast ohne Schmerzen."

„Wenn du den Eingriff machst, darf ich dann helfen?", fragte Gerrit.

Der Schamane schaute nachdenklich ins Feuer und murmelte: „Oder ich darf helfen?"

Gerrit war überrascht, fing sich aber sogleich und sagte: „Ich will Ulas Mann sein und wir wollen zusammenbleiben."

Jetzt waren der Schamane und auch Ulas Mutter überrascht, aber nur kurz, und die Mutter sagte: „Ich weiß, ich weiß."

Ihr Mann lächelte und meinte: „Das wird ein schönes Fest."

Der Kopfverletzte war am nächsten Tag gut wach. Mit Hilfe konnte er aufstehen. Er hatte leichte Kopfschmerzen, die Wunde nässte noch etwas. Bei dem Versuch zu gehen, zog er das rechte Bein noch nach, behauptete aber, es sei schon etwas besser geworden.

Nach einigen Tagen war es wirklich sehr gut: Er konnte selbst gehen, kaum noch hinkend. Die Wunde war fast trocken, und nach weiteren drei Tagen kamen seine Angehörigen und begleiteten ihn nach Hause in seinen Heimatort.

Der Winter verlor seine Kräfte, die Tage wurden wieder länger und allmählich wärmer. Die Stimmung der Menschen hellte sich wieder auf. Die Verbindung zwischen Ula und Gerrit wurde als großes Fest begangen. Fast alle Dorfbewohner waren dabei, auch einige Gäste aus umliegenden Ortschaften, Kranke, die gesund geworden waren und Neugierige.

In dem großen Raum des Haupthauses von Seta, in dem die Figuren zu Ehren der heiligen Mutter Erde und der Spiegelstein standen, bestätigten der Ortsälteste und der Schamane feierlich die Verbindung von Ula und Gerrit.

Zu Trommeln, die böse Geister vertreiben, und Flöten, die gute Geister anlocken sollten, wurde getanzt und gesungen, gegessen und getrunken, und dem Brunnenwasser wurde ziemlich viel von dem Sirup zugesetzt, der den Geist beflügelt.

Einige Mondzeiten nach dem großen Fest fand Gerrit seine Frau oft sehr in sich gekehrt, schweigsam, manchmal sogar müde. Sie hatte sich früher als gewöhnlich am Abend auf ihren Schlafplatz zurückgezogen als Gerrit zu ihr kam. Er lehnte sich an ihre Seite.

„Möchtest du schlafen?", fragte er. „Vielleicht ist es die Müdigkeit der Sommerwärme."

„Daran liegt es wohl nicht", antwortete sie. „Ich glaube, ich bekomme ein Kind."

Er umschlang sie mit beiden Armen, küsste ihre Stirn und blieb bei ihr, bis sie eingeschlafen war.

Die Monde vergingen, Ula bekam einen dicken Bauch und berichtete, das Kind würde eifrig strampeln. Gerrit legte seine Hand auf ihren Bauch und konnte das vor Freude strahlend bestätigen. Wenn das Kind ruhig war, legte er sein Ohr auf ihren Bauch; dann hörte er es schnell und leise pochen.

Ulas Mutter war zufrieden, sie sagte: „Das Kind liegt richtig, ich glaube, es wird gut gehen."

Eines Abends meinte Ula: „Ich fühle schon seit einiger Zeit, dass es losgeht."

„Tut es sehr weh?", fragte Gerrit.

„Es ist so schön, wenn es nachlässt", antwortete sie.

Gerrit kannte seine Frau.

Er verständigte Ulas Mutter und sagte: „Ich vermute, es dauert nicht mehr so lange."

Gerrit blieb in der Nähe. Ulas Mutter und die Magd zündeten zwei Ölleuchter an, stellten Schüsseln mit warmem Wasser bereit und legten kleine gewebte Tücher dazu. Ula ging ein paar Schritte, legte sich manchmal wieder hin, raffte sich auf, ging in die Hocke und presste; Wasser floss ab und nach einigen heftigen Wehen legte sie sich doch wieder auf ihren Schlafplatz. Sie spreizte die Beine und stöhnte. Die Mutter hockte sich neben ihre Tochter und die Magd leuchtete mit dem Öllämpchen.

Als erfahrene Hebamme spürte Ulas Mutter den guten Verlauf der Geburt. Sie hatte die linke Hand auf dem Bauch ihrer Tochter und mit der rechten hielt sie einen feuchten Lappen unter ihren Schoß. Ula presste wieder, ein winziger Schädel mit dunklen Haaren wurde sichtbar und bei der nächsten Wehe trat der Kopf hervor, die Nase nach unten gerichtet. Die Hebamme griff unter das Kinn des Kindes, so dass dessen Gesicht in ihrer Hand lag. Kurze Pause, nächste Wehe, und mit einer eleganten Drehbewegung schnalzte das Kind aus dem Geburtsweg hinaus in die Hände der Hebamme, die es auf ein Tuch zwischen die Beine der Mutter legte.

Aus der Wasserschüssel nahm sie das kleine Messer, durchschnitt die Nabelschnur etwa eine Hand breit vom Bauch des Kindes entfernt und band um die Enden kleine Hanffäden.

Die Magd beleuchtete vorsichtig das Kind, die glückliche Großmutter zeigte es Gerrit, gab es dann ihrer Tochter und sagte: „Dein Sohn ist sehr schön."

Gerrit betrachtete staunend diesen strampelnden Winzling, der sogleich mit seinem Schreien aufhörte, als er die Brustwarze seiner selig lächelnden Mutter entdeckt hatte und daran lutschen konnte. Gerrit musste lächeln, als er feststellte, dass er hier eigentlich überflüssig war. Immerhin fing er trotz des schummrigen Lichts im Raum einen für ihn bestimmten, zufriedenen Blick seiner Frau auf. Die Hebamme und die Magd beleuchteten dann sorgfältig die inzwischen ausgestoßene Nachgeburt von allen Seiten und nickten zufrieden.

Nachdem der Kleine genug genuckelt hatte, schlief er ein und auch Ula döste erschöpft vor sich hin. Gerrit setzte sich auf die Bank an dem kleinen Herdfeuer. Später schlief er im Sitzen ein.

In den nächsten Tagen war der Kleine etwas unruhig und spuckte nach dem Trinken. Die Großmutter riet ihrer Tochter, sie solle ihn kleinere Mengen trinken lassen, dafür öfter anlegen, auch massierte sie ganz zart den Bauch ihres Enkelsohnes, um die Nabelschnur herum. Kind und Mutter wurden ruhiger.

Ula strahlte Gerrit an. „Er soll Mika heißen. Hast du schon gesehen, wie dunkel seine Augen sind?“, fragte sie.

„Ja, die sehen aus wie deine“, antwortete er.

„Ach, schön“, meinte sie und lachte. „Dann ist sein Eigensinn wohl wie deiner geartet.“

„Na ja, vielleicht hast du mal wieder Recht“, murmelte er und rieb sich nachdenklich das Kinn.

Er ging zu den Räumen für Kranke im Haus des Dorfältesten, dem er von seinem Sohn erzählte. Das freudige Ereignis sprach sich rasch herum. Frauen aus dem Ort besuchten Ula, einige brachten Geschenke für den Kleinen, darunter auch Amulette zur Abwehr der bösen Geister. Dafür war Ula dankbar, denn sie fürchtete die bösen Geister. Gerrit versuchte, sie zu beruhigen und erklärte ihr, die bösen Geister hätten keine wirkliche Macht über die heilige Mutter Erde. Ula schien dankbar, aber er glaubte, einen Rest von Ängstlichkeit in ihren Augen entdeckt zu haben.

Mika entwickelte sich gut, trank die Muttermilch und spuckte kaum noch. Ula erholte sich rasch und betätigte sich wieder im Haus. Sie fertigte feine Geräte an, wie etwa Nadeln und Bohrer, aber auch Schmuck, wofür sie wertvolle Dinge eintauschen konnte: Gebrauchsgegenstände für den Haushalt sowie auch Pflanzen und Pilze zur Herstellung von Arzneien, welche sie dann häufig an ihre Mutter weitergab.

Heiler, Schamane und Familienvater

Gerrit war hauptsächlich durch die Hilfe für Kranke beansprucht und besuchte auch Leute im Ort sowie in der nahen Umgebung.

In einem Nachbarort bat man ihn eines Tages zu einem Jungen, der zwölf Sommer erlebt hatte, und der über starke Bauchschmerzen klagte. Er konnte diese zunächst nicht genau benennen und seine Eltern versicherten, dass er nichts Schlechtes gegessen habe und noch nie krank gewesen sei. Es wurde schlimmer, der Junge konnte nicht essen, erbrach oft und klagte dann hauptsächlich über Schmerzen rechts unten im Bauch. Warme Umschläge halfen nicht, Mittel gegen die Schmerzen und Beruhigungstee spuckte er sofort wieder aus. Er wand sich und schrie vor Schmerzen, wurde schwächer und hinfällig, sein Bauch schließlich bretthart. Die Eltern waren verzweifelt und Gerrit ratlos.

Abends sprach er mit dem Schamanen, ob man eine Austreibung böser Geister versuchen solle. Der Schamane schwieg zunächst nachdenklich.

„Die heilige Mutter Erde", sagte er dann, „ließ alles entstehen, auch die Menschen, auch den Tod, zu dem das Leiden gehört. Entstehen, Leben und Sterben ist ein geheimnisvoll verwobenes Schwingen, über das sich ein böser Geist vielleicht ärgern, aber das er nicht beeinflussen kann. Es gibt unendlich viele Rätsel in der Natur. Einiges wissen und begreifen wir, aber leider längst nicht alles. Ich meine, jede Krankheit hat irgendwie eine Ursache, die ihren Verlauf bestimmt, manchmal wissen wir etwas, das wir der heiligen Mutter Erde sehr vorsichtig ablauschen durften, dann können wir Leiden lindern. Aber es gibt viele, zu viele Krankheiten, deren Ursache wir nicht kennen, dazu gehört diese Bauchseitenkrankheit. Sie ist nicht so selten und sehr gefährlich."

Am folgenden Morgen ging Gerrit wieder in den Nachbarort. Der Junge war nicht mehr wach, zappelte mit Armen und Beinen, griff oft auf seinen Bauch, der prall gebläht war, er würgte, aber es kam kein Mageninhalt mehr heraus. Die Mutter legte einen Umschlag mit gewärmtem Kamillentee auf seinen Bauch. Die Atmung des Kindes wurde schwächer, und es starb am Mittag.

Gerrit war unglücklich über seine Hilflosigkeit, die er ja schon mehrfach erlebt hatte, und er wusste letztlich, dass er in Zukunft mit ihr leben musste. Er sprach mit den Eltern darüber, dass man hoffen dürfe, die heilige Mutter Erde würde die Seele des Kindes zu sich nehmen und in ihrem Licht bewahren. Die Eltern saßen still vor dem toten Kind, die Mutter hatte die Hände vor ihr Gesicht gelegt.

Gerrit stand noch eine Weile schweigend hinter den trauernden Eltern, nahm dann seinen Fellsack auf, der enthielt einen Beutel mit Proviant sowie einen weiteren mit feinen Werkzeugen, ein kleines Messer, Schaber, eine Sonde sowie Textilstreifen zum Verbinden, ein Fläschchen mit Beruhigungsmittel und eines mit dem Mittel gegen Schmerzen. In der rechten Hand hatte er seinen Wurfspeer und am Gürtel unter dem weichen Fellmantel den Dolch.

Er wanderte durch den Wald, dann am Fluss entlang, dachte darüber nach, wie man ihn damals überfallen hatte und nahm sich vor, zukünftig für solche etwas weiteren Gänge den Hund mitzunehmen, den sogenannten Wolf, den er damals sah als er nach dem Schlag mit der Keule wieder wach geworden war. Er erinnerte sich, wie er Ula wieder getroffen, wie sie ihm geholfen, ihn gepflegt hatte. Und während er im Gelände am Fluss entlang lief, träumte er von dieser wunderbaren Höhle, dem hohen Raum mit den gemalten Geschichten und von ihrer heißen Liebe auf dem kühlen Moosteppich.

Er setzte sich am Waldrand auf einen umgestürzten Baum und hörte den singenden, klagenden Schrei des Bussards, der über ihm seine Kreise zog. Vom äußersten Ende der Kreisbahn setzte er zu einem langen Gleitflug in Gerrits Richtung an, als wolle er auf dessen Kopf landen, gab sich aber mit einem Ast über Gerrits Haupt zufrieden und schaute ihn aus dem zugewandten Auge ruhig und zielsicher an.

Leise aber deutlich schien der Bussard zu sprechen: „Du bist auf einem guten Weg, du hast einem Mann zu weiterem Leben ohne Schaden verholfen. Ich gebe dir Kraft. Beobachte die Natur, sie ist heilig."

Der Vogel breitete seine Schwingen aus und verschwand.

Gerrit dachte nach über die Worte seines Schutztieres. Der wunderbare Vogel wollte ihm Kraft geben. War das die Kraft, die er brauchte, um schwierige Arbeiten erfolgreich zu meistern, war es die Kraft, Misserfolge und Unglück zu ertragen, war es einfach seine Gesundheit oder alles zusammen?

Wenn er wieder einen längeren Weg zu gehen hätte, würde er Pfeil und Bogen mitnehmen und, wie er schon zuvor beschlossen hatte, einen Hund, dem er vielleicht sogar mal eine kleine Last aufbürden konnte.

Er ging weiter am Fluss entlang und kam an der Stelle vorbei, wo Ula und er in die Felsenhalle getaucht, die gemalten Geschichten betrachtet und sich geliebt hatten. Er lächelte vor sich hin und wusste jetzt, dass er Kraft und Entschlossenheit für seine Arbeit haben würde und auch dafür, Unglück zu ertragen. Als er zurückkam, stand Ula mit ihrem Sohn auf dem Arm im Eingangstor des Langhauses.

Einige Sommer und Winter gingen ins Land. Gerrit war ein angesehener Schamane geworden, war besonders als Wundheiler und als Ratgeber geschätzt. Er redete gut mit den Kranken und auch deren Familien, erklärte ihnen die Krankheiten und wies auf Gefahren hin, die damit verbunden waren, besonders, wenn Eingriffe erforderlich wurden. Er gewann das Vertrauen der Leidenden und musste nicht umherziehen und seinen Platz verlassen, weil ihm Leute übel wollten, die er behandelt und betreut hatte. Es gab schon mal Ärger und Missstimmung, aber es war zu ertragen.

So war auch der Kranke mit dem Gesichtsschmerz, von dem sein Schwiegervater schon erzählt hatte, wieder aufgetaucht.

„Es ist ganz fürchterlich", jammerte er. „Dauernd habe ich grässliche Schmerzen und kann kaum essen, weil der Schmerz dann noch stärker wird. Auch nachts werde ich oft wach, wenn sich das Gesicht verkrampft."

Er besprach mit ihm und zusammen mit Ulas Vater die Möglichkeit einer Schädelöffnung über dem Ohr.

„Die Anfälle können gelindert werden", erklärte er dem kranken Mann, seiner Frau und deren Bruder. „Ich glaube, dass es gelingt, aber völlig sicher ist das nicht, und die Schädelöffnung ist auch nicht ungefährlich, es kann bluten und auch mal eine Entzündung mit Eiter geben."

Der Leidende wollte es aber versuchen. Gerrit bereitete alles gut vor. Ulas Vater wollte beraten und helfen, Ula würde den Kranken während des Eingriffs bewachen, ihn beruhigen und mit Tropfen gegen Schmerzen versorgen.

Der vom Gesichtsschmerz geplagte Mann wurde auf die Bank gelegt, die rechte Schulter mit einem Lederpolster unterstützt, damit er den Kopf gut nach links halten konnte. Er bekam Mittel zur Beruhigung und reichlich Schmerztropfen. Über dem rechten Ohr wurde ein handflächengroßer Bereich von Haaren befreit und gewaschen.

Gerrit zog vom Scheitel des Kranken einen bogenförmigen Schnitt, der kurz vor dem Ohr endete und spreizte die Wunde mit zwei Stäbchen. An einer Stelle blutete es stark und hellrot pochend.

„Ich brauche noch einen schlanken Stab um die Wunde besser spreizen zu können", sagte er zu der Helferin.

„Oh nein", murmelte diese. „Der liegt noch dort hinten auf der Bank."

Tatsächlich lag der Stab am Rand der Schale und ragte mit seinem Ende in das kleine Holzkohlenfeuer mit dem das Wasser in der Schale warm gehalten wurde.

Gerrit sah das und sagte: „Gib mir den Stab, aber nicht am heißen Ende anfassen!"

Er bekam den Stab, klemmte ihn in die Wunde, wobei das heiße Ende an die blutende Stelle kam, es zischte ein wenig aber blutete nicht mehr. Gerrit war erleichtert und konnte mit der Schädeleröffnung beginnen.

Zunächst legte er mit dem spitzen Bohrer einige Löcher an, ziemlich tief in die dunkel blutenden kleinen Hohlräume des außen glatten Knochens hineinreichend. Von den Bohrlöchern aus konnte er langsam die äußere Knochenschicht abtragen. Die mittlere weichere Schicht ließ sich trotz sickernder Blutung gut abschaben und in die innere, wieder harte Knochenschicht arbeitete er sich mit einem breiten Bohrer vor, bis am Grund des Bohrloches nur eine dünne Knochenschicht lag, die er mit einem leicht gebogenen Schaber von der das Gehirn schützenden Hülle weghebeln konnte.

In kleinen Schritten erweiterte er diese Schädelöffnung, die schließlich so groß war wie das halbe Ohr des Mannes. Er schaute zu Ula hinüber, sie nickte ihm zu, hatte dem Kranken bisweilen eindringlich etwas zugeflüstert und ihm die Mittel eingeflößt. Ihre Finger tasteten nach seinem Handgelenk.

„Alles gut", sagte sie so deutlich, dass der Kranke es hören konnte, obwohl er schläfrig war, da er von den stark wirksamen Säften viel geschluckt hatte.

Gerrit konnte den Eingriff in Ruhe abschließen, zumal Ula genickt hatte. Er legte die Knochenhaut, die er zuvor von dem glatten Schädeldach abgeschabt hatte, auf die Hirnhülle, nachdem sich kleine Blutungen dort beruhigt hatten. Dann nahm er die Stäbe weg, mit denen er die Wunde gespreizt hatte. An einigen Stellen blutete es noch aus den Rändern der Kopfschwarte, die er gegen den Schädel drückte, bis er kein Blut mehr sah. Die Stelle, wo anfangs durch Zufall die heiße Spitze des Stäbchens die Blutung offenbar verkocht hatte, wies ein kleines gelbliches Knötchen auf.

„Ich glaube, du hast etwas Wichtiges entdeckt", sagte der alte Schamane leise.

„Da habe ich wohl ein besonderes Glück gehabt", meinte Gerrit und streute zufrieden etwas Pilzpuder in die Wunde.

Dann drückte er die Kopfschwarte behutsam gegen den Schädel und wartete. An einigen Stellen klaffte die Wunde noch; da konnten Blut und Flüssigkeiten ablaufen. Er legte zwei der bewährten Brennnesselblätter auf und band einen Streifen Stoff um den Kopf, der die Blätter etwas an die Wunde drückte.

Der Kranke blieb einigermaßen wach und schimpfte bald herum, der Schmerz sei stärker als zuvor. Was Gerrit, angeblich großer Schamane, da eigentlich gemacht hätte und was die Frau mit Hilfe böser Geister ihm für Mittel eingeflößt hätte. Ula bekam Angst, Gerrit ärgerte sich.

Der Mann blieb eine Nacht im Betreuungsraum, wurde von der Gehilfin auch bewacht, die ihm einmal Beruhigungstee gegeben hatte. Er wurde dann nach zwei Tagen von seiner Frau und deren Bruder abgeholt. Er konnte sich gut bewegen und die Wunde war in Ordnung.

Obwohl der Kranke nörgelte, war der Verlauf weiter gut. Nach zehn Tagen kam er wieder mit einer heilenden und völlig trockenen Wunde. Es sei noch schlechter als vorher, behauptete er, die Schädelöffnung habe ihm geschadet.

Gerrit fragte ihn: „Wie oft musst du nachts heraus?"

Er fiel auf die Fangfrage herein und sagte: „Gar nicht."

Er hatte also in den Nächten offensichtlich besser geschlafen, als vor dem Eingriff, somit waren die Beschwerden zumindest gemildert. Gerrit war zufrieden, trotz der Schimpferei dieser Leute, die auch als Entlohnung für ihn nur drei Fladenbrote daließen, statt, wie vereinbart, sechs Fladenbrote, ein Säckchen Gerste und zwei faustgroße Stücke Rauchfleisch. Der Kranke hatte vor dem Eingriff das noch als sehr geringe Entlohnung bezeichnet und angekündigt, er werde viel mehr bringen.

Sein Schimpfen wirkte sich nicht aus: Die Kranken kamen weiter zu Gerrit und dem alten Schamanen. Die schwangeren Frauen holten oft und gerne Rat bei Ulas Mutter und auch bei ihrer Tochter und ließen sich von ihnen betreuen.

Gerrit konnte einige Verbesserungen in den Räumen vornehmen. Insbesondere wurde das Fenster haltbarer und lichtdurchlässiger gemacht durch die Verwendung neuer, sorgfältig gereinigter und getrockneter Schweinedarmstücke. Sie waren so zugeschnitten, dass sie in die kleinen Öffnungen des Fensterrahmens eingenäht werden konnten.

Auch war jetzt ein eigens für diesen Zweck bearbeiteter und fein geschliffener Spiegelstein dauernd verfügbar. Bei der Wundversorgung war also meistens eine recht gute Beleuchtung vorhanden, indem das Licht vom Fenster gebündelt in die Wunde gespiegelt wurde. Es war sogar möglich, nach Einbruch der Dunkelheit Wunden zu beleuchten, indem das Licht von ein oder zwei Öllampen, durch den Spiegelstein gebündelt, auf die Verletzungsstelle oder krankhafte Veränderung gelenkt wurde.

Mika hatte inzwischen vier Lenze erlebt, war gesund, kräftig, voller Neugier und Tatendrang und dauernd in Bewegung. Immer, wenn irgendwelche Ereignisse Abwechslung versprachen, musste er sie sehen und sich möglichst noch daran beteiligen.

Da es Herbst geworden war, fanden wieder Baumfällarbeiten statt und am Waldrand sollte eine Eiche gefällt werden. Es war ein mittelgroßer Baum, aus dem man ein schlankes Boot machen wollte.

Der Kleine bedrängte seine Mutter, dass er zuschauen wollte, also ging sie mit ihm zum Waldrand. Die drei Holzfäller hatten schon die Äste abgehackt und abgebrochen, die Stümpfe der ehemaligen Baumkrone ragten nur noch ein kleines Stück weit in den Himmel, und eine große Kerbe war schon drei Hände breit über dem Boden in den Stamm hineingeschlagen worden. An einem der Aststümpfe war ein Seil angebracht, an dem mehrere Männer zogen, als man Krachen und Splittern hörte und der Stamm sich langsam neigte. Der Kleine rannte los, zum Baum hin, um das Ereignis besser sehen zu können. Ula lief hinter ihrem Sohn her, stolperte aber, so dass der Kleine einen Vorsprung bekam, den sie erst kurz vor dem stürzenden Baum ausglich. Sie konnte das Kind aus der Fallrichtung reißen, kam aber selbst nicht schnell genug weg, wurde von einem spitzen Astende am Kopf getroffen und blieb benommen liegen. Blut sickerte aus ihrem schwarzen Haarschopf heraus.

Einer der Männer rief Ula zu: „Ich hole deinen Mann!“

Er rannte zum Haus des alten Schamanen, die beiden anderen bauten sehr schnell aus Ästen ein Traggestell, Mika wollte helfen. Als Gerrit mit dem ersten Holzfäller zurückkam, legten sie Ula auf das Gestell. Sie öffnete die Augen auf Gerrits Zuruf, schaute aber irgendwie in die falsche Richtung.

„Es ging so ...“, sagte sie; offenbar fiel ihr das Wort nicht ein.

„Heilige Mutter“, murmelte Gerrit. „Nicht schon wieder eine Hirnverletzung!“

Es war aber eine Hirnverletzung, musste er feststellen, nachdem er die blutigen Haare mit dem schärfsten der kleinen Messer weggeschabt und die Wundränder gespreizt hatte. Der Knochen war zertrümmert, das Loch unregelmäßig begrenzt, fast so groß wie der Handteller des kleinen Sohnes, und ein Knochenstück war in die Hirnumhüllungshaut eingespießt.

Gerrit arbeitete sehr langsam, seine Hände zitterten nicht so sehr wie die des alten Schamanen, der ihm die kleinen Werkzeuge reichte. Ulas Mutter hatte ihrer Tochter schmerzlindernden Tee eingeflößt und ihren linken Zeigefinger auf das Handgelenk der Verletzten gelegt. Die Helferin spülte warmes Wasser in die Wunde, die dank des Spiegelsteins gut beleuchtet war.

Gerrit nahm allen Schmutz und die Knochenstückchen heraus, bis nur noch das abgesplitterte spitze Stück in der Mitte der Wunde übrig war.

„Das muss raus“, flüsterte der alte Schamane und hielt zitternd ein angefeuchtetes Beinwellblatt bereit.

Der kleine Knochenspieß ließ sich entfernen. Aus den Rändern des Loches in der harten Hirnhaut blutete es kaum, aber gleichmäßig sickerte es dunkelrot aus dem Loch im Gehirn selbst. Der Schamane verkleinerte das Beinwellblatt, legte es auf Gerrits Zeigefingerkuppe, schaute die Helferin an, welche verdünnten Kamillentee in die Wunde spülte. Dann nickte er

Gerrit zu, dessen Zeigefingerspitze genau in die Hirnwunde hineinpasste. Die Blutung wurde weniger. Gerrit schloss die Augen, er wollte nichts mehr spüren als die Kuppe seines rechten Zeigefingers. Er fühlte das gleichmäßige Pochen des Gehirns und das Zittern seiner Hand ließ nach. Als er die Augen öffnete, sah er am Fenster den Schatten eines großen Vogels vorbeigleiten.

Die Helferin tröpfelte Kamillentee an Gerrits Finger, der sich vom Beinwellblatt löste, das an der Wand der kleinen Hirnwunde kleben blieb.

„Kein Blut", murmelte der Schamane. „Es könnte gehen."

Gerrit betrachtete noch einmal das gesamte Loch in Ulas Schädel, schabte an dessen Rändern Schmutz und kleine Reste von Knochenstückchen weg, die Helferin spülte stetig weiter. Das Schädelloch war nicht überall glatt begrenzt, sah aber gut und sauber aus. Gerrit deckte die gesamte Lücke mit zwei großen Blättern ab, dann prüfte er die Wundränder, reinigte sie nochmals durch sanftes Schaben und Spülen mit dem warmen Kamillenwasser, streute Pilzpuder auf die Wunde und konnte die Kopfschwartenränder bis auf kleine Spalten zusammenbringen. Er legte noch einige trockene Blätter auf, die mit einem Gewebestreifen um den Kopf herum angedrückt wurden.

Dann trugen sie Ula sehr vorsichtig und langsam in den Nebenraum auf den vorderen Liegeplatz. Ulas Mutter hockte sich neben ihre Tochter.

„Es könnte gehen", murmelte der alte Schamane wieder.

Gerrit und sein Schwiegervater gingen in das Wohnhaus. Dort hatte die Magd den Kleinen auf seine Liegestatt gebracht, wo sie neben ihm saß und eine Geschichte erzählte von einem großen Vogel, der unendlich hoch fliegen und von oben alles sehen konnte, was auf der Erde geschah.

Gerrit legte seine Hand auf Mikas Schulter und sagte: „Deine Mutter wird gesund."

Seine Hoffnung war so groß, dass sie zum Glauben wurde. Ula wurde gesund. Die Suche nach einem schwierigen Wort verwirrte sie zunächst oft, eine Unsicherheit, die sich aber zurückbildete. Nur sprach sie ein klein wenig langsamer als vor dem Unfall. Einige Monde lang klagte sie über doppelte Bilder beim Sehen, schaute in die falsche Richtung und musste sich langsamer bewegen, um das Gleichgewicht zu halten; diese Schwierigkeiten verschwanden mit der Zeit beinahe völlig.

Es blieb nur die kleine Delle über dem Ohr, und ein Augenfeld, wie sie es nannte, war nicht ganz vollständig. Sie könne gut damit umgehen, sagte sie, und Gerrit bewunderte wieder ihre gute Laune und lockere Zuversicht. Manchmal trällerte sie, tanzte herum und sang ihrem Sohn Lieder vor. Gerrit liebte sie unendlich.

Eines Tages hielt sie ihn fest, nahm ihn in ihre Arme und sagte: „Du hast mich allzu gesund gemacht."

Er schaute sie fragend an.

„Ich bekomme ein Kind", erklärte sie.

Er erschrak ein wenig, dachte an das Loch im Schädelknochen, ließ sich aber dann von dem guten Mut seiner Frau anstecken und teilte mit ihr die freudige Erwartung.

Tapferkeit und fröhliche Stimmung wirkten sich offensichtlich günstig auf den Verlauf von Schwangerschaft und Geburt aus. Als die entsprechende Zahl von Monden verstrichen war, gebar Ula eine schöne Tochter mit hellen Augen.

„Es sind deine Augen", sagte sie zu Gerrit.

„Wenn du das sagst, dann ist es wahr", antwortete er und nahm ihre Hand, die er niemals wieder loslassen wollte.

Ula hatte Gerrit wenn möglich bei Eingriffen oft geholfen, aber sie wollte doch den Sohn, der seinen fünften Sommer erlebt hatte, noch besser im Auge behalten. Denn trotz des Unfalls, den seine Mutter so wunderbar überstanden hatte, wurde er immer lebhafter und umtriebiger, und jetzt war noch seine kleine Schwester hinzugekommen.

Ulas Mutter war froh, wenn sie für Hausarbeit, aber besonders auch für die Herstellung von Arzneien und Hilfsmitteln zur Krankenversorgung, mehr Zeit hatte.

Gerrit dachte darüber nach, als er zu einer Siedlung flussaufwärts unterwegs war. Er war früh aufgebrochen und hoffte, diese vor dem Mittag zu erreichen. Er war jetzt von Wolf begleitet, mit dem er sich sehr gut verstand. Sein Jagdbogen war an der Rückentrage befestigt und der Fellsack enthielt wie immer einige wichtige Arzneien, Geräte und etwas Proviant.

Trotz eines Gerüchtes, dass wieder zwielichtige Gestalten unterwegs seien, fühlte er sich sicher und bestaunte den bunten herbstlichen Wald. In das Grün der Blätter hatten sich Gelbtöne, braune und rote Farben gemischt zu einer bunten Pracht unter dem blauweißen Himmel. Die Morgensonne schien hinter ihm und ließ das schmale sich schlängelnde Band des großen Mutterflusses zartblau und silbern glitzern.

„Erde und Himmel sind dir gut gelungen, heilige Mutter", flüsterte er leise vor sich hin. „Und es gibt auch Menschen, die wundervoll sind."

Er dachte an Ula und seinen Sohn, der die dunklen Augen der Mutter hatte, und an die winzige Tochter, die angeblich mit seinen Augen in die Welt schaute. Aber es gibt auch Menschen, überlegte er weiter, die hässliche und sogar grauenvolle Dinge tun. Eigentlich hat jeder Mensch die Möglichkeit, Untaten zu begehen, und wenn er stark ist, sogar Gewalt anzuwenden gegen Menschen, Tiere und gegen die Natur. Jeder Mensch kann sich aber auch dafür entscheiden, keine Gewalt anzuwenden und anderen Menschen zu helfen, wenn sie in Not sind.

Gerrit fragte sich, warum das so sei und warum es bei den Tieren irgendwie anders zu sein schien, und ob diese vielleicht nur Gewalt anwendeten, wenn sie Hunger hatten oder sich bedroht fühlten.

Der Hund schreckte ihn aus den Gedanken auf: Er knurrte und war unruhig. Ein Hase saß ein Stück weit vor ihnen, schaute von ihnen weg in die Richtung des leichten Windes und hatte sie nicht bemerkt. Gerrit blieb stehen.

„Ganz ruhig", sagte er leise.

Wolf neben ihm knurrte kaum hörbar, zitterte ein wenig, sein Herr nahm den Bogen mit der linken Hand von der Rückentrage, zog mit dem rechten Daumen und Zeigefinger aus dem Köcher einen Pfeil, den er mit der Kerbe am hinteren Ende auf die Bogensehne drückte. Während er den Bogen mit gestrecktem Arm nach vorne hielt, zog er den Pfeil auf der Sehne langsam nach hinten, zielte sorgfältig und öffnete die Klammer zwischen seinem Daumen und Zeigefinger, ein Sirren, und der Pfeil steckte in dem Hasen.

„Los!“, rief er, und Wolf schoss vor, fast so schnell, wie der Pfeil geflogen war.

Gerrit musste lächeln, er war zufrieden, zumal die Versorgungslage zu Hause gerade ein wenig knapp war. Der Hund kam langsam zurück, den toten Hasen am Nackenfell gepackt und ihn herbeischleifend trotzt des sperrigen Pfeils, der das Tier von hinten durchbohrt hatte. Gerrit zog den Pfeil nach vorne durch aus dem Hasen heraus, säuberte ihn mit Blättern und steckte ihn in den Köcher, der jetzt wieder drei Pfeile enthielt. Dem Hasen strich er über den Kopf, schloss seine Augen, schob ein Blatt in sein Maul, hüllte ihn in dünnes Leder und verstaute ihn im Rucksack.

Sie zogen weiter und erreichten noch vor dem Höchststand der Sonne den Ort, wo Gerrit nach einem Mädchen sehen sollte, dessen Wunde am Bauch nicht heilte. In der Siedlung war ein Schamane, der zusammen mit seinem Sohn schon das Kind betreut hatte. Die Eltern berichteten, Kinder hätten einen Hund geärgert, und der habe dann das Mädchen in den Bauch gebissen. Gerrit sah, dass die Kleine eine blass gelbliche Hautfarbe hatte, ziemlich mager war und schwach. Sie fühlte sich heiß an, die Blutader am Handgelenk pochte schnell aber gleichmäßig. Der Bauch war gerötet und druckschmerzhaft. Der Schamane und sein Sohn hatten die Wunde ein wenig geöffnet, damit altes Blut und verflüssigter Eiter herauslaufen konnten.

Gerrit flößte dem Mädchen Schmerztropfen und etwas Beruhigungstee ein und sagte: „Wir müssen die Wunde weiter öffnen, damit wir sehen, ob noch etwas darin ist.“

Er packte seine kleinen Werkzeuge aus und fragte den Sohn des Schamanen, ob er helfen wolle. Der nickte ganz eifrig und sein Vater bekundete Einverständnis, obwohl er etwas verärgert schien. Andererseits hatte er selbst Gerrits Besuch veranlasst. Dieser wusch seine Hände an der Wasserstelle des Ortes und bat den Schamanensohn, das auch zu tun. Dann verlangte er nach einer Schüssel mit warmem Wasser, in das er Kamillepulver hineinstreute. Er öffnete langsam die Wunde und gab dem Jungen zwei Haken, um deren Ränder zu spreizen. Sein Vater tropfte dem Kind noch Tee gegen die Schmerzen in den Mund und Gerrit konnte mit einem Schaber und einem Stab die Wunde von altem Blut und Eiter befreien, bis er schließlich am Grund ein kleines schmutziges Knochenstück fand, das er entfernte und beiseitelegte. Die Wunde spülte er sodann mit dem warmen Kamillenwasser gründlich aus, schaute nochmals in alle Ecken, schabte letzte Eiterreste heraus und legte dann die Hautränder auf die Wundfläche.

„Das muss jetzt so offen bleiben“, erklärte er. „Und jeden Tag die Wunde mit Kamillenwasser spülen! Wenn wieder Eiter hervorkommen sollte, dann den Wundrand anheben und gründlich darunterspülen!“

Der Schamanensohn nickte eifrig. „Ich will das gerne tun!“, beteuerte er.

Sein Vater war einverstanden und jetzt offensichtlich zufrieden. Gerrit nahm das Knochenstück in die Hand.

„Vielleicht hatte der Hund das Knochenstück noch im Maul, als er das Mädchen biss“, vermutete er. „Ich hoffe, dass euer Kind gesund wird.“

Die Leute waren erleichtert und dankbar. Gerrit gab ihnen den Hasen, damit er frisch verwertet werden konnte. Für seine Arbeit und für den Hasen bekam er sehr gutes Räucherfleisch, Fladenbrote, Kräuter und ein Säckchen Getreide. Sein Rucksack war deutlich schwerer als bei der Ankunft.

Er kündigte einen neuen Besuch in wenigen Tagen an. Der Vater des Mädchens lachte.

„Dann will ich deinen Rucksack wieder etwas beschweren“, kündigte er an.

Der Waffendieb

Gerrit pfiff nach dem Hund, der inzwischen auch einige Leckerbissen ergattert hatte, und die beiden traten den Rückweg an. Sie nahmen den gleichen Weg wie am Morgen. Das Wetter war schlechter, es kam Nieselregen auf, aber den Wind hatten sie immerhin im Rücken. Wolf war gut erzogen, blieb nahe bei seinem Herrn, sehr aufmerksam, aber ruhig.

Gerrit dachte über das Kind nach und dass ganz offensichtlich das Knochenstück die Wundheilung verhindert hatte. Plötzlich zögerte der Hund mit dem Weitergehen, knurrte, sträubte die Nackenhaare und drückte den Schwanz nach unten, fast zwischen seine Hinterläufe.

„Das muss ja etwas ziemlich Garstiges sein, bestimmt nicht nur ein Hase“, murmelte Gerrit, nahm vorsichtig seinen Bogen von der Rückentrage weg und legte ihn über die linke Schulter. Den Speer drehte er um, so dass die Spitze nach unten zeigte, und ging langsamer.

Wolf beruhigte sich nicht und Gerrit sah eine Gestalt vor sich, einen kräftigen, dicken Mann, der ebenfalls flussabwärts ging, aber viel langsamer als Gerrit und sein Hund, weil er irgendetwas Klobiges hinter sich herzog. Gerrit traute seinen Augen kaum, aber es war der dicke Waffendieb, der ihn vor langer Zeit schwer verletzt hatte.

„Er ist wohl ganz allein unterwegs“, sagte er leise. „Dass der sich noch in dieser Gegend herumtreibt. Kaum zu glauben, aber er ist es, und er schiebt auch noch mit Waffen herum.“

Auf dem kleinen klobigen Schlitten waren Streitäxte aufgeladen und einige Lanzen. Der dicke Mann zog die Last an einem kurzen, kräftigen Seil, das er sich um die Schulter geschlungen hatte.

Gerrit überlegte, ob er sich mit dem Hund in den Wald zurückziehen und verstecken sollte, aber seine Wut war stärker als die Angst, da er klar erkannt hatte, dass sein Peiniger frei herumlief und immer noch seinen Machenschaften nachging.

„Wir flüchten nicht“, sagte er leise zu Wolf. „Jetzt gehen wir ruhig weiter und warten auf eine gute Gelegenheit, die wird schon kommen.“

Der Abstand zwischen ihnen hatte sich deutlich verringert, als der Mann sein Tempo verlangsamen und schließlich anhalten musste, weil ein umgestürzter Baum den Weg versperrte. Gerrit versteckte sich hinter einem Gebüsch.

„Ganz ruhig“, flüsterte er seinem Hund zu, meinte aber nicht nur diesen, sondern auch sich selbst.

Er stieß den Speer in den weichen Boden, nahm einen Pfeil aus dem Köcher, legte ihn auf die Bogensehne und blieb hinter dem Busch stehen; der Mann wandte sich um, und Gerrit konnte zwischen den Zweigen hindurch genügend sehen, um völlig sicher zu sein, wen er da vor sich hatte.

Der Dicke hatte ihn nicht bemerkt, drehte ihm wieder den Rücken zu und schien zu überlegen, wie er mit seiner Fracht um den Baum herum oder darüber hinwegkommen sollte. Gerrit trat seitlich neben das Gebüsch, spannte den Bogen und zielte genau auf den oberen Teil des rechten Oberschenkels.

„Deutlich dicker als ein Hase“, dachte er, als er den Pfeil frei gab, der sogleich den Oberschenkel des Dicken durchbohrte.

Der schrie laut, stürzte auf die linke Seite und versuchte, den Pfeil herauszuziehen, was dank Ulas hervorragender Künste beim Herstellen von Pfeilspitzen mit Widerhaken natürlich nicht gelang. Gerrit schaute sich vorsichtig um, klemmte den Bogen wieder an die Rückentrage, beobachtete die Umgebung und den am Boden liegenden Mann, nahm den Speer und ging langsam auf den Verletzten zu.

Der Hund knurrte nur ganz leise, er war offenbar zufrieden, und Gerrit meinte: „Mit einem zweiten Feind müssen wir wohl nicht rechnen.“

Er schaute immer wieder kurz zurück und zur Seite. Er konnte aber nichts Verdächtiges entdecken, bis sie vor dem Verletzten standen, der versuchte, sich aufzurappeln, aber wieder zusammenbrach, weil sein rechtes Bein nicht standhielt. Gerrit hatte seinen Speer angehoben und etwas zurückgenommen. Mit angstverzerrter Miene starrte der Dicke auf die Speerspitze.

„Jetzt wirst du mich töten“, jammerte er schluchzend.

„Bist du allein?“, fragte Gerrit.

„Ja, leider“, greinte der Dicke.

Gerrit war wütend, bog seinen rechten Arm zurück und schaute in die Augen seines Feindes.

Dann blickte er noch einmal umher und sagte zu seinem Hund: „Sei wachsam!“

Der sprang auf den Baumstamm gleich hinter dem Verletzten, bellte nicht und knurrte nicht.

„Ich weiß“, sagte Gerrit. „Wenn ihr wieder zu zweit gewesen wärt, hättet ihr mich getötet. Gib deinen Dolch her!“

Der Waffenhändler schwieg, auf seinen linken Ellenbogen gestützt nestelte er mit der rechten Hand jammernd an seinem Gürtel herum und zog den Dolch aus der Scheide. Jetzt knurrte der Hund leise, aber scharf. Der Dicke sah Gerrits gespannte Haltung und die Speerspitze auf sein Gesicht gerichtet. Er ließ den Dolch fallen, dem Gerrit rasch einen kleinen Fußtritt versetzte, so dass er im Gebüsch verschwand.

Dann stieß er den Speer in den Boden, zog seinen Dolch aus dem Gürtel, setzte die Rückentrage mit dem Fellsack ab und erklärte dem Verletzten: „Ich glaube, mein Pfeil hat die Stränge getroffen, die den Muskeln die Kraft geben. Du wirst wenig oder erst mal gar nicht gehen können, und wenn ich den Pfeil nicht sofort entferne, wird die Sache wohl schlecht ausgehen.“

„Ich weiß schon“, jammerte der Dicke. „Ich brauche einen erfahrenen Wundheiler, sonst verrecke ich.“

„Hör auf zu jammern!“, sagte Gerrit. „Ich bin ein Wundheiler. Wenn du willst, versuche ich, den Pfeil zu entfernen und die Wunde zu versorgen. Ich weiß aber nicht, ob das gelingt.“

Er kniete neben dem Verletzten nieder und stellte fest: „Ich muss dein Beinkleid zerschneiden.“

„Mach, was du willst!“, stöhnte der Dicke.

Gerrit sah mit einiger Genugtuung, dass die Pfeilspitze ein wenig vorne am Oberschenkel hinausragte.

„Jetzt beiß auf die Zähne! Ich ziehe den Pfeil heraus."

Ganz langsam drückte er den Pfeil von unten vor, so dass dessen Spitze vollends aus dem Oberschenkel heraustrat. Dann konnte er das Geschoss packen und aus dem Verletzten herausziehen; der schrie laut und fuchtelte mit den Armen herum, versuchte aber nicht, die Behandlung zu stören, zumal er inzwischen gemerkt hatte, dass der Hund vom Baumstamm genau über ihm alles beobachtete. Gerrit säuberte den Pfeil mit einem Grasbüschel und steckte ihn in seinen Köcher.

„Die Einschusswunde blutet etwas weniger als der Ausschussbereich vorn", sagte er. „Jedenfalls muss das Blut ablaufen, bleib ruhig liegen! Wir gehen jetzt in den Ort, ich sage Bescheid, dass man dich holt. Wenn du versuchst zu fliehen, wird man dich finden. Deine Blutspur wird jede Hundenase erfreuen."

Wolf saß auf seinem Posten.

Gerrit fragte ihn: „Alles in Ordnung?"

Er wedelte leicht mit dem Schweif.

„Dann komm!", sagte Gerrit.

Er steckte den Dolch an den Gürtel, packte die Rückentrage mit Sack und Bogen, nahm den Speer mit der Spitze nach oben, ging zu dem nahen kleinen Weidengebüsch, suchte den Dolch des Waffenhändlers heraus und steckte auch diesen in seinen Gürtel. Er musste grinsen, konnte sich nicht erinnern, dass er jemals so gründlich bewaffnet war. Da fiel ihm die Keule ein.

Sie lag doch tatsächlich auf dem klobigen Schlitten, gerade unter das Seil geschoben, mit dem die anderen Waffen befestigt waren. Gerrit zog sie hervor und steckte sie mit dem Griff auch noch unter seinen Gürtel.

„Wir werden dich holen", sagte er zu dem Schieber. „Wenn möglich, komme ich mit."

„Wenn möglich, bin ich dann weg", brummte der, zog eine Grimasse und hielt sein schmerzendes Bein.

Gerrit zuckte die Achseln, winkte dem Hund, und die beiden zogen los. Als sie weit genug entfernt waren, nahm Gerrit die widerliche Keule und schleuderte sie voller Zorn in ein dichtes Brombeergebüsch.

Am frühen Abend kamen sie in ihrer Siedlung an. Gerrit ging sofort zu dem Dorfältesten und erzählte ihm die fast unglaubliche Geschichte. Sie vereinbarten, bei Morgengrauen mit drei oder vier Männern loszuziehen. Gerrit und sein Hund sollten mitkommen, er selbst würde seine Hündin auch mitnehmen. Gerrit versprach, sich bereit zu halten. Zu Hause wurden Herr und Hund freudig begrüßt, und Gerrit erzählte im Familienkreis beim gemeinsamen Essen, was vorgefallen war. Ula hatte Bedenken. Ob er nicht besser morgen in der Siedlung bleiben wolle, meinte sie, nach den schrecklichen Erfahrungen, die er mit dem Dicken gemacht habe.

„Für das Schlimmste habe ich ja eine Gedächtnislücke", entgegnete er. „Ich will einfach sehen, wie die Sache weitergeht, deshalb will ich dabei sein."

Am frühen Morgen holte einer der drei Männer, die der Dorfälteste angesprochen hatte, ihn ab. Gerrit nahm seine Ausrüstung, auch etwas Proviant, und trank einige Schlucke Wasser mit Sirup.

Ula sagte: „Sei vorsichtig! Wir brauchen dich noch."

Er umarmte sie, pfiff dann dem Hund und sie zogen los. Die Gruppe bestand nun aus fünf bewaffneten Männern sowie den beiden Hunden. Sie hatten eine Trage bei sich, aus kräftigen Stöcken hergestellt, mit der man einen Mann transportieren konnte. Sie gingen sehr schnell und erreichten noch vor Mittag die Stelle, wo Gerrit den Waffenschieber angeschossen und dann behandelt hatte. Der Platz war aber leer.

„Wir müssen ihn finden!", sagte Gerrit.

Sein Hund hielt den Schwanz hoch, schnüffelte am Boden herum und rannte zielstrebig los, dicht hinter ihm die Hündin des Ortsältesten. Die fünf Männer hatten Mühe zu folgen. Sie sahen bisweilen geknickte Zweige und niedergetretenes Gras und fanden den Verletzten rasch, auf dem Boden zwischen zwei knurrenden Hunden hockend, eine Streitaxt in der Hand.

„Wirf die Axt weg!", rief der Dorfälteste, was der Dicke sogleich tat, als er drei Pfeile und gespannte Bögen auf sich gerichtet sah.

Vier Männer gingen langsam auf ihn zu, einer blieb etwas zurück, spähte umher und umkreiste den Ort des Geschehens, fand aber nichts Verdächtiges und schloss sich der Gruppe wieder an. Der dicke Mann war ziemlich blass, er konnte mit Schmerzen zwei bis drei Schritte machen, dann versagte das Bein wieder den Dienst.

„Wir könnten ihn hier töten", sagte der Dorfälteste, der auch die gestohlenen Streitäxte des Waffenhändlers gesehen hatte. „Aber ich möchte die Sache vor den Großherrn bringen, da ist es doch am einfachsten, wenn wir den Dicken zum Dorf tragen und ins Loch sperren, damit der Großherr die Versammlung mit den Ortsältesten einberufen kann."

Sie durchsuchten ihn noch einmal nach Waffen, er hatte aber keine mehr bei sich. Also fesselten sie seine Hände und Füße und legten ihn auf die Trage. Die beiden stärksten Männer schimpften zunächst, aber alle waren doch froh, dass sie diesen Burschen gefasst hatten.

Gerrit war nachdenklich, denn er kannte die Bestimmung. Wer einen Gauner gefasst hatte, der den Tod verdiente, hatte das Recht, dessen Tötung abzulehnen, was allerdings nur sehr selten vorkam. Dann setzten die Ältesten mit dem Großherrn die Strafe fest, die aber oft so hart war, dass der Verbrecher nicht überlebte.

Als sie ihren Heimatort erreichten standen schon Neugierige, besonders Kinder, am Wegrand und bestaunten diesen seltsamen Zug. Der dicke Mann bekam einen Krug Wasser, den er mit Daumen und Zeigefinger greifen konnte, wurde in ein unterirdisches Verlies gesperrt und über ihm wurde eine schwere Klappe verschlossen. Ein Ausbruch war unmöglich.

Schon am nächsten Tag kamen die Ältesten mit dem Großherrn zusammen; Gerrit wurde aufgefordert sich zur Verfügung zu halten. Später bat man ihn in die Runde, zu der neben dem Großherrn drei Dorfälteste gehörten. Der Waffendieb saß in der Mitte auf einem Holzklotz.

Der Großherr fragte Gerrit: „Ist das der Mann, der dich damals angegriffen und verletzt hat, bevor du in unsere Siedlung gekommen bist?“

„Ja“, sagte Gerrit.

„Wir sind uns einig, dass er die Todesstrafe verdient, bist du einverstanden?“, sagte der Großherr.

„Ich möchte nicht, dass er getötet wird“, antwortete Gerrit.

Die Herren saßen da mit versteinerten Gesichtern, bis schließlich der Großherr feststellte: „Gut, wir werden deinem Wunsch Folge leisten, dem Verbrecher wird die rechte Hand abgehackt, er wird in die Wildnis verbannt.“

Er schwieg eine Weile. „Wenn er noch einmal aufgegriffen wird, muss er getötet werden.“

Zwei Knechte wurden gerufen. Sie führten den dicken Mann hinaus, der Gerrit plötzlich nicht mehr so dick erschien, wie er ihn in Erinnerung hatte. Der Großherr beendete die Zusammenkunft und die Herren gingen auseinander.

Am Mittag des nächsten Tages kam ein Knecht des Großherrn und brachte die abgeschlagene Hand des Waffendiebes. Gerrit hatte schon so etwas geahnt, aber dass es so schnell und in dieser Weise gehandhabt würde, hatte er doch nicht gedacht. Er ging in den Behandlungsraum und wickelte die Hand aus der Blätterumhüllung heraus, nachdem er den Sohn des Schamanen vom Nachbardorf, der jetzt oft bei ihm weilte, gerufen hatte.

Die beiden betrachteten neugierig den abgetrennten Körperteil. Der Scharfrichter hatte die Hand am oberen Ende des Gelenkes abgeschlagen, wo kleine Knochen angekratzt, jedoch nicht zertrümmert waren. Die Hautränder waren zerrissen, aber die Hand selbst war nicht beschädigt. Gerrit nahm ein kleines Messer, schnitt die Haut an den seitlichen Handkanten auf, trennte sie von der Unterlage und klappte sie über die Finger. Wenn er an den fast weißen Sehnen des Handrückens zog, streckten sich die Finger ein wenig, zog er an den Sehnen des Handtellerbereiches, beugten sich die Finger. Jeder Finger hatte seine eigenen Sehnen, auch der Daumen, an dessen oberem Ende noch ein Muskel lag, in den ganz feine Fasern hineinzogen, deutlich zarter als die Sehnen. Wenn man an diesen zog, dehnten sie sich und rissen schließlich aus dem Muskel heraus.

„Dies sind keine Sehnen", sagte Gerrit zu dem Schamanensohn. „Die wirklichen Sehnen kommen aus Muskeln im Unterarm heraus, ich habe das schon bei Verletzungen gesehen. Die Muskeln ziehen die Sehnen, dann können sich die Finger bewegen. Über die feinen Fasern, die in den Muskel hineinziehen, muss ich noch nachdenken."

Einige Tage später erzählte einer der Knechte des Großherrn, man habe den Waffendieb weggejagt, nachdem die Hand abgeschlagen war. Er sei aber nicht weit gekommen, nur ein kleines Stück in den Wald hinein, dort habe er sich in einem Gebüsch verkrochen und sei gestorben. Einer der Hunde habe wohl das Blut gerochen und gebellt. Man habe den Toten dann gleich im Wald vergraben.

Gerrit war eigentlich erleichtert, wenn er daran dachte, was noch alles hätte geschehen können, wenn dieser unberechenbare Mann schließlich einhändig in der Gegend herumgestreunt wäre.

Der Tod und das Grab

Manche Sommer und Winter vergingen, in denen Gerrit vielen Kranken helfen konnte. Ula unterstützte ihn soweit möglich, besonders bei größeren Maßnahmen, und sie gab ihre Kenntnisse an eine junge Frau weiter, die es auch lernte, Kranke bei Eingriffen zu überwachen, sie zu beruhigen und Schmerzen zu lindern.

So konnte sie sich auch öfter den Kindern zuwenden und sie lehren, Menschen, Tiere, Pflanzen, Erde und Himmel zu achten und mehr darüber zu erfahren. Beide Kinder waren sehr lebhaft, neugierig und einfallsreich. Sie spielten auch viel mit anderen Kindern und entwickelten sich gut. Wenn Gerrit Zeit hatte, zog er gern mit ihnen in den Wald, erklärte ihnen Wachstum und Veränderung der Pflanzen in den Jahreszeiten, zeigte ihnen Tiere und berichtete über deren Eigenschaften. Er schnitzte ihnen Stöcke und kleine Lanzen, baute ihnen kleine Bögen mit Pfeilen dazu und zeigte ihnen deren Gebrauch.

Als der Sohn zehn Sommer erlebt hatte und die Tochter halb so viele, war Ula eines Abends früher als gewöhnlich zu ihrem Schlafplatz gegangen und hatte sich hingelegt. Als Gerrit selbst müde war, legte er sich an ihre Seite, spürte, dass sie noch nicht schlief und legte seine Hand auf ihre Hüfte.

Sie fragte leise: „Bist du zufrieden?“

„Ich bin glücklich“, antwortete er ebenso leise, nahm sie in die Arme, schnupperte an ihrem Kopf und sagte: „Dein Haar riecht anders.“

„Ich bekomme ein Kind.“ Und nach einer Weile: „Ein wenig Angst habe ich doch, schließlich bin ich nicht mehr jung. Ich habe dreißig Sommer erlebt, aber vielleicht wird es dennoch gut gehen. Der Schamane des nächsten Ortes vermag zwar, einen Tee zu brauen, der das frühe Kind abtreibt, den möchte ich aber nicht versuchen. Vielleicht hilft mir die heilige Mutter Erde und du hilfst mir, böse Geister fernzuhalten.

„Ich werde es nach Kräften versuchen“, sagte er.

In den kommenden Mondzeiten war Ula sehr nachdenklich, schien oft zu träumen, es war ihr häufig übel. Dann aber fühlte sie sich gut, arbeitete viel und stellte wieder kleine Werkzeuge, Nadeln, Haken, Pfeilspitzen und besonders Schmuckstücke her.

Das Kind wuchs in ihrem Bauch, und sie sagte: „Es wird ein Sohn, er strampelt viel.“

Als das Kind nach sieben Monden recht groß war, bat Ula ihre Mutter um Rat, da sie befürchtete, das Kind würde nicht richtig liegen.

Die Mutter untersuchte Ulas Bauch, fühlte, lauschte, klopfte und meinte dann: „Das Kind liegt quer, der Kopf ist nicht unten, das darf so nicht bleiben.“

„Ich dachte es mir schon“, sagte Ula.

„Wir sollten versuchen, es so zu drehen, dass der Kopf nach unten kommt“, antwortete die erfahrene Hebamme und nahm streichende und knetende Bewegungen an Ulas Bauch vor, aber das Kind blieb quer.

Ula versuchte selbst, die Lage ihres Sohnes zu ändern, indem sie mit der einen Hand von der Seite den vermeintlichen Kopf nach unten und mit der anderen Hand den Steiß nach oben drückte. Nach zahlreichen solchen Versuchen und Übungen, auch mit Liegen und wieder Aufstehen, kam tatsächlich der kleine Körper in die gleiche Richtung wie ihr eigener. Sie hielt ihren Sohn mit beiden Händen, lief umher und hüpfte auch etwas. Danach blieb er in der Längsrichtung und legte sich nicht mehr quer.

Abends sagte sie zu Gerrit: „Er liegt jetzt in guter Richtung.“ Sie klopfte auf ihren Bauch. „Aber das hier oben kommt mir für ein Gesäß etwas hart vor, ich glaube fast, es ist der Kopf.“

Sie lachte, aber es war nicht dieses Lachen eines jungen Mädchens, das Gerrit gewöhnt war. Ulas Mutter war sehr ernst, nachdem sie ihre Tochter noch einmal genau untersucht hatte.

Sie bestätigte Ulas Verdacht: „Das Kind liegt längs, aber der

Kopf ist oben und der Steiß sitzt schon tief. Einen Drehversuch von außen sollte man nicht mehr vornehmen."

Nachdem zwei weitere Monde verstrichen waren, bekam Ula Wehen.

Als die Mutter Ulas Bauch befühlte und abhörte stellte sie fest: „Das Kind ist gut lebendig, aber der Steiß liegt sehr weit unten. Ich glaube es wird schwierig."

Ula hatte gute Wehen, aber das Kind wollte nicht recht kommen. Schließlich erschien ein Fuß und dann das Bein. Ulas Mutter drückte von oben, Gerrit zog bei Wehen an dem Bein, bis das Gesäß des Kindes und das zweite Bein heraus waren. Der Rumpf kam rasch, aber der Kopf blieb stecken, obwohl Ula in die Hocke ging und bei jeder Wehe zusätzlich presste. Sie war erschöpft und musste sich hinlegen.

Die Mutter sagte: „Ich muss den Kopf holen."

Die Magd hatte inzwischen heißes Wasser und Tücher bereitgestellt. Ulas Mutter wusch ihre Hände und Arme, tastete sich mit der rechten Hand am Hals des Kindes vor, konnte nach einigen Presswehen der Gebärenden und eigenem Druck mit ihrer linken Hand von oben mit dem Zeigefinger den Mund des Kindes erreichen, aber erst nach mehreren weiteren heftigen Wehen kam schließlich der Kopf zum Vorschein, blau wie das ganze Kind, das nicht atmete und nicht schrie.

„Der Kopf kam zu langsam", sagte die erfahrene Hebamme niedergeschlagen.

Ula hörte es, obwohl sie sehr erschöpft war und fragte: „Ist mein Sohn tot?"

Die Mutter nahm das Kind an den Füßen, ließ seinen Kopf nach unten hängen und klopfte auf seinen Rücken.

„Dein Sohn atmet nicht", sagte sie, klopfte aber weiter auf dessen Rücken.

Sie durchtrennte die Nabelschnur. Das Kind blieb reglos.

Schließlich legte sie das Kind auf Ulas Brust und sagte leise: „Unser Sohn ist tot."

Ula nahm das tote Kind in ihre Arme und weinte. Die Mutter tastete Ulas Bauch ab.

„Der Bauch ist zu dick“, meinte sie und drückte vorsichtig.

Es floss reichlich Blut aus dem Geburtskanal. Sie konnte die Gebärmutter tasten und nach einigen schwächeren Wehen wurde der Mutterkuchen herausgedrückt, den Ulas Mutter und der alte Schamane genau betrachteten.

„Er ist nicht vollständig“, sagte die Mutter und drückte die Gebärmutter nach unten.

Aber es kam nur Blut. Gerrit holte Tropfen aus Mutterkorn und flößte sie seiner Frau zusammen mit Beruhigungsmittel ein. Ula spürte, wie das Blut weiter aus ihr heraussickerte. Sie nahm Gerrits Hand.

„Hol die Kinder“, bat sie ihn.

Als die beiden neben der Mutter standen und das tote Kind betrachteten, sagte Ula: „Euer Bruder ist tot, aber ihr sollt leben und eurem Vater helfen.“

„Wir wollen dir helfen“, erwiderte der Sohn.

Die Tochter weinte leise. Ula war sehr bleich, sie zog Gerrit ein wenig näher zu sich hin.

„Es war so schön mit dir, du bist so wunderbar getaucht“, flüsterte sie, und Gerrit erahnte ein Lächeln auf ihren Zügen.

Er wusste, woran sie dachte und drückte ihre Hand, spürte aber keinen Gegendruck. Er sprach sie leise an, es kam keine Antwort, gerade so, als habe sie einen Schlag auf den Kopf bekommen. Stattdessen war das Blut aus ihrem Körper herausgelaufen. Bisweilen zuckte sie ein wenig mit den Armen, bewegte sich sonst nicht, atmete aber ganz gleichmäßig. Gerrit fühlte das Pochen an Ulas Handgelenk nur sehr schwach.

Der Kopf hat einen Schaden erlitten, überlegte er, hing der vielleicht mit den Wehen und der Anstrengung durch das viele Pressen zusammen? Eigentlich schlecht möglich, grübelte er weiter, und dachte an die Geburten ihrer anderen Kinder und viele Kraftanstrengungen seiner Frau, nicht zuletzt das Tauchen in die Tiefe des Mutterflusses, bei dem er ja nur mit Mühe nachgekommen war. Die Trauer um den toten Sohn, fragte er sich. Auch nicht! Sie müsste dann langsam wieder wach werden, zumal er sie dann lauter ansprach. War es das Heraussickern des Blutes? Schwer vorstellbar, das Blut lief ja unten heraus, und das Gehirn war ganz oben.

Er schaute seine Frau an: Sie war bleich, die Wangen waren eingefallen. Dann war im Kopf offensichtlich doch zu wenig Blut und wohl auch im Gehirn. Die Atmung wurde unregelmäßig. Eine dumpfe Erkenntnis überfiel ihn: Sie wird sterben.

„Sie war und ist der wichtigste Mensch in meinem Leben", flüsterte er unhörbar. „Sie hat mich gerettet und mir alles gegeben, was ich habe."

Er legte den Kopf auf ihren Arm, auf den seine Tränen flossen. In der Nacht versiegten die Tränen und seine Frau war tot als der Morgen graute.

Ulas Eltern hockten an der linken Seite ihrer Tochter, legten ihre Hände auf die Tote und den neugeborenen Sohn, der noch immer auf der Brust seiner Mutter lag, die ihn mit dem linken Arm umschlungen hatte. Sie sprachen Gebete zur heiligen Mutter Erde und Beschwörungen gegen böse Geister. Als es Tag geworden war, kam die Magd mit den Kindern. Der Sohn war ganz starr und die kleine Tochter weinte, sie hielt sich krampfhaft an der Magd fest.

Der alte Schamane holte eine Trommel mit tiefem Klang und trommelte eine langsame Schlagfolge mit dreißig Schlägen, nach denen eine Pause mit völliger Ruhe eingehalten wurde.

Noch bevor die Totenstarre eingetreten war, holten Frauen aus der Nachbarschaft die Verstorbene und brachten sie mit ihrem Kind in den Versammlungsraum, wo sie mit angewinkelten Knien auf der linken Seite liegend aufgebahrt wurde. Der tote Sohn wurde in die Blickrichtung ihrer erstarrten Augen gelegt. Ulas Mutter brachte einen schlicht verzierten kleinen Becher, eine Messerklinge, zwei Knochenspitzen, ein Schleifstück und jenen Tierknochen, aus dem Ula zuletzt Teile zur Herstellung kleiner Werkzeuge entnommen hatte.

Männer hoben eine Grube aus, am Waldrand, nicht weit vom großen Mutterfluss entfernt. Am frühen Abend ging ein großer Trauerzug zum Grab, an der Spitze die Dorfältesten, der Großherr, die Schamanen aus dem Nachbarort, Ulas Eltern und Gerrit mit den Kindern.

Dort wurde Ula mit dem Blick zum Mittagsstand der Sonne zur Ruhe gelegt, damit sie sehen konnte, wie die Mutter der Erde und des Himmels das Licht auf die Natur und alle ihre Geschöpfe sendet. Ihrem Kind war sie ebenso zugewandt, damit sie es sehen konnte wie auch die Beigaben ihrer Mutter, zur Erinnerung an ihre Tätigkeit und deren liebende Anerkennung. Gerrit starrte auf seine tote Frau, und obwohl er wusste, dass alles Leben mit dem Tod endete, vermochte er nicht, es zu begreifen.

Er vernahm über sich einen klagenden, lang gezogenen Pfeifton. Außer ihm schaute niemand nach oben, wo der Bussard einen großen Kreis zog, sich fallen ließ und in einigen engen Bögen über dem Grab segelte, bis er lautlos im Dunkel des Waldes verschwand. Gerrit fühlte trotz seiner unendlichen Trauer Ruhe in sich und eine Kraft, die er für das weitere Leben benötigen würde.

Ein kleiner Ringgraben um die Verstorbenen herum sollte diese vor bösen Geistern zu schützen. Aus demselben Grund ertönten auch die Trommeln. Schließlich bedeckte man die Toten mit Erde und füllte das Grab auf.

Im Anschluss zogen fast alle Beteiligten zum großen Haus in der Mitte des Ortes, in dem Speisen und Getränke gereicht wurden. Zum Klang der Trommeln tanzten viele der Gäste bis weit in die Nacht, auch Gerrit selbst und seine Kinder, die aber dann, von Müdigkeit überwältigt, einschliefen.

Die Trommeln wurden leiser und Gerrit träumte. Er sah Ula mit der Maske und dem Gewand einer Schamanin vor einem großen, golden glitzernden See tanzen, mit schwebenden Schritten näherte sie sich dem Wasser, bis ihr schlanker, bräunlich schimmernder Körper frei war. Sie sprang in einem hohen Bogen schwebend in den See, dessen Wasser nicht spritzte und auch keine Wellen hinterließ, als sie verschwunden war. Gerrit sah jetzt, dass Ula nicht in ein Gewässer, sondern in ein Meer von goldenem Licht eingetaucht war.

Er wachte auf und fühlte seine Trauer. Die Morgensonne schickte ihre Strahlen durch den Eingang in den Raum.

Anerkennung in dunklen Jahren

Gerrit war ein bekannter und geachteter Mann geworden. Er wurde in den Ältestenrat einbezogen, obwohl er nur wenig mehr als dreißig Sommer erlebt hatte. Das war ungewöhnlich, aber der Großherr und die drei verbliebenen Ältesten waren sich einig, dass sie den Rat des Heilers und Schamanen benötigten. Er musste nicht jedes Mal teilnehmen, wenn der Großherr mit den Ältesten zusammenkam, wurde aber verständigt, wenn bestimmte Dinge zu erörtern waren, die er wissen sollte oder über die man seine Meinung hören wollte.

Die Kranken, die seinen Rat benötigten und Hilfe brauchten, wurden nicht weniger. Er bat deshalb den Sohn des Schamanen aus dem Nachbarort, der ohnehin schon oft mit ihm arbeitete, endgültig bei ihm zu bleiben, um gemeinsam alle Kranken zu versorgen, die Krankheitsbilder und -verläufe zu sehen, Maßnahmen und Eingriffe zu erlernen und ihre heilende Wirksamkeit, bisweilen Nutzlosigkeit und manchmal sogar schädliche Folgen zu beobachten und zu beurteilen.

Zwischen Schüler und Lehrer entwickelte sich ein vertrautes Arbeitsverhältnis. Gerrit war sehr beruhigt, dass er den jungen Mann in die Heilkunst einführen konnte. Er hatte gesehen, wie unsicher das Leben war. Am eigenen Leibe hatte er es erfahren, der Tod seiner Frau hatte es ihn gelehrt, und er wusste, dass es notwendig war, Kenntnisse und Erkenntnisse rechtzeitig weiterzugeben.

Ulas Vater war müde und teilnahmslos geworden, er half zwar noch, wenn er gebeten oder dringend gebraucht wurde, aber Gerrit hatte das Gefühl, als sei er mit seinen Gedanken dort, wo er selbst bemüht war, nicht allzu oft zu verweilen, nämlich bei Ula.

Ulas Mutter hatte auch sehr unter dem Verlust ihrer Tochter gelitten, aber ihre Arbeit, ihr Fleiß und Ideenreichtum waren nicht beeinträchtigt. Sie hatte mit Gerrit besprochen, die junge

Frau, die ihr schon öfter bei der Geburtshilfe zur Seite gestanden hatte, weiter in die Kunst des Heilens und der Herstellung von Arzneimitteln einzuführen, Kranke bei Eingriffen zu betreuen und zu bewachen, wobei sie sich ja auch schon viele Male bewährt hatte.

Die Kinder erholten sich nur langsam von dem Schock, den der Tod ihrer Mutter verursacht hatte, und Gerrit sah, dass ihre kindliche Lebenslust oft beinträchtigt war. Er sprach mit ihnen über Ula; er selbst wie auch die Großeltern beantworteten die Fragen der neugierigen Kleinen und besonders die Großmutter erzählte ihnen oft spannende und lange Geschichten.

Gerrit sprach seinen Schwiegervater an und fragte, ob man nicht die Runen, mit denen man Naturerscheinungen, Sonne, Mond, Sterne, Wasser, Erde, Bäume, Tiere, auch Menschen oder wichtige Orte kennzeichnen würde, auch verwenden könne, um bestimmte Behandlungsarten für Wunden und Krankheiten sowie Mischungen und Zubereitungsweisen für Arzneien zu kennzeichnen. Der alte Schamane war überrascht und Gerrit erfreut, als er den von früher bekannten, wachen Geist des Mannes wieder aufblitzen sah. Dieser versprach dann auch, darüber nachdenken zu wollen.

Es dauerte einige Monde, aber schließlich hatten der alte Schamane und seine Frau eine Anweisung hergestellt auf sorgfältig bearbeiteter Birkenrinde mit Runen und kleinen Zeichnungen, wie man einen Trank zur Beruhigung und einen zur Schmerzlinderung herstellt. Die beiden Darstellungen waren zwar nur für Eingeweihte und Vorgebildete verständlich, aber für diese sehr hilfreich, um Fehler zu vermeiden.

Gerrit war sehr zufrieden und erarbeitete selbst mit dem Schamanensohn eine Darstellung, die zeigte, welche Vorbereitungen für die Versorgung einer offenen Wunde zu treffen waren. Ausgehend von dieser einfachen Anleitung schufen sie weitere für die Behandlung offener Wunden bei Knochenverletzungen und Wunden mit Verletzungen des Schädelknochens.

Ulas Mutter war begeistert von Gerrits Ideen und stellte zusammen mit ihrer Helferin eine Anleitung über Sauberkeit bei der Geburtshilfe her. Aber da zeigte sich doch, wie schwierig es war, den vielen Frauen Regeln zu vermitteln, weil sie auf diesem Gebiet oft sehr eigensinnig tätig waren, auch beeinflusst durch uralte Vorstellungen vom Wirken und Mitwirken finsterer Mächte, die man nicht stören oder gar beleidigen dürfe.

Gerrit erinnerte sich gut, dass seine Frau böse Geister gefürchtet hatte, was sich aber bei der Klarheit ihres Verstandes und ihrer Fähigkeit, die Natur zu beobachten und deren Gesetze zu erkennen, nicht auf Genauigkeit und Reinheit ihrer Arbeit ausgewirkt hatte.

Als gegen Ende des langen Winters die Nahrungsvorräte und das Brennholz knapp geworden waren, erkrankten viele Kinder mit Durchfall, einige starben auch. Man beschwor die bösen Geister und rief gute Geister um Hilfe an. Es wurde um ein Feuer getanzt und duftendes Holz verbrannt, trotz des Mangels an Holz.

Gerrit hielt nichts davon und sprach mit Ulas Mutter. Sie war sehr nachdenklich, gab ihm Recht und berichtete über ihre Erfahrungen, dass mangelnde Sorgfalt im Umgang mit Abfällen, Tierkadavern, Ausscheidungen von Menschen und Tieren Beschwerden wie Übelkeit, Erbrechen und Krankheiten hervorrufen würden. Diese alten Erkenntnisse habe sie von ihrer Großmutter und Mutter erlernt und eigene Beobachtungen hätten sie bestätigt. Ula und Gerrit hatten bei ihren Kindern, auch bedingt durch die Ermahnungen der Großeltern, stets auf Sauberkeit insgesamt und gute Nahrungsmittel geachtet.

Eine Versammlung der Dorfältesten beriet in Gerrits Anwesenheit über die Durchfallerkrankung der Kinder. Gerrit berichtete über seine Ansichten, insbesondere auch die von Ulas Mutter, und erklärte den Herren die Notwendigkeit, Nahrungsmittel und Wasser rein zu halten.

„Gerade beim Abtritt und den Jauchegruben muss man für Ordnung sorgen. Ausscheidungen und Abfälle müssen wir von den Kindern sowie vom Trinkwasser und der Nahrung fernhalten", erklärte er.

Der älteste Mann in der Runde nickte nachdenklich.

„In meiner Jugend war ich noch mit einer kleinen Gemeinschaft unterwegs, die umherzog. Wir hatten keine Äcker, Wiesen und bequeme Häuser, es ging ums Überleben", sagte er. „Mit unserem Dreck hatten wir allerdings keine Schwierigkeiten, den haben wir liegen gelassen und sind weitergezogen."

„Ich weiß", antwortete der Großherr, „aber diese Zeiten sind wohl vorbei."

„Endgültig?", murmelte der Alte leise vor sich hin und niemand gab eine Antwort.

Alle bestätigten Gerrits Ansichten und waren sich einig, dass sie Verpflichtungen hatten. Der Großherr erklärte, Gerrit und die Ältesten sollten die Wohngemeinschaften aufsuchen und diese wichtigen Dinge in seinem Auftrag erläutern.

Das erwies sich als recht schwierig. Einige Leute, gerade jüngere, hatten gar keine Lust zuzuhören, aber Eltern wurden doch nachdenklich, besonders wenn ein Kind krank war. Auch stellte Gerrit erleichtert fest, dass besonders die älteren Frauen und Männer, die Kenntnisse über die Ordnung im Haus und von Viehzucht und Ackerbau hatten, dankbar waren für die Aufmerksamkeit des Ältestenrates und des Großherrn.

Diese versprachen, sich im Familienverbund zu bemühen; und sie würden auch zu Belehrungen und zum Meinungsaustausch kommen, wie das vom Ältestenrat geplant war und dann auch umgesetzt wurde. Nur wenige Kinder erkrankten danach noch, wurden aber wieder gesund, und bis zum Ende des Winters war schließlich keine solche Erkrankung mehr aufgetreten.

Zum Beginn des Frühjahrs konnte der Ältestenrat dieses Ergebnis mit Genugtuung zur Kenntnis nehmen; man war sich aber einig, dass die Bemühungen fortgesetzt und die Älteren und Erfahrenen in den Familien darauf achten sollten, dass Reinlichkeit und Sorgfalt weiter gepflegt, Verstöße aber dem Ältestenrat gemeldet werden sollten.

Dann wurde noch ein Antrag mehrerer Bauern erörtert, ein recht großes Waldstück zu roden, weil zwei große Äcker schon im letzten Sommer schlechte Erträge ergeben hatten. Gerrit kannte die Beobachtung einiger erfahrener Frauen und hatte auch schon mit Ulas Mutter darüber gesprochen; diese bestätigte ihm, dass man bessere Ernten bekommen würde, wenn es gelänge, Ausscheidungen von Menschen und Tieren zusammen mit der Spreu, auf der die Rinder im Winter lagen, auf Gärten und Äcker zu bringen und auf dem gehackten Boden zu verteilen.

Gerrit brachte dies in der Sitzung vor. Zwei der Ältesten bestätigten solche Erfahrungen, wandten aber ein, das sei alles ziemlich unsicher, und die Mehrzahl der Bauern würde man für diese Arbeiten kaum gewinnen können. Die jungen Bauern wollten frisches Holz, auch wenn im Moment keine Baumaßnahmen geplant waren. Im Hochwald sei zwar noch genug Bruch- und Fallholz vorhanden, aber die Jungen wollten Bäume fällen und vor allem keinen Mist auf die Äcker streuen.

Der Großherr bestätigte die Ansicht der beiden Ratsmitglieder, genehmigte die Rodung, riet aber dazu, die Erfahrungen der Frauen in Gärten und auf kleinen Äckern zu beachten und unbedingt weiter zu pflegen.

„Wir dürfen nicht ohne Not den Wald abholzen“, sagte er und nickte Gerrit zu. „Wir müssen unsere Leute davon überzeugen, andere Möglichkeiten zu finden und vorhandene Erkenntnisse zu nutzen.“

Gerrit berichtete Ulas Mutter, die nachdenklich meinte: „Es wird nicht leicht sein, den Männern solche Dinge nahezubringen. Sie neigen eher dazu, mit gründlicher Klarheit und Kraft weiterzukommen, als mit Behutsamkeit und Geduld, das geht ihnen zu langsam.“

Beim Fällen der Bäume und der Rodung des Waldstückes gab es wieder einige Verletzte mit Wunden, die Gerrit und sein Schüler versorgten. Es waren kleinere Schäden, bis auf einen Mann, der einen offenen Unterschenkelbruch hatte. Beide

Knochen waren durchgebrochen, die Wunde war verdreckt mit Walderde, Holz- und kleinen Knochensplittern, Muskeln waren eingerissen, aber der Verletzte konnte den Fuß noch bewegen.

Der Mann bekam reichlich Tropfen gegen Schmerzen und zur Beruhigung eingeflößt. Gerrit legte die Wunde frei. Dem warmen Wasser war viel Kamillentee beigefügt, und die Helferin spülte so sehr, dass unter dem Behandlungstisch eine riesige Pfütze aus Wasser, Blut und Dreck entstand und alle unten herum nass waren.

Obwohl alle Wundbereiche gut gereinigt und die Enden des dicken, starken Unterschenkelhauptknochens gut voreinander lagen, sagte Gerrit: „Die Wunde muss offen bleiben, das ganze Bein muss auf eine Schiene gelegt, Knie und Fuß müssen angewinkelt werden, jeden Tag muss die Wunde gespült werden, der Verletzte soll hier bleiben, sonst wird das nichts."

Der Verletzte selbst hatte nicht alles begriffen, weil er durch Schmerz- und Beruhigungsmittel schläfrig war.

Aber die erfahrenere der beiden Helferinnen meinte: „Das werden wir ihm schon erklären."

Die Jüngere bestätigte das lächelnd, zumal sie schon gesehen hatte, dass der Verletzte ein hübscher junger Mann war. Gerrit dachte wieder an seine Frau und daran, wie er sie vor langer Zeit an der Kopfverletzung, die beim Baumfällen verursacht wurde, behandelt hatte.

Es dauerte fast eine Mondzeit, bis die Wunde des jungen Mannes geheilt war. Er bekam dann eine Unterschenkelschiene, die ihm erlaubte, das Knie zu beugen, nicht aber den Fuß zu bewegen, auch nicht aufzutreten. Außerdem erhielt er zwei Stöcke als Stützen für die Arme, so dass er einbeinig einigermaßen laufen konnte. Er war guter Stimmung, lachte viel, hüpfte auf einem Bein und übte das Gehen mit den Stützen.

Die Waldrodung und das Fällen der Bäume hatte einen Vorteil gehabt: Schadhafte Palisaden auf dem Schutzwall, der um das Dorf herum verlief, konnten erneuert werden; und sogleich im Frühjahr wurde der neu gewonnene Acker bestellt. Die verschiedenen Getreide wurden gesät, und weil das Wetter schön war, konnte man eine gute Ernte erwarten. Rinder, Schafe, Ziegen, Schweine und die Hunde waren gesund geblieben, wie auch die Stiere im Stall des Großherrn. Es gab viele Jungtiere. Die Bewohner des Dorfes waren guter Dinge und ihr Wohlstand sichtbar.

Der Großherr, stets zu Vorsicht und Skepsis geneigt, war zwar auch zufrieden; aber er verlangte, dass die gesunden Männer des Ortes zusammengerufen würden und dass jeder Waffen und Ausrüstung griffbereit haben solle. Dabei bewährte es sich, dass er dafür gesorgt hatte, die damals von dem Dieb gestohlenen Waffen im Haupthaus zu verwahren. Der Ernstfall sollte geübt werde. Anfangs gab es wenig Begeisterung, aber dann setzte sich doch Einsicht durch. Es beteiligten sich einige der jüngeren Frauen, was sich wieder auf den Eifer und die gute Stimmung der Männer günstig auswirkte. Eine kleine Gruppe mit allen möglichen Angriffswaffen umzingelte das Dorf, beschoss die Abwehrkette mit stumpfen Pfeilen und bewarf die Verteidiger mit Speeren und Lanzen, die statt der Spitze ein Lederpolster hatten.

Es sollte sich noch zeigen, dass der Großherr einmal mehr die richtigen Ahnungen gehabt hatte, obwohl oder weil es lange Zeit recht friedlich gewesen war.

Im späten Herbst hatte der alte Nachtwächter des Ortes aus der Ferne von flussabwärts Signale gehört, deren Anwendung in der letzten Zeit fast in Vergessenheit geraten war. Er berichtete dem Großherrn und den Dorfältesten, dass er glaube, es seien Warnungen vor einer bewaffneten Gruppe oder Räuberbande. Also wurden die wichtigsten Haustiere in die Stallungen geholt und an den beiden Ortseingängen wurden die Schiebetore vorgezogen, damit man die Eingänge jederzeit rasch verschließen konnte.

Zwei Späher, jeweils mit Hund, wurden hinausgeschickt, um den Wald in Richtung Sonnenaufgang zu beobachten. Gegen Mittag kehrten die beiden entlang der Wallhecke zwischen den Äckern zurück.

„Im Wald haben wir Bewaffnete gesehen, die sich in unsere Richtung bewegen“, berichtete der Ältere der beiden. „Wir glauben, dass sie uns nicht bemerkt haben, weil wir sogleich hierher zurückgeschlichen sind; ihre Zahl konnten wir nicht feststellen.“

Der Großherr gab Anweisung, die Tore vollends zu schließen, die wichtigsten Verteidigungsposten sogleich zu besetzen, und alle Waffenfähigen sollten sich bereithalten.

Bei Eintritt der Abenddämmerung pirschten Bewaffnete, wohl zwei Hände voll, an der Wallhecke entlang auf das Eingangstor zu, welches dem Sonnenaufgang zugewandt war. Sie hatten Schilde, Pfeil und Bogen, offenbar auch Äxte bei sich; einer trug einen Steigbaum.

Die Verteidiger hielten sich ruhig und als die Angreifer sahen, dass das Tor fest geschlossen war, zögerten sie und berieten sich, rannten dann aber so blitzschnell mit vorgehaltenen Schilden auf das Tor zu, dass die Pfeile der Verteidiger nur einen Angreifer zu Fall bringen konnten.

Als die anderen das Tor erreicht hatten, kamen vom Waldrand her zwei weitere Gruppen. Jeweils eine gute Handvoll Leute näherten sich dem Tor bis auf Schussweite, und jeder Angreifer schoss nach kurzem Zielen zwei bis drei Pfeile auf den Bereich des Eingangstores ab. Dann stürmten sie ebenfalls auf das Tor zu, wo die erste Gruppe zwei Steigbäume aufstellte. Den Kopf mit ledernen Kappen geschützt, mit Streitäxten bewaffnet, kletterten zwei Angreifer empor. Es gelang ihnen schnell, den oberen Rand des Tores zu erreichen und nach innen herunterzuspringen. Der erste hatte sich aber dabei offensichtlich den Fuß verstaucht, er konnte rasch überwältigt und entwaffnet werden.

Der zweite Angreifer jedoch verletzte zwei Verteidiger mit seiner Axt und wollte sich gerade auf eine Frau stürzen, die ihn mit ihrem Speer bedrohte. Gerrit hatte die Szene aus dem Augenwinkel gesehen, konnte Pfeil und Bogen rasch nach innen wenden, zielte nur kurz, traf aber den Mann in den Rücken, worauf er mit einem Schrei zusammenbrach.

Sogleich richtete Gerrit Bogen und Pfeile wieder nach außen und konnte dazu beitragen, mit gezielten Schüssen weitere Angreifer zu hindern, die Steigbäume hinaufzuklettern. Das wiederum ermöglichte es einem Verteidiger, mit seinem Speer einen Steigbaum wegzustoßen. Zwei Angreifer hielten aber die Stange fest, ein dritter konnte schnell hinaufklettern und das Tor überwinden. Die beiden anderen Gruppen der Bande hatten jetzt den Schutzwall erreicht und nochmal zwei Kletterstangen an die Palisaden gestellt.

Doch auch die Verteidiger hatten Hilfe bekommen, da fast alle Waffenfähigen herbeigeeilt waren, bis auf einige Posten, die ringsum den Palisadenring bewachten. Ein wildes Getümmel entstand vor und hinter dem Tor. Ein Angreifer schoss sogar Feuerpfeile ab. Die Verteidiger spürten, dass die angreifenden Gruppen keine weitere Unterstützung bekamen und wehrten sich verbissen. Besonders die wenigen jungen Frauen hatten sich in riesige Wut hineingesteigert, mit der sie ihre Häuser, Familien und Kinder verteidigten.

Damit hatten die Angreifer nicht gerechnet. Sie zögerten, ihre Bewegungen wurden langsamer, der von Gerrit schwer getroffene Mann war offenbar ein Anführer. Die wenigen, die die Palisaden überwunden hatten, waren tot oder verletzt.

Als die Räuber das erkannten, wandten sie sich überstürzt zur Flucht, wobei sie weiterhin beschossen wurden. Ein Dach hatte Feuer gefangen, konnte aber gelöscht werden.

Gerrit war inzwischen zum Haupthaus geeilt, wo man die Verletzten einlieferte und jene, die es konnten, sich selbstständig einfanden. Sein Schüler hatte sich inzwischen zum Mitarbeiter entwickelt und die Verwundeten wurden gut versorgt. Die feindlichen Verletzten waren sogleich getötet worden, bis auf den großen Krieger, der die Palisaden überwunden und dann von Gerrit mit einem Pfeil im Rücken getroffen worden war. Man hatte ihn vor dem Haupthaus an der Außenwand bäuchlings abgelegt. Der Mann war wach, stöhnte vor Schmerzen und versuchte, nicht zu schreien, als Gerrit ihn ansprach.

„Ich bin ein Schamane und Wundheiler, ich will die Pfeilwunde sehen, ich habe dich angeschossen."

„Du wirst mich töten", sagte der Mann.

„Das werde ich nicht", antwortete Gerrit und schnitt den Fellumhang des Mannes am Rücken auf.

Er winkte einer Helferin und diese flößte dem Verletzten Tropfen gegen Schmerzen ein.

„Ich komme gleich wieder", sagte er und ging in den Behandlungsraum, wo ein Verletzter mit einer Kopfwunde auf der Bank lag.

Gerrits Helfer hatte die Wunde schon freigelegt, gesäubert und meinte: „Der Knochen ist nur wenig verletzt, die äußere Schicht ist angekratzt, die innere nicht verletzt. Wir können die Wunde versorgen."

Gerrit nickte zufrieden und schaute noch andere Verletzte an. Eine junge Frau war durch einen Pfeilschuss am Oberarm verletzt worden: Der Pfeil war durchgebrochen und ein Stück steckte noch in der Wunde. Gerrit ließ die Frau auf eine zweite Bank legen und schnitt das abgebrochene Pfeilstück heraus. Die Blutung konnte er stillen, indem er einen mit Kamillenöl getränkten Gewebestreifen in die Wunde schob.

„Sie soll noch nicht fortgehen", sagte er, und war froh, dass sie notfalls zwei Nebenräume für Kranke hatten.

Langsam und nachdenklich ging er zu dem schwer verletzten feindlichen Krieger zurück.

Die Verteidiger hatten drei Tote zu beklagen, acht Angreifer waren getötet worden. Der Schwerverletzte konnte sich nicht bewegen, war völlig hilflos, zuckte aber vor Schmerz, als Gerrit ein wenig an dem Pfeil zog, der am unteren Ende des Brustkorbes schräg von hinten tief in den Körper eingedrungen war und feststeckte.

Ein Herausziehen des Pfeiles war undenkbar, er würde Oberbauchorgane zerreißen, und nach vorne durchstoßen wollte Gerrit den Pfeil auch nicht, da er dann weitere Bauchorgane durchstechen würde. Also schnitt er den Pfeil an der

Eintrittsstelle ab, so dass man den Verwundeten auf die Seite, vielleicht auch auf den Rücken legen konnte. Er erhielt noch Tropfen gegen die Schmerzen und Wasser zu trinken. Gerrit und zwei Helfer brachten ihn auf einen Liegeplatz in dem noch freien Nebenraum im Haupthaus.

„Hat dieser Schurke eigentlich die gute Behandlung verdient?“, fragte einer der beiden.

„Nein“, antwortete Gerrit. „Aber wer hat schon das verdient, was er bekommt, egal ob Gutes oder Schlechtes?“

Der Mann lag jetzt auf der Seite, er war wach, Gerrit hockte sich neben ihm hin, schaute ihn an und fragte: „Warum habt ihr das getan?“

Der Schwerverletzte schwieg, nach einer Weile antwortete er trotz Atemnot: „Ich war im Ältestenrat. Sollte ein Stück Acker hergeben für einen Jungbauern ... Es gab Krach mit den anderen Ältesten, sogar eine Prügelei. Dabei habe ich einen verletzt, am Auge ... da bin ich geflohen. Bald habe ich eine herumstreunende Bande getroffen und wurde ihr Anführer. Wir haben Überfälle gemacht ... ihr werdet mich töten!“

Er stöhnte und hielt seinen schmerzenden Bauch.

Gerrit ging zu seinem Haus, streckte sich am Eingangsbalken, den er mit den Händen packte und ließ sich hängen, atmete ruhig und tief, zog sich drei Mal hoch, mehr wäre zu anstrengend gewesen.

Es war Nacht geworden, der Mond war aufgegangen, Gerrit spürte die herbstlich-nächtliche Kälte und ging hinein. Die Kinder und Ulas Vater schliefen. Ulas Mutter saß noch am Feuer; sie gab ihm Wasser mit Sirup und Fladenbrot mit Beerenmus.

„Ulas besonderes Mus“, sagte er und leckte den Aufstrich ab.

„Die Mischung ist in einem solchen Becher“, erklärte die Mutter. „Ich habe die Zubereitung von ihr gelernt, nicht umgekehrt. Die Früchte werden gekocht und in den Becher gefüllt, der dann sogleich mit einem gereinigten Stück Schweinedarm verschlossen wird. Sie war ein kluges Kind ... Die Kleinen hatten doch viel Angst bei dem Überfall und dem Kampfgetümmel. Es hat schon eine Weile gedauert, bis sie geschlafen haben. Ihr habt tapfer gekämpft."

„Wir hatten Glück, und die Vorbereitungen waren gut, der Großherr hatte die richtigen Vorahnungen gehabt", antwortete er und betrachtete nachdenklich die züngelnden Flämmchen des kleinen Feuers in der Kochstelle.

Am nächsten Morgen ging er zu der jungen Frau mit der Pfeilschusswunde am Oberarm. Es ging ihr gut, die Schmerzen waren gering. Sie legte sich auf die Behandlungsbank, und Gerrit nahm den Verband ab. Während die Helferin reichlich Kamillenwasser in die Wunde goss, konnte Gerrit langsam den Gewebestreifen lösen und herausziehen. Es blutete nur noch wenig und er streute etwas Pilzpuder in die Wunde, legte noch einmal einen dünnen Gewebestreifen hinein und wickelte dann Stoffstreifen um den Oberarm.

„Du kannst nach Hause, aber komm morgen wieder!"

Sie nickte dankbar, hielt den verletzten Arm an den Körper gedrückt und stieg vorsichtig von der Bank herunter.

Gerrit ging zu dem Mann, den er selbst mit dem Pfeil schwer verletzt hatte. Er war bewusstlos, sein Atem war röchelnd aber noch regelmäßig. Dies ist der erste Mensch, den ich selbst in den Tod geschickt habe, dachte Gerrit, als er neben dem Verwundeten hockte.

„Hoffentlich bleibt er der Einzige", murmelte er leise für sich.

Er betreute im Lauf des Vormittags noch einige Verletzte und wollte in sein Haus gehen, als die junge Kriegerin kam, für die Gerrit den jetzt sterbenden Mann mit seinem Pfeilschuss außer Gefecht gesetzt hatte.

„Ich heiße Lei", sagte sie. „Du hast mir das Leben gerettet, ich danke dir von Herzen!"

Gerrit sah, dass er bewundert wurde. Sie schenkte ihm Blumen und fragte, ob sie wiederkommen dürfe. Er spürte ihre Zuneigung, die ihm wohltat. Am Abend ging er zu dem

Schwerverletzten, dessen Atmung unregelmäßig war und dann aufhörte.

In der folgenden Zeit kam Lei oft zu Besuch und ging schließlich nicht mehr nach Hause. Zwischen ihr und Gerrit entwickelte sich eine innige Beziehung. Sie war auch sehr gut zu den Kindern. Der große Sohn hatte fünfzehn, das Mädchen zehn Sommer erlebt, Gerrit selbst fünfunddreißig. Die Kinder freuten sich über die Zuwendung der stets lustigen und etwas verspielten jungen Frau, die ihren zwanzigsten Sommer hinter sich hatte. Sie kochte gern, arbeitete im und um das Haus, versorgte die Tiere und kümmerte sich um die Feldarbeit. Ula war nun seit fünf Sommern tot.

Die Verbindung zwischen Gerrit und Lei wurde im Festraum des großen Hauses in der Ortsmitte schlicht gefeiert. Obwohl Gerrit das Bündnis mit seiner jungen Frau nicht mit einem großen Fest begehen wollte, waren doch viele Menschen gekommen, dankbare und neugierige.

Lei war unbeschwert und glücklich, auch Gerrit wurde von seinen trüben Gedanken nur noch selten geplagt, zumal seine junge Frau ihm verriet, dass sie ein Kind erwarten würde. Auch während der Schwangerschaft hielt die gute Stimmung an, die Geburt war langwierig, aber Ulas Mutter sammelte trotz des Alters ihre Kräfte und dank all ihrer Erfahrung konnte sie wirksam Hilfe leisten: Ein gesunder Junge mit blau-grünen Augen erblickte das Licht der Welt.

Ulas Vater war alt und hinfällig geworden, und auch seine Frau hatte ihre Lebhaftigkeit und Ausdauer verloren. Der alte Schamane starb nach zwei Sommern, ein großer Trauerzug begleitete ihn zum Rand des Waldes, wo er begraben wurde.

Nur einen Sommer später folgte ihm seine Frau; der Trauerzug war nicht ganz so groß. Gerrit war niedergedrückt, er wusste, was er verloren hatte, auch wenn seine junge Frau ihn liebte und aufmerksam umsorgte.

Die Zeit war anders geworden, weil die Menschen, die ihn umgaben andere waren. Gerrit war weiter als Heiler tätig, aber er ging nur noch selten in andere Ortschaften. Diese Aufgabe hatte sein Helfer übernommen, der aber noch immer gern Gerrits Rat einholte; dieser wiederum konnte sich durch den Zeitgewinn auch im eigenen Haus betätigen sowie beim Säen und Ernten und besonders in der Zucht und Betreuung der Haustiere. An Jagden nahm er nicht mehr teil, aber noch immer an den Übungen, auf die der Großherr besonderen Wert legte. Im Umgang mit Pfeil und Bogen blieb Gerrit sehr geschickt, aber er spürte auch, dass er öfter müde wurde als früher und dass seine Gedanken abschweiften. Neue Aufgaben nahm er nicht mehr auf sich, aber er konnte, wenn auch etwas langsamer, weiterhin sorgfältig seine Tätigkeiten ausüben.

Jahresläufe gingen dahin. Seine großen Kinder verließen das Haus und gründeten eigene Familien. Der kleine Sohn Luka hatte seinen sechsten Sommer erlebt, und die Lebhaftigkeit der Mutter geerbt, war sehr neugierig und hatte darauf bestanden, dass sein Vater ihm Pfeil und Bogen schnitzte.

„Komm mit!“, sagte Gerrit. „Wir gehen zum Waldrand.“

Ein scharfes kleines Feuersteinmesser und eine Hanfschnur hatte er schon in seiner Gürteltasche, also nahm er den Sohn an die Hand.

„Es dauert eine Weile“, sagte er zu Lei, die lachte und den beiden zuwinkte, die sich auf den Weg machten und rasch am Waldrand einen geeigneten Haselnussbusch fanden. Gerrit schnitt einen Stock ab, der nicht zu viel Saft hatte, und etwa so lang war wie Luka selbst. An den Enden kerbte er schräg verlaufende Rillen ein. In eine der Rillen band er die Schnur, bog den Stock und wickelte das Schnurende in die andere Rille, sodass die Biegung des Stockes erhalten blieb. Luka schaute gebannt zu. Zwei schlanke, gerade Zweige schnitt Gerrit noch ab, versah sie am stärkeren Ende mit einer Einkerbung und schabte die Rinde weg, sodass die Pfeile fast weiß waren. Er nahm den Bogen in die linke, legte mit Daumen und Zeigefinger der rechten Hand einen Pfeil auf die Hanfschnur, spannte den Bogen und gab den Pfeil frei. Der prallte an einen Baumstamm, auf den Gerrit gezielt hatte.

„Wie schön!", rief Luka begeistert.

„Jetzt kannst du selbst schießen und üben. Aber du darfst nicht auf etwas Lebendiges schießen!", erklärte Gerrit.

Luka zögerte und sah seinen Vater an: „Du hast selbst gesagt, dass ein Baum lebendig ist."

Gerrit legte Luka seine Hand auf die Schulter. „Ja, du hast Recht, der Baum ist lebendig, er hat ja im Sommer grüne Blätter, es macht ihm nichts aus, wenn du an den Stamm schießt. Aber wenn du einen Vogel triffst, stirbt er, und einfach so töten soll man nicht!"

Die beiden gingen nach Hause. Luka zeigte seiner Mutter stolz den Bogen und die Pfeile und rannte sofort wieder ins Freie.

„Nicht in den Wald laufen!", rief Lei ihm nach, obwohl er das schon wusste.

Gerrit ging in den Stall, versorgte die schon etwas ältere Kuh, die nicht auf der Weide war, gab ihr Futter und melkte sie. Er brachte seiner Frau die Milch, und weil es schon ein wenig dämmerte, ging er hinaus. Kurz vor dem Waldrand übte Luka das Bogenschießen.

„Hurra!", schrie er. „Ich habe getroffen."

Gerrit hatte gerade noch gesehen, wie der Pfeil an dem Stamm eines verdorrten Baumes abgeprallt war, der kein einziges grünes Blatt hatte.

„Sehr gut machst du das", sagte er und die beiden gingen nach Hause.

Gerrit ahnte mehr, als er wirklich wusste, wie sehr Luka ihm ähnlich war. Ulas Mutter hatte es noch gesagt, bevor sie starb. Er hatte die blau-grünen Augen, das hellbraune Haar, das bei Gerrit schon deutlich gelichtet war. Die sanften aber dennoch gezielten, wirksamen Bewegungen und die nachdenklich träumerische Art, die bei entsprechendem Reiz sofort in Aufmerksamkeit und Neugier umschwenkte, erinnerten an seinen Vater, dem er nicht von der Seite wich. Er fragte ihn nach Menschen, Tieren, Pflanzen, dem Himmel, der Erde, dem Tag, der Nacht, aber hauptsächlich nach den Kranken, die er sehen wollte. Gerrit dachte zurück an seinen Vater, der oft schweigsam geblieben war, besonders als er nach seinem Waffendienst endlich nach Hause zurückgekommen war. Er hatte dies dem Vater nicht übel genommen, wollte es aber bei seinem Sohn Luka besser machen. Auch fiel ihm jetzt ein, dass er sich für seine großen Kinder vielleicht nicht gerade viel Zeit genommen hatte. Also beantwortete er geduldig Lukas Fragen und nahm ihn sogar zu kranken Menschen mit. Nachdem Luka seinen zwölften Sommer erlebt hatte, unterstützte er schon seinen Vater und dessen Helfer und Helferinnen bei den Tätigkeiten an kranken Menschen, bei denen er sehr beliebt war. Gerrit sah es mit Genugtuung.

In den folgenden Jahreszeiten dachte er viel an vergangene Ereignisse zurück, an seine Eltern, die kleine Schwester, an Teo, Eika und an die weite Reise nach Seta. Immer wieder kam ihm die Höhle in den Sinn, nicht nur als Ort seiner innigen, liebevollen Vereinigung mit Ula, sondern auch als geheimnisvolle Stätte, über die er in all den Jahren mit niemandem gesprochen und über die er auch nichts gehört hatte.

Als ihm damals Ula die Höhle zeigte, hatte sie gesagt: „Wir vermuten, dass es ein heiliger Ort ist."

Aber wen hatte Ula mit „wir" gemeint, fragte er sich jetzt, hatte aber diese Frage nie jemandem gestellt, auch nicht Ula. Vielleicht weil er das Geheimnis nicht stören wollte?

Als sie starb, hatte sie nur gesagt: „Du bist so schön getaucht."

Er hatte das Gefühl, dass er sich dem Geheimnis der Höhle noch einmal widmen sollte.

Als er seinen fünfzigsten Sommer erlebt hatte und ein strahlend bunter Herbsttag das Laub der Bäume in vielen Farben schimmern ließ, ging er unbewaffnet und ohne seinen Hund zum großen Fluss hinab. Er schritt langsam stromabwärts und erreichte den Felsen, der senkrecht aus dem Fluss emporragend das Ufer bildete. Die hoch stehende Sonne verlieh dem Strom und dem Gestein funkelnden Glanz.

Gerrit zog seine Kleider aus und stieg in das Wasser, das schon recht kühl war. Er ließ sich stromabwärts treiben und erkannte die Stelle, wo er tauchen musste. Er atmete mehrmals tief aus und ein, dachte an Ula, wie sie geschmeidig zu dem dunklen Loch geglitten war und tat es ihr nach.

Im Wasser der heiligen Halle tauchte er auf, kletterte den kleinen Felstreppengang empor und gelangte in den hohen Raum, in dem das gedämpfte Licht aus dem engen Kamin kommend die geheimnisvollen Wandmalereien sichtbar machte. Er bestaunte die Tierbilder und die Eleganz der abgebildeten Jäger. Sein Blick wanderte nach unten. Der kleine Moosteppich war wie vor dreißig Sommern, oder waren es einunddreißig?

Seine Gedanken wanderten durch die Tage, die Monde und die Jahreszeiten zurück. Es war kühl in der Felsenhalle, er musste zurück nach Hause und kletterte die kleinen Felsstufen herunter. Das Wasser kam ihm auf einmal kälter vor als auf dem Hinweg.

Eigentlich unmöglich, dachte er, atmete wieder tief aus und ein und tauchte in die Tiefe. Ula war nicht vor ihm wie damals, er musste es allein schaffen, noch tiefer unter dem dunklen Bogen hindurch. Es wurde nicht heller, seine Brust schmerzte! Er spreizte die Arme und drückte sie nach hinten, er spreizte die Beine und schlug sie zusammen, sah kein Licht und stieß mit dem Kopf gegen Stein. Er holte Luft, aber Wasser strömte in seine Lungen und ein furchtbarer Schmerz. Er schnappte nach mehr Luft, aber es kam nur mehr Wasser. Seine Bewegungen wurden langsamer, er sank nach unten, ein brennender Krampf zerriss die Mitte seines Körpers, dann plötzlich Ruhe.

Er fühlte keinen Schmerz, weder Atemnot noch Angst, und er sah endlich das Licht, goldene zarte Helligkeit. In deren Mitte kam mit schwebendem Gang eine Frau auf ihn zu, mit schwarzen langen Haaren und dunklen Augen, aus deren Tiefe sie ihn anlächelte.

„Ula“, flüsterte er.

„Mein Liebster“, sagte sie, umarmte ihn und nahm ihn mit in das goldene Licht.

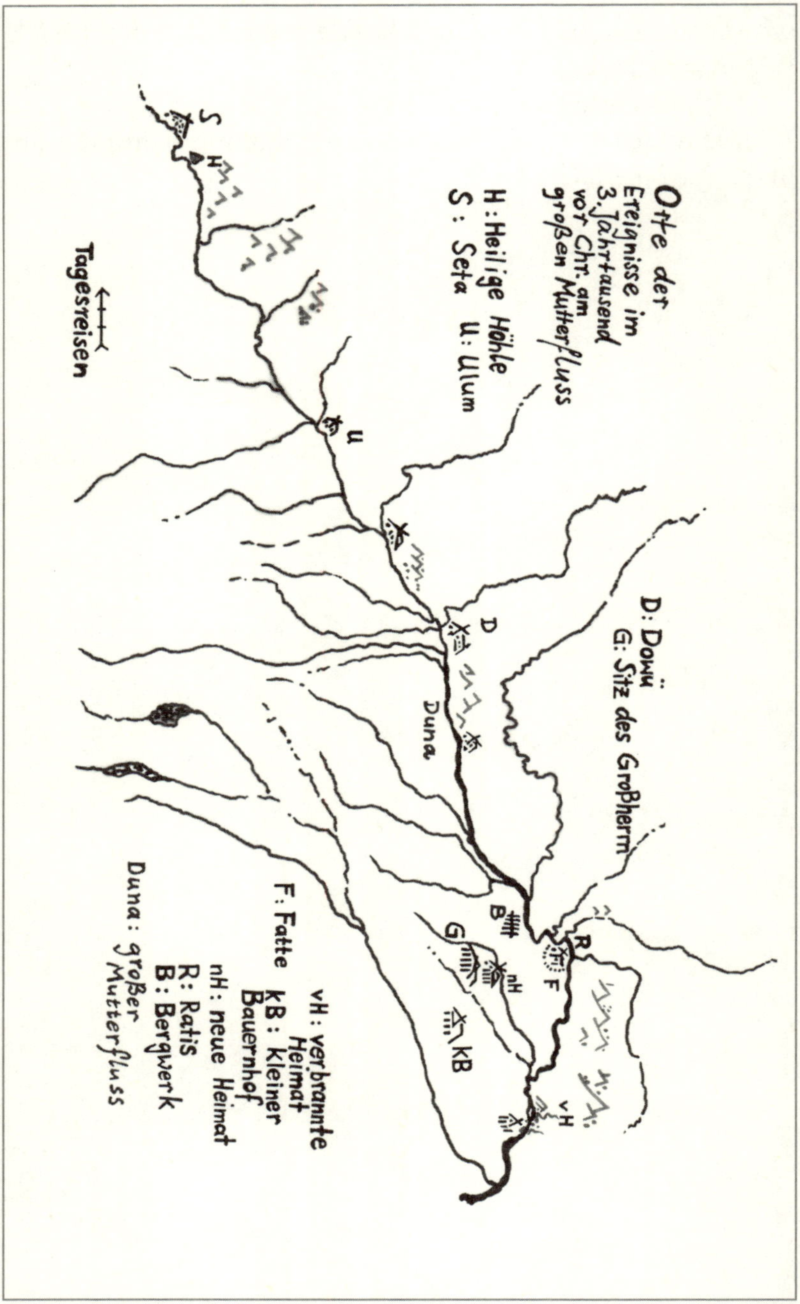

Orte der Ereignisse im 3. Jahrtausend vor Chr. am großen Mutterfluss
H: Heilige Höhle
S: Seta U: Ulum
Tagesreisen
D: Dowü
G: Sitz des Großherrn
Duna
vH: verbrannte Heimat
KB: kleiner Bauernhof
nH: neue Heimat
R: Ratis
B: Bergwerk
F: Fatte
Duna: großer Mutterfluss

Epilog

Am 1. Juni 1884 wurde in Rom eine junge mittellose Frau mit Geruchsstörungen, Gedächtnisverlust, Lähmungserscheinungen der rechten Körperseite und Sehstörungen in ein Krankenhaus eingeliefert, in welchem ein 40-jähriger Chirurg namens Francesco Durante tätig war.

Nach Beratung mit den dortigen Nervenärzten führte er eine Schädeleröffnung im linken vorderen Scheitelbereich durch. Er fand eine apfelgroße Geschwulst, welche die Siebbeinplatte zerstört, das Augenhöhlendach eingedellt und das Scheitelhirn bedrängt hatte. Der Tumor war eingekapselt, Durante konnte ihn schrittweise entfernen. Die Patientin überstand den Eingriff gut, und die Symptome besserten sich.

1896 war die Geschwulst nachgewachsen, und Durante entfernte auch diesen Rezidivtumor, wonach die Patientin sich wieder gut erholte. Über den weiteren Verlauf ist dann nichts mehr überliefert.

Soweit bekannt, hat der bis dahin unbedeutende Chirurg Francesco Durante die erste Gehirnoperation aufgrund bestimmter Symptome am äußerlich unveränderten Schädel erfolgreich vorgenommen. Es war der Beginn der modernen Neurochirurgie. Durante hatte die Kunst genial zu einem Höhepunkt geführt, sie aber auch von seinen Lehrern erlernt, wie auch wir und überhaupt alle, die von ihren Meistern ausgebildet wurden in der Heilkunde, an der die Menschheit viele tausende von Jahren gearbeitet und Erfahrungen gewonnen hat.

Nachwort und Dank

Als unsere Vorfahren in der Endphase der Steinzeit nicht mehr als Jäger und Sammler umherzogen, sondern sesshaft wurden, änderte sich ihre Lebensweise grundlegend. Sie lernten säen und ernten, bauten Häuser, legten Vorräte an und betrieben Viehzucht. Sie lebten in Weilern, Dörfern und größeren Orten.

Die neue Lebensweise war ruhiger, es ergab sich Zeit zum Nachdenken, zum Beobachten, Spielen und Experimentieren. Bedeutende Erfindungen wurden in dieser Zeit gemacht, Kulturen entstanden, Erkenntnisse wurden gewonnen und sogar Kunstwerke geschaffen, wie etwa Höhlenbilder, Keramik und steinerne Skulpturen.

Trotz Funden mit Runen und Zeichen liegen aus dieser gesicherte Erkenntnisse über den Gebrauch einer Schrift in unseren Breiten nicht vor.

Betrachtet man die archäologischen kulturellen Zeugnisse unserer Vorfahren aus dieser Zeit, darf man sicher sein, dass sie Kenntnisse in Heilkunde besaßen und weitere hinzugewinnen konnten. Trotz fehlender schriftlicher Überlieferung gibt es Beweise für Operationen am Kopf: Erstaunlich viele archäologische Befunde an Schädelskeletten aus der Steinzeit zeigen Trepanationsdefekte, also den Zustand nach einer Schädeleröffnung. Diese wurde auch in vielen Fällen überlebt, feststellbar an den Eigenschaften des bearbeiteten Knochens, insbesondere den Rändern der Defekte. Die Eingriffe wurden von Fachleuten vorgenommen, die über Kenntnisse des operativen Vorgehens mit Blutstillung und sauberem Arbeiten verfügten. Sie besaßen ein entsprechendes Instrumentarium für ihre Maßnahmen und erhielten sicherlich Hilfe bei der Betreuung der Kranken.

Ich selbst habe einige solcher Schädel im Naturhistorischen Museum in Wien betrachtet, durfte sie sogar anfassen. Ich war beeindruckt, dachte an meine Kollegen aus der Steinzeit zurück und stellte mir vor, wie und warum sie ihre Mitmenschen operiert hatten.

Es gibt sehr viele Berichte der Archäologen über die Funde der Schädelskelette mit Beschreibung der Umgebung und Grabbeigaben, Art und Ausmaß der Defekte sowie auch Betrachtungen über die Indikationen, also die Gründe, warum damals operiert wurde. Anthropologinnen in dem oben genannten Museum erklärten mir, dass wohl in den allermeisten Fällen die Eingriffe nach Kopfverletzungen erfolgten. Bei Kopfschmerzen, Epilepsie, Geisteskrankheit und ähnlichen Symptomen wurde wohl selten eine Operationsindikation gestellt.

Einen Bericht oder Roman, wie man sich einen Kopfchirurgen der Steinzeit, seine Umgebung und seine Arbeiten vorstellen darf, habe ich nicht gefunden. Also habe ich Zeit in der freien Natur, meist im Wald, verbracht und meine Träume aufgeschrieben.

Ich bin überzeugt, dass der Spruch „Träume sind Schäume“ hier nur zum Teil gilt.

Besonders danken möchte ich Frau Prof. Maria Teschler-Nicola und ihrer Mitarbeiterin im Naturhistorischen Museum Wien, wo ich Schädelskelette betrachten durfte. Ebenso danke ich Frau Dr. Petra Neumann-Eisele, Leiterin des Archäologischen Museums Kelheim, für ihre Hilfe bei der Beschaffung der Photos und Herrn Dr. Bernd Sorcan für seine Erläuterungen zu steinzeitlichen Exponaten in Kelheim.
Das hervorragende Photo des Schädels verdanken wir Frau Dr. Jutta Ronke vom Landesamt für Denkmalpflege in Esslingen und Herrn Prof. Dr. Joachim Wahl vom Landesamt für Denkmalpflege in Konstanz, welche uns auch die Publikation der Photos genehmigten.

Mein herzlicher Dank für das Lektorat geht an Frau Carolin Wolf und für die Verlagsarbeit an Herrn Herbert Wittl.

Autorenporträt

Prof. Dr. Peter Gruß wurde im Januar 1940 in Dresden geboren und hatte nach eigenem Empfinden bislang viel Glück in seinem Leben. Er überstand als Kind den Bombenangriff auf Dresden 1945 und hält die Erinnerung daran wach. In den Schulen und im Gymnasium blieb er nicht sitzen, konnte Medizin studieren, fand eine charmante Frau, die ihm drei wunderbare Kinder schenkte und immer noch bei ihm ist.

Er wurde Arzt, Neurochirurg und konnte, aus Würzburg nach Regensburg kommend, helfen, sein Fachgebiet mit Gehirn-, Rückenmark- und Nervenchirurgie in Ostbayern zu etablieren. Nach 2001 betreute er in der Palliativstation Schwerstkranke und Sterbende und wurde am 31.12.2006 um 24:00h aus dem Dienst als Krankenhausarzt entlassen. Seither steht ihm mehr freie Zeit zur Verfügung, die er der Familie und besonders gern den Enkelkindern widmet. Öfter kann er längere Fahrradtouren unternehmen und bisweilen sogar ein Buch schreiben. Ein wenig ist er noch beratend tätig als Neurochirurg und Palliativarzt.

Literaturempfehlung

Behn, F.: Vorgeschichtliche Welt. Phaidon Verlag, Stuttgart 1958–1966

Cunliffe, B. (Hrsg.): Illustrierte Vor- und Frühgeschichte Europas. Campus Verlag, Frankfurt, New York 1996

Fleckinger, A.: Ötzi, der Mann aus dem Eis. Folio Verlag, Wien-Bozen 2009

Greenblatt, S. H. (edit): A history of Neurosurgery. American Assoc. Neurol. Surg. Washington 1997

Gruß, P.: Wo ist die Heimat der Seele und was haben Hirnchirurgie und Sterbebegleitung gemeinsam? Books on Demand, Norderstedt o.J.

Harner, M.: Der Weg des Schamanen. Heinrich Hugendubel Verlag, Kreuzlingen, München 1994

Leisner, R.: Unter dem Rabenmond. Ullstein Buchverlage, Berlin 2008

Neumann-Eisele, P. und Sorcan, B.: Stein-Bronze-Eisen. Die vor- und frühgeschichtliche Abteilung des Archäologischen Museums der Stadt Kelheim, Kelheim 2004

Piek, J. und Terberger, Th. (Hrsg.): Traumatologische und pathologische Veränderungen an prähistorischen und historischen Skelettresten. Verlag Marie Leidorf, Rahden, Westf. 2008

Spindler. M. et al.: Bayerischer Geschichtsatlas. Bayerischer Schulbuchverlag, München 1969

Thorwald, J.: Im zerbrechlichen Haus der Seele: Die große Odyssee der Gehirnchirurgie. Droemer Knaur, München 1986

Toellner, R. et al.: Illustrierte Geschichte der Medizin. Andreas Verlagsbuchhandel, Salzburg 1986

Bibliografische Information der Deutschen Bibliothek. Die Deutsche Bibliothek verzeichnet diese Publikation in der Deutschen Nationalbibliografie. Detaillierte bibliografische Daten sind im Internet unter http://dnb.ddb.de abrufbar.

Originalausgabe

Erstlektorat: Carolin Wolf, wolfcarolin@web.de
Umschlagfotos: Georg Luft, luft.live@t-online.de (Sonnenuntergang)
Landesamt für Denkmalpflege Esslingen (Schädel)
Satz/Layout: Grafikstudio SNEAKERBERG, www.sneakerberg.de
Herstellung: Friedrich Pustet KG, Grafischer Großbetrieb, Regensburg

Printed in Germany

ISBN 978-3-934941-85-4

Mein Rückweg aus Santiago

Auf dem Rad nach Regensburg

Von Peter Gruß

Nach seiner Pensionierung sucht der Gehirnchirurg und Palliativmediziner neue Perspektiven. Und so radelt er den Jakobsweg von Santiago de Compostela nach Regensburg als Rückwärtspilger! Seine Erlebnisse, Gedanken und Eindrücke schreibt er in diesem Buch nieder.

„Es ist ungewohnt und faszinierend, vom Ziel her nach Hause zu kommen! Auch so wird man Pilger.“ (unterwegs)

ISBN 978-3-934941-57-1 | softcover 19 x 13 cm | 109 Seiten | 17 Bilder | 14,80 EUR [D] | 15,30 EUR [A]

Ole und das Urnenmädchen

Von Rebecca Sollfrank-Großmann

Die Hand des Mädchens tätschelte einen Totenschädel, der aus der Erde ragte, und Ole fragte sich, in welche gruselige Geschichte er jetzt wieder hineingeraten war. Ein Krimi aus der Welt der Archäologie. Haarsträubend, knisternd, aufregend! „Die Geschichte von den drei Freunden Ole, Fritz und Enid ist ein wunderbares, mitreißendes Abenteuer in dem historisch interessanten Markt Kallmünz.“

(Denkmalpflege Informationen)

ISBN 978-3-934941-64-9 | softcover 19 x 13 cm | 183 Seiten | ab 10 J. | 11,80 EUR [D] | 12,20 EUR [A]

Das Brudermühlgold

Ein fantastischer Roman aus dem Bayerischen Wald

Von Franz Pettinger

Kaum hat die gutmütige Schmiedstochter Margerl einen richtigen Menschen aus dem Golem Hörg gemacht, da stellt sich das Böse im vergessenen Grenzdorf Engedey in anderer Gestalt wieder ein.

„Pettinger hat mit fesselndem Erzählstil einen verborgenen Sagenschatz aus dem Bayerwald gehoben, zur fantastischen Lektüre!“ (Passauer Neue Presse)

ISBN 978-3-934941-33-5 | softcover 22,5 x 15 cm | 185 Seiten | 13,90 EUR [D] | 14,30 EUR [A]

Das letzte Adieu

Von Vassilis Vassilikos | Erstmals ins Deutsche übersetzt von Kyro Ponte.

Einer der bedeutendsten zeitgenössischen Autoren Griechenlands verfasste diese Kettenerzählung vor gut 30 Jahren. Vor dem Hintergrund der Zeit der griechischen Militär-Diktatur philosophiert er über die großen Themen des Lebens: Liebe und Tod.

„Von der Fragilität des Seins handeln diese verflochtenen Kurzgeschichten. – Ein Buch, das für sich selber spricht.“ (Die Brücke)

ISBN 978-3-934941-58-8 | softcover 19 x 13 cm | 113 Seiten | 14,90 EUR [D] | 15,40 EUR [A]

Eléni – Heimat im Herzen

Eine deutsch-griechische Geschichte
Von Rea Revekka Poulharidou

Eléni, Tochter griechischer »Gastarbeiter«, könnte sich mit einer Art Doppelidentität anfreunden, wäre da nicht der Blick der anderen.
„Differenziert, sensibel und bewegend schildert die Autorin die Zerrissenheit, die das Hineinwachsen in zwei unterschiedliche Lebensweisen, Sprachen und Kulturen mit sich bringt." (neaFon)

ISBN 978-3-934941-48-9 | softcover 19 x 13 cm | 84 Seiten | 9,80 EUR [D] | 10,10 EUR [A]

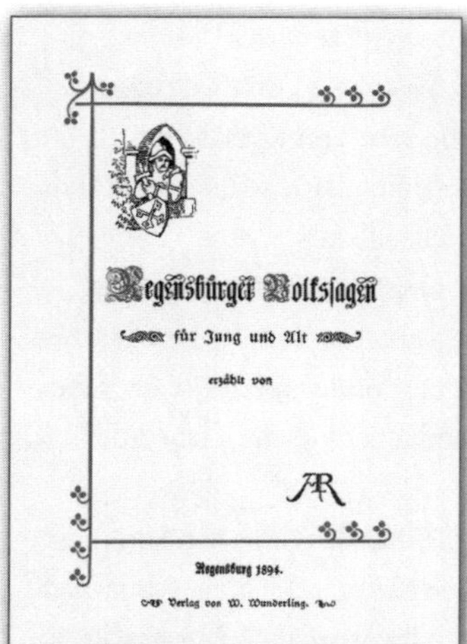

Regensburger Volkssagen für Jung und Alt

Von Adolphine von Reichlin-Meldegg
Reprint von 1893
Ein unterhaltsamer Rundgang durch die innere Stadt Regensburgs, die gut ein Jahrhundert nach Erscheinen des Originalbüchleins zum UNESCO-Welterbe gekürt wurde.

„... für eine garantiert sagenhafte Begegnung mit dem Welterbe Regensburg!"
(Mittelbayerische Zeitung)

ISBN 978-3-934941-52-6 | softcover 20,5 x 14,5 cm | Reprint | 125 Seiten | 84 Bilder | 16,90 EUR [D] | 17,40 EUR [A]

Regensburg grün

Ein naturkundlicher Spaziergang
mitten in der Stadt
Von Belinda Haas

Das Buch möchte zum Staunen bringen und altes Pflanzen-Wissen und Kräuterbrauchtum wieder erinnern. Die Wanderung an Regensburgs Donau ist ähnlich entlang der Flussufer in anderen Städten möglich. Ausgezeichnet mit dem Umweltpreis 2010 der Stadt Regensburg. „... erläutert die grüne Kraft, weckt Appetit auf die Wildkräuterküche und erzählt Geschichten von alten Heilgeheimnissen." (Donaupost)

ISBN 978-3-934941-46-5 | softcover 19 x 14 cm | 78 Seiten | 67 Bilder |
13,90 EUR [D] | 14,30 EUR [A]

Aronia – Unentdeckte Heilpflanze

Von Sigrid Grün und Jan Neidhardt

Aronia? – Noch nie gehört? In Osteuropa gilt sie längst als Heilpflanze. Von ihren super-gesunden blau-schwarzen Beeren weiß man bei uns erst seit kurzem. Dieses Buch liefert die aktuell verfügbaren Informationen, vollständig und verständlich! Entdecken Sie die Gesundheitsbeere!

„Buchtipp! – Fundierte Informationen über die Geschichte der Pflanze, ihren Anbau und gesundheitlichen Nutzen." (natürlich)

ISBN 978-3-934941-73-1 | softcover 21 x 14 cm | 3. Aufl. | 78 Seiten | 83 Bilder |
11,90 EUR [D] | 12,30 EUR [A]

Böfflamott & Hollerkoch

Rezepte aus dem Dorfladen

Von Gertrud Scherf und
Anneliese Eggerstorfer

75 traditionelle Rezepte aus der Sammlung eines niederbayerischen Dorfladens. Fast vergessene Mahlzeiten kommen neu aufgekocht, schmackhaft und gesund auf den Tisch.

„Nicht nur Kochbuch-Sammler werden daran ihre wahre Freude haben!“
(Passauer Neue Presse)

ISBN 978-3-934941-30-4 | softcover 29,5 x 14 cm | 106 Seiten | 118 Bilder | 19,95 EUR [D] | 20,60 EUR [A]

Kessel, Feuer Zauberstecken

Kochen mit Fuchs Rainer und
Hexe Kathinka

Von Gertrud Scherf und
Frank Ruprecht (Illu.)

Eine märchenhafte Einführung in die wundervolle Kunst des Kochens.

„Ach, so ein Kochbuch hätte man auch gern gehabt – früher, als man selbst noch ein kleiner Fuchs war!“ (Mittelbayerische Zeitung)

„Dieses einmalige Kinderkochbuch wird jeden Betrachter und Benutzer verzaubern!“
(Das Band)

ISBN 978-3-934941-35-9 | hardcover 30 x 23 cm | 97 Seiten | 45 Bilder | 22,00 EUR [D] | 22,70 Euro [A]

Regensburg Wimmelbuch

Von Peter Engel

Höchste Illustrierkunst verquickt mit einer satirisch-humorvollen Bildsprache gipfelt in einer Hommage an die Stadt Regensburg und in einer Liebeserklärung an das Genre Wimmelbuch. Ein heiterer Entdecker-Spaß für Jung und Alt!

„Dieses Buch ist etwas ganz Besonderes in der Verlagslandschaft!" (Ein Herz für Tiere)

„Ein entzückendes Buch, das bald zum Klassiker avancieren dürfte." (Kulturjournal Regensburg)

ISBN 978-3-934941-86-1 | Pappebuch 23,5 x 31 cm | 16 farbig illustrierte Seiten | 14,90 Euro [D] | 15,40 Euro [A]

Regensburg um 1900.
Grüße aus einer alten Stadt
ISBN 978-3-934941-66-3 |
softcover 11 x 17 cm | 24 Reprints | 9,80 Euro [D] | 10,10 Euro [A]

Regensburg-Postkartenbücher mit historischen Motiven

Von Peter Milić

Heute sind alte Bildpostkarten der Jahre nach 1900 beredte Zeugen der Vergangenheit einer Stadt, die 2006 zum UNESCO-Weltkulturerbe ernannt wurde.

„Wundersame Büchlein mit Postkarten geben schöne Einblicke in alte Zeiten: Regensburgs Vergangenheit lässt grüßen!" (Regensburger Wochenblatt)

Grüße aus Regensburg.
Ansichten um 1915
ISBN 978-3-934941-76-2 |
softcover 11 x 17 cm | 15 Reprints |
7,90 Euro [D] | 8,20 Euro [A]

Alle Bücher sind erhältlich im Buchhandel oder unter www.editionbuntehunde.de